戦国時代《せんごくじだい》に宇宙要塞《うちゅうようさい》でやって来ました。
八
横蛍
イラスト　モフ

パメラ
メルティ

すず
ケティ
チェリー

ウルザ
ヒルザ

戦国時代《せんごくじだい》に宇宙要塞《うちゅうようさい》でやって来ました。八

横蛍
Illustration　モフ

新紀元社

目次

序章　旅立ち……008
第一章　美濃訪問と一馬の成長……033
第二章　尾張に戻って……089
第三章　二年目のお花見……113
第四章　港と温泉と地揺れと……141
第五章　暗闘……175
第六章　金色酒の波紋……210
第七章　黒衣の宰相と剣豪大名……245
第八章　茶会という名の外交……281
終章　夏真っ盛り……307
特別ページ　キャラクターガイド……317
あとがき……322

これまでの物語

VRMMOギャラクシー・オブ・プラネットで創った宇宙要塞やアンドロイドたちとともに戦国時代に飛ばされ、織田信長の家臣となった一馬。ついに信長の父・信秀の猶子となることを決意し、これによって一馬は正式な織田一族となる。一馬が知っている史実とは違う展開を見せるこの世界で、織田の新たな体制作りを目指す一馬は、軍政改革にも挑むことになり……!?

登場人物

「ギャラクシー・オブ・プラネット」の世界から戦国時代へやって来た者たち

シンディ

万能型アンドロイド。酒造りや商いの差配をする。

ジュリア

戦闘型アンドロイド。宇宙要塞では戦闘部のリーダー。

セレス

クールで真面目、敵には厳しい戦闘型アンドロイド。

ケティ

医療型アンドロイド。無口だが、本当は感情豊か。

エル

一馬が初めて創った万能型アンドロイド。癒やし系。

久遠一馬

リアルではアラサーの男だが、ゲームのアバターのまま実体化し戦国時代へやって来た。

チェリー

技能型アンドロイド。忍の方と呼ばれる。自称忍者。

すず

戦闘型アンドロイド。刀の方。正義感が強い自称武士。

メルティ

小悪魔風お姉さんな万能型アンドロイド。絵画が得意。

リリー

動植物の育成や品種改良が得意な技能型アンドロイド。

パメラ

明るい性格の医療型アンドロイド。ツインテールが特徴。

リンメイ

技能型アンドロイド。技術研究や開発生産が得意。

アーシャ

技能型アンドロイド。開校した学校の責任者となる。

望月千代女

望月出雲守の娘。久遠家の侍女となる。

滝川お清

滝川資清の娘。久遠家の侍女となる。

滝川資清

滝川一益の父。久遠家家臣のまとめ役に。八郎。

滝川一益

通称、彦右衛門。武芸と鉄砲が得意。

滝川慶次郎

変わり者で型にはまらない男。

織田信秀

織田弾正忠家の当主。信長の父。

織田信長

尾張、織田弾正忠家の嫡男。一馬の主に。

戦国時代の人々

滝川益氏

通称は儀太夫。文武両道で面倒見がよい。

お市

織田信秀の子。一馬たちによく懐いている。

斯波義統

尾張守護。太田牛一の旧主。一馬を評価。

塚原卜伝

鹿島新當流を開いた武芸者。剣聖。

序章　旅立ち

side：久遠一馬

春の暖かい日差しが心地いい。青々とした木々や草花に人々も喜んでいるように見える。

今日は妻たちや家臣たちと一緒に、那古野の屋敷の庭を耕している。

当初はちょっとした気まぐれで始めた庭の畑だ。意外と育てるのが難しく大変なところもあるけど、みんなで世話や収穫を楽しんでいる。

家臣たちは尾張で召し抱えた日本人だけど、妻たちはちょっと違う。そもそもオレたちはこの世界で生まれ育ったわけではない。妻たちは仮想空間であるギャラクシー・オブ・プラネットの世界で創ったアンドロイドだ。

仮想世界のアバター姿のオレと一緒に、原因不明の現象によりリアルの戦国時代に来てしまった。

「エル、やっぱ手狭だね。世話が大変だけど畑を広げようか」

「ええ、いいですね」

今年作る畑の規模を相談したエルは、金色の髪と目をした、スタイル抜群で可愛らしい女性だ。

年齢はこちらに来て数え歳の習慣に合わせて歳を重ねたので、二十歳。仮想空間でオレが最初に創った万能型アンドロイドであり、百二十人の妻でありアンドロイドであるみんなのまとめ役になる。

今年庭に植える野菜はみんなで相談して決めたけど、具体的な規模は農作業をしつつこれから決める。屋敷は広いので、まだまだ使っていない場所があるんだよね。

「なかなかいい作りの鍬《くわ》だね」

「ええ、きちんと気持ちの入った職人の仕事です」

近くではジュリアとセレスのふたりが、新しく工業村から届いた鍬の使い勝手を確かめるように作業をしている。

工業村製の農具はこの時代の一般的なものと違い、鉄を惜しまずに使っている。さらに最近では使い勝手を聞いて細かい改良もしていて、ウチにもそんな試作品が届くんだ。

ふたりは戦闘型アンドロイドで、ジュリアは年齢が二十二歳、少しウェーブのかかったブラウンヘアを肩まで伸ばし、派手めの顔立ちとスタイルをしている。セレスも年齢は二十二歳で、銀髪にクールな切れ長の目をしている。性格は少し軍人っぽくて真面目かな。

その向こうでは、ケティとパメラがすでに着々と畑を耕している。

「美味しい作物が出来るように祈って耕す」

「収穫が楽しみだね」

ケティとパメラのふたりは医療型アンドロイド。ケティは年齢が十八歳で、黒髪のショートヘアで黒目、小柄でスレンダーなスタイルの女性だ。基本的に無口で抑揚の少ない話し方をするが、本当は感受性が豊かで少し食いしん坊でもある。食べることも作ることも真剣だ。

パメラも年齢は十八歳。魔法少女にでもなりそうなツインテールのブロンドヘアに、ほっそりした容姿の女の子だ。明るい性格をしている。

　自分たちで一から食べるものを育てる。みんなも楽しんでくれているみたいで嬉しいね。

「大殿と若様も、私たちの作物を楽しみにされておられるのよね」

　そんなふたりを微笑ましげに見ているのはメルティだ。年齢は二十歳の万能型アンドロイド。青い髪をショートボブにしている色気のある女性だ。人の心理を読み、戦略や作戦立案をすることが得意中の得意で、趣味は絵画を描くこと。

　彼女はウチの妻たちや家臣たちの調整を担当している。

「ふふふ、見るのでござる！　この見事な鍬の使い方を！」

「なんの！　負けないのです！」

　すずとチェリーは相変わらずだなぁ。作業は丁寧で早いけど、耕すことを競っている。

　すずは、年齢が二十歳の戦闘型アンドロイドだ。黒目黒髪でポニーテールにしている侍っ娘。スタイルは標準でポニーテールだからか、少し犬っぽい感じの容姿だ。

　チェリーは年齢が十八歳の技能型アンドロイドで、薄いグリーン系の目と髪をした少し猫っぽい感じの娘だ。

　他にもウチの領地である牧場村には、牧場を任せているリリーと学校を任せているアーシャが住んでいる。

　リリーはブロンドヘアの、おっとりした保育士さんが似合うような女性で、年齢は二十歳。動植物の育成や品種改良が得意な技能型アンドロイドだ。牧場の動物たちや新たに日ノ本に持ち込んだ作物の栽培などを任せていて、牧場にある孤児院も彼女が仕切ってくれている。

アーシャはオレたちの献策で開校した学校の責任者だ。年齢は二十二歳で、インド系の容姿にセミロングの黒髪でエキゾチックな雰囲気をした美人。アンドロイドのタイプは技能型で、この時代でどうやって教育を普及させていくかを考えて試行錯誤をしてくれている。

あと津島と熱田にもウチの屋敷がある。

津島の屋敷はリンメイに任せている。年齢は二十二歳。アジア系の容姿をしていて、黒目黒髪でスレンダーな体型だ。技能型アンドロイドで技術研究や開発生産が得意なんだ。

熱田の屋敷はシンディに任せている。年齢は十八歳。ブロンドの縦ロールヘアで、スリムな体型をしているお嬢様タイプの万能型アンドロイド。兵器開発から作戦立案まで出来る器用な女性だ。

現在、常時尾張に滞在しているのは彼女たちになる。残りの妻でありアンドロイドでもあるみんなは、オレたちの本拠地としている史実の小笠原諸島や、仮想空間から一緒にこの世界にやって来た宇宙要塞シルバーンなどで暮らしているんだ。

畑仕事が一段落すると、揖斐北方城から報告と今後の指示を仰ぐ正式な書状が信秀さんのところに届いたと知らせがあった。

伝書鳩である程度は先に届いているけど、今回の書状で正式に動くことになる。

ウチのみんなは後始末があるから、もうしばらくは帰って来られない。織田家から荷駄隊で補給は送っているけど、金色酒とかの嗜好品はないんだよな。別に送ってあげよう。

まずは信秀さん、政秀さん、信長さんに、オレとエルを加えて今後の相談をすることになったけど、信秀さんは揖斐北方城攻めの諸問題をあまり気にした様子はない。

「ふむ、悪うないな」

抜け駆けや主導権争いや命令違反、いろいろとあったんだけどね。信秀さんはこんなものだろうと言いたげだ。この時代ではよくあることだ。事前に聞いていた通りなんだろう。

「軍規はもう少し明確に定めませんと、大きな戦で致命に至る失敗となる恐れがあります」

ただ、今後領地が広がれば、戦はさらに難しくなる。信秀さんたちにはそこをしっかりと伝えておきたい。

「一馬は手厳しいな。とはいえ道理か。まずは下命に背いた者の処遇か」

信秀さんに苦笑いされてしまった。先々を見越すと当然の懸念なんだけどね。ただ、今回起きた諸問題の中で、命令違反を真っ先に問題視した。このあたりは信秀さんの好みもあるんだろう。

報酬をあとで織田から出す代わりに、乱取りや狼藉を禁止にしたのに破る者が続出したんだ。

「略奪に加わった者には被害を弁済させるか？」

「そうですね。荒らした村々には詫びとして銭を与えるといいかと。恨むべきは織田ではないと示せば、美濃の今後が楽になると思います」

被害の報告書は、忍び衆から届いている。信秀さんも当然弁済させるつもりらしいが、被害がそれなりに大きいので払えない人が続出するだろう。

払えない人には織田家で貸して、返せなければ領地の召し上げだろうな。そこまで段階を踏めば大きな反対は出ないはずだ。なにより、従軍してもちゃんと命令を守った人はいる。

「懸念は人を無用に殺めた者もいることでございます」

「それは死罪とする。銭は銭で、命は命で償わせる」

この件のもうひとつの大きな問題をエルが問うと、信秀さんは少し厳しい表情となり、断固たる処罰をすると明言して政秀さんを驚かせる。

味方でなければなにをしてもいいと考えたのか、敵である揖斐北方城の領地以外でも夜な夜な近隣の村に行き、銭を奪い女性に暴行するなど、好き勝手した者がそれなりにいる。

当然、抵抗されて殺し合いになったところもあるみたいだけど、現地では問題になってはいない。はっきり言えばよくあることで、村などから訴えがあった場合には対処している程度だ。

ただ、この件で処罰が難しいのは、これには美濃の織田領から参陣した一般の領民である雑兵も多く加わっていたことか。

数が多くて忍び衆も全員は把握出来なかったが、参陣した武士の中で、酷い連中はおおよそ把握しているので、せめて彼らにはきちんと処罰を受けさせるしかない。

政秀さんや資清さんの話では、今までも命令違反は珍しくなかったというし、厳しい対処はしていなかったらしいね。

この時代で独裁的に振る舞えるのは一部の力がある者だけだし、命令違反を罰するにしても国人衆が離反するまでのことは出来ない。

そもそもこの時代は、命を大切にとか簡単に人を殺めないとか、基本的な倫理観がオレのいた元の世界とは違うんだよね。

領民が増えようが減ろうが、興味すらない人もいるぐらいだ。

結局、問題を起こした者は、清洲に呼んで弁明の機会を与えたのちに、罰を下すことを基本とすることとなった。軍規を守らせることと綱紀粛正は、今から始めても遅いくらいだからな。

とはいえ、今回は雑兵の処分は無理だろうね。数が多すぎて把握も出来ていないし。

道中の村については被害を申し出るようにと、国人衆を経由して書状を出すことになった。これもまた、問題が出ると分かっているんだけど……。

ああ、揖斐北方城の領地は森可行さんを代官にすることになっているけど、復興は一段落するまで益氏さんに任せると決まった。他の人だと上手くやれるか分からないんだ。

可行さんを含めて領地の復興とか経験がないし、お金の使い方も正直あまり上手くない。現状でも成り行きで益氏さんが仕切っていることから、そのまま信秀さんのお墨付きを与えて任せることになる。

市江島とか復興した時に益氏さんは働いていたし、工業村の管理も評価が高い。

多少銭がかかってもいいから、スピーディーに復興をさせることになった。

「かず、そろそろよかろう」

話が一通り終わる頃、開け放たれた障子の端から、こちらを窺う小さな人影がいることを信長さんが教えてくれた。

いや、お市ちゃんがオレとエルと一緒に遊ぼうって言っていたんだよね。自室で待っているはずが、待ちきれなくなったらしい。

「市、入ってきてもよいぞ」

信秀さんのお許しも出たことで、ロボとブランカのぬいぐるみを抱えたお市ちゃんが嬉しそうに部屋に入ってくる。

「あそぼ！」

うーん。今日の仕事はここまでだな。これは夜まで解放してくれない感じだ。

side：ジュリア

先生が旅を再開することになった。もともと武芸大会に興味を持ったことで立ち寄り、そこから今まで残ってくれていたのは、アタシが鹿島新當流を習っているからという理由が大きい。それも目途が付いたことで旅の再開を決めたようだ。

「なかなか面白き日々であったの」

明日には清洲城で別れの宴がある。その前に挨拶に来たけど、名残惜しそうにしつつも旅をすることにためらいはないようだ。

少しだけ引き留めたいという思いがある。ただ、先生の人生にアタシが口を出してはいけないことは言うまでもないだろう。

「この歳まで諸国を巡り、いろいろなことを学んだ。されど、尾張で学んだことはそれまでの日々に匹敵するほど素晴らしきものであった。なればこそ、わしは今一度、旅をせねばならぬ」

アタシから問うことはしないが、先生にはお見通しか。

なにかを求めているわけではないだろう。ただ、高みを目指すならば座していては届かないということだろうね。

死の恐怖を初めて知ったのは、先生との手合わせだった。今ならば、僅かながらも先生の目指す先が見える気がする。

「そなたたちとは、また会うことになろう。しばしの別れじゃ」

ひとつ気になるのは、司令が僅かな懸念を持っていることか。尾張での日々を口止めするか、少し悩むんだけどね。先生はなにか、今までにないものを見ようとしている。

アタシは先生を信じたい。

side : 久遠一馬

この日、清洲城には多くの武士が集まり、お酒や料理を楽しんでいる。

主役は塚原さんとお弟子さんたちになる。去年の晩秋から尾張に滞在していた塚原さん一行が、いよいよ旅立つことになり、今日はお別れの宴なんだ。

本当は武芸大会の後、一ヵ月くらいで旅に戻るつもりだったみたいだけどね。

尾張では武士のみならず学校の子供たちにもよく教えてくれていたし、身分を問わず指導をしてくれていたから、尾張の人たちに人気だったんだけど。

史実では塚原さんの高弟として知られている、伊勢の雲林院松軒さんのところとか、北畠家とか行くところがあるみたい。

「そうだ。忘れぬうちに渡しておこう」

武芸がものをいう時代なだけに塚原さんは織田家の皆さんに惜しまれているが、おもむろに立ち上がりジュリアのところに来ると、一冊の本と書状のようなものを渡す。

その瞬間、賑やかな宴が静まり返った。

「免状と極意皆伝書だ。必要かは分からぬが、邪魔にはなるまい。まったく、常ならば幾年も修練を積むものを数日で会得してしまうのだからな」

意外にも塚原さんのお弟子さんたちに驚きはない。ただ、織田家の皆さんは驚きで静まり返るほどだ。

塚原さん本人から頂いた鹿島新當流の皆伝書か。後世まで残れば文化財クラスだ。

「それはお互い様だよ。先生」

ジュリアは嬉しそうだ。別に免状が欲しかったわけではないのだろうけど、ほとんど毎日塚原さんとの修行に行っていたしね。

「ところで、わしの免状はいつ頂けるのかな？」

「先生も物好きだね。でも先生なら受け取る資格があるか」

なんというか塚原さんとジュリアの会話には、他人が口を挟めない不思議な雰囲気がある。信秀さんや斯波義統さんもいる席だというのに。

　ちょっと待って、わしの免状ってなに？　まさか……。

「久遠流の免状と極意皆伝書だよ。アタシが人に出すのは先生が初めてだ。本当によく覚えたよ。兵法まで覚えたんだから。武芸の腕前だけじゃ覚えられないはずなんだけどね」

　あの、ジュリアさん。またそんな歴史に影響しそうなものを。

　というか久遠流って、ギャラクシー・オブ・プラネットの軍用戦闘術と戦術のはずなんだけど。この時代に合わせたとはいえ、そこまで教えちゃったのね。

　それにしても、あの塚原さんが子供のように嬉しそうな表情をしていることに驚いてしまう。塚原さんの顔がすべてを物語っているのかもしれない。

　鹿島新當流はジュリアに受け継がれて、久遠流は塚原さんに受け継がれていくのか。

　個人的には鹿島新當流が史実と変わってしまうのかもしれないと思うと、いいのかと考えさせられるものがある。

　だけどね。塚原さんは歴史上の偉人ではなく、今を生きる人なんだ。自由に生きるのは悪いことではないはずだ。

「この数ヵ月。まことに楽しかった。幼き頃に戻ったような心地よさがあった」

「またいつでも来てくれるといい。歓迎するよ」

　なんというか、案外似た者同士なのかもしれない。互いに相手の技と知識を学び、高みを目指す。笑顔のふたりに周りも自然と笑みがこぼれている。

本当は、ジュリアのことは余所で話してほしくないんだけど。ここまでくると難しいかなぁ。関東でも大暴れしちゃったしね。

ケティもそろそろ隠しきれないほど目立っているし、今更かもしれないが。

ジュリアがこの世界で得た友誼に下手に水を差したくない。塚原さんたちをこのまま笑顔で送り出してやろう。

side：塚原卜伝

滞在した清州城を出て、那古野へと向かう。名残惜しい。左様な思いが込み上げてくる。

「かような国があるとはのう」

身分ある者らが豊かに暮らす国は、日ノ本を探せばいくらでもある。されど、民の暮らしを根底から変えようと励む国など、わしも見たことがない。

民を憐れむ者は他にもおるが、皆で力を合わせ、明日のために生きる国があるとはの。

世は広い。知っておったことではあるが、それを改めて教えられた。

あまりの居心地のよさに、この国に居を構え、行く末を見届けつつ生きたいとさえ思うた。

されど、わしは行かねばならぬ。

城を出てしばらくすると、多くの者がわしらを見送ろうと街道沿いにおった。

「塚原様！　道中お気を付けください」

「塚原様、ありがとうございました！」

　武芸の手ほどきをした者ばかりではない。市井の民もおる。

「つかはらさま！　またね～」

「鍛練励みます！　またいつか、お教えください！」

　ああ、那古野では学校の学徒らと孤児院の子らが見送りにと待っておった。なんと嬉しきことか。歳のせいか涙が出そうになる。

　未だかつて、かような見送りを受けたことなど一度もない。

　この数ヵ月を噛み締めるように歩き、船で伊勢に渡ろうと熱田まで来ると、ここでは久遠殿が今巴殿と氷雨殿と共に待っておった。

「困ったことがあれば文を送ってください。出来る限りお力になりますから」

「先生、船は用意してあるよ」

「当家の弁当という飯です。船の中で召し上がってください」

　この国、いやこの者らは守らねばならぬ。久遠殿らを見て、それを確《しか》と胸に刻む。

「やれやれ、見送りは無用と申したであろうに」

　幾年月も変わらぬ乱世。この者らならば、あるいは……。

「ちょうど熱田に所用があってね。今年はここで花火を上げるからさ」

　己の武芸を求め続けただけのわしになにが出来るのか。この旅でそれを見つけねばならぬ。

　また会おう。我が師よ。我が友らよ。

side：久遠一馬

塚原さんが旅立ち、北条への二度目の船団が出発した。今回はガレオン船が一隻、キャラベル船が二隻、佐治水軍が久遠船と呼んでいる新造の和洋折衷船が二隻だ。

和船からの改造船は危険すぎることから、今回は使わないことにした。先日あった信長さんの結婚式に来てくれた北条綱成さんを乗せての関東行きだ。

今年収穫する梅で梅酒を造りたいとのことで材料も送ることにしたし、金色酒を筆頭に砂糖や香辛料も積んである。あとは絹織物とか鉄に硝石も一緒に送ることにした。

それと早雲寺を描いたメルティの絵も、贈り物として綱成さんに預けている。氏康さんも興味を持っていたからね。

関東行きは大変だけど、沖乗りで行けば今川領で寄港をしないことから無駄な税がかからないし儲かる。

ただ、順調に進むものもあれば、そうでないものもある。この日、とある報告を聞いた資清さんは呆れたような顔をした。

「騒いでおるとは。清洲の大殿のお怒りを買うだけだというのに」

揖斐北方城攻めに従軍していた兵の半数が帰還したんだ。特に問題を起こした者たちは先に帰されたらしく、戻ったものの、信秀さんが彼らに謹慎を命じたことで反発している。

僅か二日で勝ったからと自慢げに帰還したんだ。それが褒美やお褒めの言葉ではなく、謹慎を申し付けられたことに納得がいかないようだ。

きちんと軍規違反での謹慎であり、後日取り調べると説明したはずなんだけど。命令違反より武功を評価する風潮もあるからなぁ。

「面白うないのであろう。功を騒がれているのが儀太夫と新介に氏家だからな」

なんとも言えない中、庭でロボとブランカと遊んでいる信長さんが本質を突いた。

結局、敵の兜首を挙げたのは石舟斎さんと数名だけだったんだよね。しかも石舟斎さんは敵の中心人物を複数討ち取っている。

派遣軍でも、さすがは新介殿だと言われていて、今回の功績は新介殿こと石舟斎さんと、敵を迎撃した立役者であり戦後処理をしている益氏さん。あとは降伏を仲介した美濃三人衆の氏家さんが主だろう。彼は織田と土岐旧臣の間を取り持って、城の明け渡しで和睦をまとめている。

エルの話では氏家さんは織田に恩を売り、自身を売り込むために積極的に行動した結果みたいだけどね。

ちなみに清洲城で一番評価が高いのは益氏さんだ。命令違反した者の監視と報告から、城から討って出た敵を鉄砲で迎撃したうえに、戦後の後始末も織田家の方針を理解して迅速に進めたことが理由だ。

清洲や尾張上四郡の平定で苦労した、信秀さんと政秀さんや文官衆は感心していたほどだ。

確かに戦後統治は織田家主導ですると決めていたけどさ。益氏さんは、みんなが驚くほど仕事が早くて上手い。しかも、今まで目立たなかっただけに余計に目立っている。

実際、仕事はオレやエルから見ても完璧だ。

織田と久遠の名で復興復旧の資材を大湊や尾張だけでなく、伝手がないはずの美濃の商人からも集めるように手配しているし、命令違反した者が焼いた揖斐北方城周辺の領民には、兵糧から食事を与えて、田畑の復旧から優先してすでに働かせている。なるべく今年の田仕事に間に合わせるようにと考えたようなんだ。

まあ、久遠家の滝川といえば近隣では知らない者なんていない。資清さんが久遠家家老として有名だからね。それもあって商人たちも協力的だったらしいけど。

あとは森可行さんとか織田信辰さんは相応に評価されているものの、軍規違反をして大将の信辰さんに食って掛った者たちは評価が低いからなぁ。

「これ以上、ウチばっかり目立つのは困るんですけどね」

「構わん。そなたはもう織田一族なのだ。誰にも文句は言わせぬ」

信長さんはまったく気にしていないね。反抗的な国人衆など潰してしまえと言いたげだ。

信秀さんは国人衆にも優しいけど、信長さんは結構厳しい。うつけと陰口を叩かれていたことが地味に影響している気がする。

「若様！　相撲やろう！」

「うむ。いいぞ。やるか」

ああ、信長さんはウチの庭で武芸の鍛練をしていた家臣と忍び衆の子供たちに誘われて、相撲を取りに行ってしまった。

最近だと重臣の子弟より、ウチの子供たちのほうが親しくなっちゃったなぁ。重臣の子弟と疎遠なのは少し気になる。

それにしても益氏さんは信頼して任せたから活躍は嬉しいけど、他の武士は評価が割れたな。勝手をした者がいた反面で、益氏さんに自発的に協力している人もいる。

史実の有名無名は関係ない。戦上手だけど勝手をする国人とか、今後評価は落ちていくのかもしれない。史実とは違った立身出世になるだろうね。

side：リリー

命芽吹く春。牧場では家畜の世話や畑仕事で忙しいわ。

日ノ本でもここでしか作っていない作物は、織田家でも楽しみにしている人たちが多い。司令ばかりか私にまで礼状が届くほどよ。

それなりの土地を牧場村として与えられていて、農地も多く整備してある。でも需要をここだけで満たすのは無理なのよね。

ゆくゆくは織田領に栽培を広げていく必要がある。現状ではそれもなかなか難しいけど、何事も積み重ねが大切になる。

今日は牧場村の領民と孤児院の子供たち、それと久遠家の家臣や忍び衆からも手伝ってもらい、みんなで畑を耕しているわ。

牛や馬を使えるとはいえ、シルバーンのように生育環境すら調整が可能な場所で完全オートメーション化した農業を知る身としては、改めてその苦労を教えられる。

ただ、これが楽しいと思えることでもあるわ。自然と向き合い、土と共に生きる。情報としては知っていることでも、経験がないと分からないこともある。

「お袋様！　出来ました！」

まぶしいくらいの笑顔で報告してくれる子供たちが愛おしい。

「あら～、上手ね。そろそろ休憩にしましょうか」

土を耕し畑になると、嬉しいわね。そろそろ休憩をする頃なので、ござを敷いてみんなで休みましょう。

お茶や冷やし飴などの飲み物を用意して、水分補給を忘れずに。

今から収穫が楽しみで待ちきれない子供たちの様子がなによりいいわね。

side：久遠一馬

尾張では農繁期となったことで、田作りなど、農作業が進んでいる。

農業試験村は麦と米の二毛作なので田植えが遅いが、湿田など早植えのところはすでに種蒔きを済ませているところもある。

災害での被害が大きい時代だから、植える時期を分けているらしい。生活の知恵だね。

太田さんの村も今年から第二試験村となることから、塩水選別などを始めている。

織田家としては、美濃の視察と稲葉山城訪問を斎藤家と話し合い日程調整をしている。大変なのは迎える側だからね。いつ頃になるんだろうか。

「馬車でしたか。あれはよさそうですな」

この日はエルと共に津島の視察に来ており、大橋さんの屋敷に立ち寄ると馬車の話題となった。

馬車は今のところ五台しか存在しない。そのうち工業村に渡した一台は、分解して調べたのちに組み立てたり、また分解したりしているらしい。

信秀さんに贈った馬車は、お市ちゃんを始めとした子供たちがウチや学校に来るのに使っていて、信長さんに贈った馬車も、信長さんが信秀さんに回しちゃったから子供たちが使っている。

斯波家に贈った馬車は、義統さんや子供たちが使っているみたいだ。

やっぱり小さな子供の移動は馬車のほうがいいからね。ウチの馬車は信長さんが帰蝶さんと一緒の時に使い、それ以外はオレやエルたちが清洲に行く時に使っている。オレたちは騎馬でも十分だからな。

ただ、やはり目立つんだろう。朝なんかは見物人が出ていることがある。津島でも早くも話題になっているようだ。

「ええ、移動が楽で速いですよ。小型の馬車ならば日ノ本の馬でも引けます。今試作をさせていますので、すぐに大橋殿にもご融通出来ますよ」

「ほう。それは楽しみですな。されど、あれを使うにはまず川に橋を架けねばなりませんな」

やはり大橋さんも馬車が欲しいらしいね。需要は意外と多いのかもしれない。目に見える新しさと実利を、皆さんに分け与えるような方針がいいのかもしれないな。

「そうですね。清洲から津島と熱田と蟹江は、街道を整備して馬車が使えるようにしたいですね。陸で馬車が使えれば、川舟と合わせて尾張下四郡はさらに豊かになりますよ」

「壮大なことですな」

商いに明るい大橋さんは馬車の影響をおおよそ理解しているようだ。畿内に対抗とまではいかないだろうけど、織田が今後も経済発展をするためには、街道整備は欠かせない。

津島でも、ウチで指導している醤油の生産や、綿糸や生糸から反物を生産する産業も始まり少しずつだが拡大している。

尾張全体では、鍛冶や鋳物職人も地味に増えている。昨年、政秀さんが畿内から呼んだ職人たちは尾張の各地で働いているが、戦もほとんどなく景気がいいこともあり、その後も京の都や堺から流れて来る職人がちらほらといる。

原材料となる鉄や銅が簡単に手に入ることで仕事が成り立つ。特に鉄が安いのが決め手だろう。まあ、いろんな人が流れてきて問題も増えているけど、清洲・那古野・津島・熱田・蟹江は警備兵の存在が本当に役に立っている。

織田がこの先も発展していくには、先に挙げた町が一体となるつもりで計画的に発展させないと、すぐに行き詰まるだろう。

すでに津島では商人たちが銭を出して浚渫《しゅんせつ》をしている。ウチも資金を出しているけど、他の商人たちも景気がいいことや、蟹江が刺激になっているみたい。

少しでも河川湊の津島を使いやすくしておかないと、商船、商人が寄り付かなくなるとの危機感があるそうだ。当然、熱田も同じように津島に負けまいと動いている。

結果として尾張は農閑期でも暇な人はいないだろう。

「そういえば、真珠と翡翠でしたか。あれは凄まじい値が付きますな。あれをひとつ見せるだけで明の商人は目の色が変わりまする」

「品物にもよりますが、あれは大陸まで持っていけばさらに高値で売れますから」

最近、尾張に明からの密貿易船がぽつぽつと来るようになった。今日もその話を主に聞きに来たんだけど。

大橋さんには形や色をあえて不揃いにした真珠と翡翠をごく少量だけ渡していて、明の商人が来たら少しだけ売るように頼んである。

去年、熱田のお祭りに来た明の商人である王珍さんから伝わったのか、真珠を欲しがるみたいなんだ。あまり量を出すと値崩れするから、とっておきだと言いつつ少量を売って大きな利益になっている。

替わりに欲しいものは、日本国内ではあまり採れない漢方薬の材料と錫などだ。錫は銅と混ぜると青銅になる原料で、銅銭を鋳造するのにも欠かせない添加物だ。

ちなみに南蛮船は未だに来ていない。九州辺りには稀に出没するらしいけどね。

ウチが密かに白鯨やクラーケンで南蛮船を沈めている影響もあり、南蛮人の活動範囲は狭まりつつある。ただ、史実でも畿内に南蛮船が来るのはまだ先のことだから、どこまで影響があるかは分からないけどね。

明の密貿易船に関しては、今でも堺以東には来ない場合が多い。真珠や翡翠のように彼らが欲しがる品物はあるけど、手間を掛けて来てもウチが荷を運ぶこともあって、彼らの荷が高く売れるなんてことがないからだ。

西国や畿内で売ったほうが彼らにとっては利益となり、その利益を持って尾張に買い付けに来る船が稀にいるというのが現状だ。

大橋さんの屋敷を後にし、津島の屋敷に寄る。

ここはすっかり商いと酒造りの屋敷になったなぁ。今日もそんな家臣たちで賑わっている。

「いらっしゃいネ」

出迎えてくれたリンメイに冷たい紅茶とクッキーを出してもらったので、エルと護衛のみんなと休憩をする。

「最近どう?」

「ここは順調ネ。でも津島は少し人が増え過ぎているのが難点ネ」

津島の町は今も拡張が続いている。これは織田家主導ではなく、津島主導なのでウチもほとんど関わっていない。

津島で関与しているのは警備兵の運用であり、リンメイとウチの家臣が差配しているんだ。警備兵全体としてはセレスが差配をしている。

「相変わらずギリギリかぁ」

織田の商いから切り捨てられた桑名の代わりに周辺諸国の商人が集まれば、彼ら向けの宿が必要になるし、商品を保管する蔵や倉庫も必要となる。

河川湊である津島は必要に応じて拡大しているものの、清洲や那古野や蟹江と違い、将来性とか考えないで拡張しているから、リンメイの懸念になっているのだろう。

大橋さんたちとも話しているけど、将来を考えた街づくりの必要性は理解しても、計画的な拡張をしている余裕がないんだ。

こちらは蟹江が出来て落ち着いたら、改めて考えたいとのことだ。

「警備兵は順次増やして訓練していますから。今が一番大変でしょう」

商いが活発化すると不特定多数の余所者が集まる。間者や流れ者などいろいろだ。当然、治安が悪化することを想定して対策はしてあるんだけど。

エルの言う通り、警備兵は順次増やしている。初期に警備兵となった信長さんの悪友たちは、早くも新兵の訓練を担当するまでに成長しているくらいだ。

ちなみに、最近は流れ者も警備兵に志願し始めていて、こちらは今のところ尾張出身者と分けて運用するつもりで雇い訓練をしている。

別に使い捨てにする気はない。ただ、城や重要拠点は尾張の人、特に弾正忠家直轄領の人のほうがいいし、荒くれ者への対処は元牢人のほうが上手い人が多いんだ。

そんな話をしつつ一段落すると、小腹も満たされてポカポカと春の陽気に眠気が襲ってくる。

縁側でエルとリンメイと一緒にゆっくり昼寝でもしたいなぁ。

「にゃーん」

のんびりしながらこの後の予定を考えていると、見知らぬ仔猫が縁の下から数匹出てきた。

「あれ、猫飼ったの？」

「知り合いの商人から貰った仔ネ」

白い毛並みに黒ぶちの仔猫たちだ。名前はまだない。

この時代はネズミ捕りに猫を飼う家が多いからなぁ。ウチはロボとブランカがいるから飼っていなかったけど。

天文十八年、春。今巴の方こと久遠ジュリアと塚原卜伝が、互いに免状と極意皆伝書を贈ったと『久遠家記』に記されている。

あいにくと卜伝が得た久遠流の免状と極意皆伝書は原本がすでに喪失しているが、写しは鹿島神宮に残されており現存している。

久遠ジュリアが得た鹿島新當流の免状と極意皆伝書の原本は久遠家に残されていて、現在は重要文化財に指定されている。

なお、久遠家に伝わる鹿島新當流は卜伝が会得した久遠流の影響が入っていない頃のものであり、現存する鹿島新當流は久遠流の影響を受けた卜伝が研鑽昇華したものである。

そのため同じ鹿島新當流でありながら内容に違いがある。

久遠流では、何故か久遠流が混じる以前の鹿島新當流を代々継承し続けている。

一説には久遠流は生き残ることを最優先とする武術と兵法であり、剣術などの武芸を究める鹿島新當流とは根底が異なるため、久遠流が混じる以前の鹿島新當流を継承していると伝わるものの、明確な理由は定かではない。

ただ、両流派の違いは剣術や武術の歴史的な資料として価値が高い。

久遠ジュリアは、後に卜伝のことをまさに剣聖のようだったと語ったと伝わり、現代でも卜伝は剣聖として知られている。

皇歴二七〇〇年刊行の歴史書『新説大日本史』より抜粋

第一章　美濃訪問と一馬の成長

side：久遠一馬

今日はいよいよ美濃に行く日だ。

メンバーは信長さん、政秀さん、エル、ケティ、ジュリア、セレスと、一益さんも同行する。あと、すずとチェリーが同行したいと騒いだ結果、ふたりと慶次も行くことになった。

検地のやり方を教える文官なども含め、百人を超える人数での美濃行きだ。

道中は舟で川を上り美濃まで入って、向こうで斎藤側の護衛と合流することになる。

「のどかだねぇ」

ジュリアの一言に頷き、景色を見る。川の流れに逆らい、遡上しており、当然ながらそんなに速くは進まない。

ただ、それでも整備されてない道を歩くよりは楽だろう。

護衛の人数に関しては極力減らしたし、鎧兜のような重装備も着けておらず鉄砲も短筒以外は持ってきていない。清洲の重臣からは少し危ういのではとも言われたけど。

この時代の常識では、それ相応の大軍を連れていくことが、圧力として有効であるとの考えが一般的になる。

道三さんや義龍さんが変な気を起こしたら、もっと言えばこれが罠だったらと警戒する声が織田家中には多い。斎藤家を信用するには今少し時間が足りないというのも事実だろう。

仮に騙されたとしても、それは騙されたほうが悪いとか言われる時代だしなぁ。

でもまあ、どのみち罠だったら百の兵が千に変わったところで、危ういのは変わらないというのがエルの答えだった。

この人数は結婚式の時に義龍さんが残した護衛の数を意識しているし、中途半端な数を連れていくよりは少数のほうが対処しやすいという理由もある。

最終的には信秀さんの決断だったが、この美濃訪問自体が今後の織田家と斎藤家の関係のみならず、美濃の今後も左右する外交としての意味は大きい。

相手が道三さんでなければ、大軍を連れていくべきかもしれないとエルも言っていたけどね。こちらの意図を見抜く洞察力と頭の良さが道三さんの強みでもあり、逆にそこから最大限の利を得ようと、とらわれてしまうのが弱みでもあるらしい。

「久遠殿、此度の訪問で斎藤家を従えるおつもりか？」

のんびりと景色を楽しんでいると、柴田勝家さんに声を掛けられた。尾張にいるだけでは時勢に置いていかれると考えて、志願して同行したらしい。最近こういう前向きな人が増えている。織田家の変革に付いていく意思があり、多くを学ぼうとしているんだ。

「左様なことは出来ませんね。此度はお互いの疑心を少しでも解消するくらいでしょうか」

「疑心か。確かにそれは双方にあろうな」

勝家さんも道三さんをあまり信じていないみたいだね。去年の武芸大会と婚礼関連のやり取りでだいぶ印象が変わったと思うけど、長年争っていた尾張と美濃には根深い相互不信がある。

まあ、古来より隣国とは多かれ少なかれ問題を抱えていることが多い。だからこそ、オレたちは早期の美濃訪問を計画したんだ。

日ノ本統一の最大の問題は時間だからね。この時代の価値観で動いていると間に合わない。

そんな美濃訪問だが、今回の使節団には若い人が多い。信秀さんは他国に出ることで若い人たちにいろいろと学んでほしいみたいなんだ。以前の北条行きで確実に効果があったからだろう。

「そういえばお二方は以前、美濃に行ったことがありましたな」

「人を騙そうとした悪人がたくさんいたのでござる」

「そうなのです。迫りくる敵を叩きのめして旅をしたのです！」

のんびりとした舟の中では、いろいろな話に花が咲いている。

中でも皆さんの興味を集めているのは、すずとチェリーの旅の話みたいだ。美濃に最近行ったのは斎藤家との交渉をした政秀さんと、勝手に大冒険をしたふたりだけだからね。

この時代は若い娘がふたりだけで旅なんてしたら、なにが起きてもおかしくないからなぁ。

まあ、すずとチェリーも例の偽造をしていた職人たちを連れ出したあとは、忍び衆と合流しているけど。

黒目黒髪のすずは日本人でも通用するが、チェリーは薄いグリーン系の目と髪だからちょっと目立つ。一応、変装しつつ髪は隠して旅をしたらしいけど。

というか、そんな大立ち回りなんかしていないでしょうが。話を盛らない。皆さんが信じちゃったらどうするんだ。

side：帰蝶

殿が久遠殿と共に美濃に行かれました。

エル殿たちも供として行くとのことで、なんと私にも同行するかとお声掛けくださりました。されど、織田家に輿入れしたばかりだというのに戻るのは良くありません。ご遠慮させていただきました。

父上の言っていたことは正しかった。織田家の力は、私など思いもよらぬものです。

戦のことは女の私には分かりません。ですが、清洲も那古野も至るところで普請をしており、那古野の尾張たたらでは多くの鉄が常に出来ております。

私の暮らしも変わりました。日々の食膳には魚や肉や野の菜など、色とりどりの食材が上り、味付けも様々です。

常ならば祝いの席などでしか食べられぬはずの菓子でさえも、織田家では間食として供されます。贅沢にも思えますが、織田は銭を使い、民に還元しなくてはならないのだとおっしゃいます。正直、私には理解しきれぬこともありますが、民が富めば武家はさらに富む。堺や大湊のような町の名が知られて、大きな顔をしているのは銭があるからだと。織田は尾張を堺や大湊のようにするのだと教えられた時は、にわかには信じられませんでした。

「お上手ですよ。お方様」

今日、私は久遠家の屋敷にて、絵師の方殿に絵描きを教わっております。

日ノ本の絵とはまったく違う鮮やかな絵に私は虜となり、久遠家に来ては、よく飾られている絵を見ておりましたが、久遠殿の勧めで、私は絵師の方殿に絵を習うことになったのです。

「絵というものは、思うままに描いていいと存じます。見たものをそのまま描くのもひとつの方法ですが、必ずしもそうでなくては駄目なわけではございませんから」

城の外をあまり知らぬ私には、絵師の方殿の絵は見知らぬ世の中を見られるものに思えて楽しゅうございます。

ただ、絵というものは非常に奥が深いものだと、教われば教わるほど感じます。

「では、海を描いてみたいです」

「海でございますか。まだ行かれたことはありませんでしたね。日を改めて参りましょう。間近で見たことがないものを描くのは難しいことですから」

まるで姉のように私に接してくれる絵師の方殿に、つい本音を言ってしまいました。殿に輿入れするまで美濃を出たことはなく、実際に海に行ったことはありません。

海が描きたいという願いから、海が見てみたいという思いを見抜かれてしまいました。

しかし織田家の女として、殿が留守をしている時に軽々しく出歩くのは好ましくありません。残念ですがお断りしなくては。

「熱田神社への参拝ならばお許しいただけますよ。私にお任せください」

ただ、そんな私の懸念に、絵師の方殿は柔らかい笑みを浮かべて答えを示してくださいました。

絵師の方殿は織田家では一目置かれておるとか。大殿にいつでも目通りが叶うえ、殿や久遠殿がいない時には、大殿自らが知恵を借りたいとお越しになることもあるのだと聞き及びました。殿は大智の方殿と絵師の方殿ならば、一国の領主が務まるであろうと仰せだったほど。

父上が旗印としている波と一面に広がるという海を、間近で見ることが出来るかもしれません。

side：久遠一馬

美濃国、史実の織田信長は斎藤道三が討たれたあと、十年ほど掛けて美濃を攻め落としている。道三が討たれた頃は美濃どころか尾張国内でさえバラバラで、弟である織田信勝との稲生の戦いや、今川との桶狭間の戦いを経てからの美濃奪取だ。

無論、現状は美濃を制したわけではないので、比べるのはおかしいかもしれないけど、二十年ほど歴史の歯車が早くなっている。

これには利点も欠点もある。単純に考えて美濃の隣国である信濃はまだ村上と武田が争っているし、史実のように武田を恐れる心配は今のところないのが利点だ。

また、北近江の浅井も六角家に従属状態であり、美濃に小競り合い以上の手出しは出来ないだろう。

欠点としては、三好長慶、六角定頼、今川義元、太原雪斎、朝倉宗滴などが健在であることだ。ただ、織田が今一番困るのは史実にあった織田包囲網のような事態だが、現状ではその可能性は少ない。今川は別にして、他は畿内の争いで忙しい。織田が畿内に進出するには、近江から北伊勢の一部まで勢力圏に治めている六角が横たわっているからね。悪く言えば邪魔な存在だが、今の織田にとっては畿内の争いから守ってくれる防波堤になる。

六角バリアーが機能しているうちは畿内よりも領内を整えたいところだ。

「殿、もうすぐ美濃に入りますよ」

先のことを考えながら目を閉じていると、エルに起こされた。どうやら考えごとをしながら、エルにもたれかかるように少し寝ていたらしい。

美濃行きの道中は、今までの船旅と違う風情があってのんびりとしている。

船頭さんが櫓《ろ》や竿で舟を操る緩やかな揺れに風が吹き抜け、水が流れる音、そして時折聞こえる鳥や獣に人の声は、なんともいえない眠気を誘うんだ。

「そなたは相も変わらずだな」

眠気を覚ますように伸びをすると、信長さんに少し呆れたような顔をされた。

「泰然自若とはちと違いまするが、常に平穏なところが一馬殿の良きところでございますな」

周囲からは不思議そうな表情をされているものの、笑ってフォローしてくれたのは政秀さんだ。

申し訳ない。さすがに緊張感が足りなかったか。言い訳をすると、エルたちがいる以上は、城の中だろうが敵地だろうが変わらないんだよなぁ。

ああ、そうしているうちに国境を越えて、斎藤家の家紋の入った旗を掲げた舟が数艘近づいてきた。さっそく出迎えと護衛が来たか。

尾張と違い美濃はまだまだ安定していないからね。下手すると信長さんよりオレが狙われる可能性すらある。まだ嫡男でしかない信長さんと違い、オレはいろいろと目立っているからね。

斎藤側もオレと女性であるエルたちが同行することで、だいぶ警護を厳重にしているようだ。

「出迎えの将は新九郎殿ですな」

「ほう、自ら来たか」

舟で合流しただけなので挨拶もまだしていないけど、斎藤家の出迎え兼身辺警護の責任者である義龍さんに軽く会釈をする。

信長さんは義龍さんが来ていることで少し考え込んでいるみたいだ。なんか信長さん、ライバルとまでは言わないが、立場が近いだけに義龍さんを少し意識しているんだよね。

「わざわざ出迎え頂きかたじけない」

稲葉山城に近いところで、オレたちは舟を下りた。

義龍さんと挨拶をして、今度は馬と駕籠で稲葉山城を目指す。エルたちには駕籠を用意してくれたみたい。尾張だと駕籠での移動はあまりないんだけどね。気遣いに感謝しよう。

護衛の兵は二千はいるだろうか。これは織田家と斎藤家の友好関係を美濃国内の諸勢力に見せつけたい思惑もあるんだろうね。

しばらく進むと、見えてくる。稲葉山城だ。確か標高三百三十メートルくらいの小高い山城だ。

難攻不落の城として元の世界でも有名で、確かに攻めにくそうだ。

ちなみに稲葉山城の麓には斎藤家の屋敷があり、平時はそちらに住んでいるらしい。

この稲葉山城、史実では織田信長が長いこと居城としていた城として有名だけど、斎藤家が臣従しても、岐阜城に改名して信長さんが住むことはないだろうな。

美濃は交通の要所だし稲葉山城は堅城だけど、経済的な発展を考えると海が遠いのがね。

ウチの戦略を考えると清洲と那古野の体制が今のところ最良だ。

稲葉山城は斎藤家の居城のままでいい気がする。


斎藤家の屋敷に到着したオレたちは、さっそく道三さんと会うことになる。オレやエルたちも正装に着替えての会見だ。

「婿殿、よう来られたな」

場の雰囲気がなんとなく重く感じるのは気のせいではないだろう。ただ、道三さんはそんな雰囲気とは関係なく友好的な様子だ。まあ表向きだけでも友好的に取り繕うことなんて、簡単なんだろうから本心は分からないけど。

「わざわざ国境までの出迎え、感謝致しまする」

斎藤側は義龍さんと重臣が揃っている。重臣たちの様子は良くも悪くもない。

一方、信長さんの表情と態度は少し硬いね。織田と斎藤の関係が複雑なのもある。

信長さんにとっては嫁の実家だけど、織田と斎藤は去年の秋までは敵対していたんだ。正式に交わしたのは和睦であって、同盟などではない。

世間では実質臣従と楽観的なことを言う人もいるし、道三さんも敵意があるようには見えない。とはいえ現状だと、血縁を結んだばかりの隣国に来たということだ。

長年、権力の中枢にいた道三さんが相手では、今の信長さんでは外交交渉は敵わないだろうな。

「そなたが薬師の方殿か。病でない者も診るというがいかがする？　もうじき日が暮れるが」

「今から少しでも多くの人を診る。まずはこの城の人たちから」

信長さんとの挨拶のやり取りが終わると、さっそく実務的な話になる。道三さんは表面上の腹の探り合いよりは実務を重んじるのだろうか？

検地と人口調査は明日から文官衆が教えることになるけど、問題はケティの診察だった。

重臣はもちろんながら道三さんもケティを見るのは初めてだと思うので、若さからか少し驚いているようだ。

「では、わしから診てもらおうかの」

直接問答しても一切臆することのないケティを確かめるように、道三さんは意外なことを言い出した。疑っているわけではないのだろうが、直接見極めたいというのが彼の人となりに思える。

ケティは道三さんの言葉に頷くと持参した鞄を手に上座に上がり、オレたちや重臣が見ている前で診察を始める。

助手をするお清ちゃんがカルテを書く準備が出来ると、問診から始めて触診へと診察していく。

途中、聴診器で心音や呼吸音、嚥下《えんか》音を聴くと、重臣からはなにをしているのだと僅かにざわめきが起きるものの、道三さん自身は意に介さない。

「大きな病はありません。ただし、お酒の飲み過ぎと塩の取り過ぎかと思います。このままでは卒中になる恐れがあります」

　相変わらず抑揚のない声で淡々と診察結果を告げるが、あの結果だと肝臓機能の低下と血圧でも高いのかな？

「うむ。確かに酒はよく飲むがの」

「若くはないのです。体を労わらないと長生きは出来ません」

　織田側の皆さんに驚きはない。ケティは誰でも必要なことははっきりと言うからね。信秀さんも少し前にお酒の飲み過ぎを注意されていて、四日に一日は禁酒をするように言われたと評定で笑っていたくらいだ。

　ただ、斎藤家の皆さんは驚き固まっている。美濃の医師がどの程度のレベルかは知らないけど、身分社会であるこの時代では、そこまではっきり言うことはないんだろう。

「それは困るの。今しばらく生きたい。なんとかならぬか？」

「長生きは食事が大切です。あとで指南しておきます」

　多少なりとも自覚があるんだろうね。ケティにまっすぐに見つめられながら駄目出しをされた道三さんは、さすがに怖くなったのか素直にケティを頼っている。

　その後、道三さんの許可が下りると、ケティはお清ちゃんを連れて道三さんの家族から診察をすることになった。

義龍さんと母親はハンセン病、この時代だとらい病と呼ばれている病気の可能性があるんだよね。

義龍さんは信秀さんが褒めるくらいだ。この時代の武士としては優秀なようだし、この病気は見た目にも影響するからな。ふたりだけでもなんとか治してやりたいんだけど。

side：斎藤道三

薬師の方か。幼く見える容姿と違い、その目は決して侮ってよい者でないと示しておる。

さらに、日々、食うておるものや酒を飲む量を聞き、見たこともない道具で診察するさまに久遠の医術が優れておることを察する。

「にしても……」

長生き出来ぬと言い切られたことは初めてじゃな。しかも、わしを恨んで言うたのではない。医師として確とした信念を持ち苦言を呈するかの如くだ。

織田の猶子となり、わしであっても害せぬと高を括るような者ではない。

そもそも薬師の方は医術の前では誰であれ等しく患者とする。此度の美濃での診察もいずれの者から診るかなど、すべて薬師の方に一任するという条件があるほどだ。

「長生きか」

正直、死にたいと思うこともないが、末永く生きていたいかと問われると分からぬとしか言えぬ。子に疎まれ、家臣や国人にも不忠者と陰で謗られる身故にな。

ただ、今少し生きておらねば斎藤家は道を誤るやもしれぬ。それに……。

「見てみたいものよな。あの者らがなにを成すのか」

久遠一馬とその妻ら。わしが今まで会うたことのない者らだ。なにを見てなにを成すのか見当もつかぬ。故に、見てみたい。

薬師の方に従うか。酒も控えねばならぬな。わしはまだ死ねぬ。

side：久遠一馬

初日はあまり時間がないこともあり、ケティの診察以外は予定もなく歓迎の宴となる。

料理はこの時代の一般的なおもてなし料理であり、川魚である鯉料理がある。この時代は鯉も高級な魚だからなぁ。味付けは京風みたい。

美味しいよ。素材の味を生かした素朴な料理という感じか。旅行に行って郷土料理でも食べた時に似ているかもしれない。

宴自体は和やかで、特にトラブルもなく終わった。

歓迎の宴を終えたオレとエルたちは同じ客間で就寝することになるが、ケティからこの日の診察結果を聞くことにする。

「ハンセン病だった。病名を伏せたうえで薬を出した。今後も投薬治療をするべき」

やっぱりか。らい病はこの時代では忌み嫌われているからな。早期発見で適切な治療をすれば、怖い病気ではない。

義龍さんの立場を考えると、病名は今後も明かさないほうがいいだろうな。織田と斎藤の関係も盤石とは言い難い。この段階で道三さんの後継者と目される嫡男が、この時代では一般的に不治の病である病気を患っていると告知すると、下手をすれば織田の謀略にされかねない。

仮に病だと説明して信じたとしても、後継者問題で家中が揺らぐのはどう考えてもマイナスだ。

「そうだな。今回の美濃訪問で信頼を得られれば、素直に薬を飲んでくれるだろうね。この件は機密扱いで」

ケティの信頼度なら問題ないだろう。過剰に反応しない適当の病名をでっち上げて、しばらく薬を飲ませ続ける必要はあるんだろうが。

最悪、ナノマシン治療を施すかナノマシン治療薬を使えばすぐに治せる。

見方によっては、これを利用して斎藤家を史実のように分断させることも可能だろうけど、現状の斎藤家を見ると悪手だろう。共存しようとしてくれているんだ。

この件はオーバーテクノロジーと同じ特別機密として、オレたちだけで処理しよう。

幸いなことに稲葉山城は尾張からも近い。ケティたちが定期的に往診に来るのに、斎藤家さえ受け入れるなら、たいした障害はないからね。

翌朝となり、この日からケティは本格的に診察をすることになる。今日は城の中で道三さんが集めた人たちと城で働く者たちを診る予定で、明日からは井ノ口の町で身分を問わず診察をする。多くの人がケティの診察を待ち望んでいるんだ。

診察希望者が多いことと警備の理由から往診はなしとなっていて、井ノ口での診察は身分による優遇もない。必要に応じて急患は先に診るし、それ以外は武士も領民も先着順にすると決めた。

場所は井ノ口にある斎藤家の屋敷らしい。

ケティは織田一族となったオレの妻であることから、斎藤家としても最大限意見を聞いてくれたようだ。

待たされる武士とか怒りそうだけどね。基本的にこの時代は階級社会だ、平等なんて価値観はない。まあ、斎藤側も警護の人を配置するみたいだし大丈夫だろう。

オレはエルや政秀さんら文官衆と一緒に、検地と人口調査のやり方を教えていく。相手は道三さんと義龍さん、稲葉山城の文官というか側近衆か。国人衆がいないのは、織田のやり方を教わり合わせることに反発が大きいんだろうね。

「なるほどのう。人の数や歳なども明らかとするか」

全体的に理解が早いな。道三さんがそんな人材を選んだからだろうか。なにより道三さんの理解が早い。まあとんでもなく斬新なことをしているわけではないんだけどね。

きちんと調べるというだけだ。土地や人口をね。

現状の貫高制でも土地の算定額はある。ただし先祖代々の自己申告でしかない。また土地は利権関係が複雑であり中間搾取も普通に認められている。

元の世界では太閤検地なども有名だが、太閤検地でさえ大名領はきちんと検地してなかったという話もある。

　無論、現状では中間搾取や年貢のシステムに手を出す必要はない。あくまでも実態を把握することが大切なんだ。治めるのは国人衆や土豪ではなく領民だということ。

「最初は直轄領と自ら望む者だけで行うのがよいかと。命じたところで従いませんしね」

「されど、それでは意味がないのではありませぬか？」

　義龍さんは国人衆にも命じてやらせるつもりだったみたいだね。

「従わぬ者はいずれ後悔しますよ。この先得られる利益も救済も、従う者だけに与えればいいんです。大垣周辺のように」

「なっ……」

　優秀そうだけど甘いね。血筋や家柄など、この時代の重要な要素を考慮していたんだろうけど、そういうのだけだとすぐに苦しくなるはずだ。

　本当は織田としても国人衆の取り込みは考えていたんだけどね。不破の関から西美濃と稲葉山城まで敵対しないなら、細々《こまごま》とした国人衆は放置でいいだろう。

　美濃も土岐家の傍流や庶流が多かったり、古来より交通の要所として栄えていたから、古い権威や利権が残っていたりと大変なんだよね。

「従わぬ者は捨て置くか」

　ただ、道三さんはあまり驚いていない。ここ最近のこちらの動きから察していたらしいね。

「先日の米の売買と同じです」

腹を割って話せば気が合うかもしれないな。

side：帰蝶

今日は土田御前様を筆頭に織田の女衆と共に熱田に来ております。昨日、熱田神社を参拝する話を絵師の方殿としておりましたが、なんと土田御前様がたとお子の皆様も同行されることになったためです。

皆様は清洲から駕籠で那古野の工業村においでになり、尾張たたらの近くから共に川舟に乗り、熱田の湊近くの舟着き場へ到着致しました。

「めるー！　うみはー？」

「もう少しでございますよ」

特に楽しげなのはお市殿でしょうか。熱田は初めてとのことで、先ほどから絵師の方殿に幾度も海はまだかと尋ねておられます。

なんでも久遠家にあった海の絵を見て以降、自身も行きたいと言うておられたとか。

「クンクン」

「クーン」

ロボとブランカという久遠家の二匹の愛犬と並んで歩くお市殿に、土田御前様も微笑ましげに見ておられます。

「うわぁ～」

見えました。ああ……、これが海なのですね。

青いです。信じられないほど青く、遥か遠くまで続いております。

お市殿の驚く声を聞きながら見入っていると、いずこからともなく今まで嗅いだことのない匂いがします。これはなんの匂いでしょうか？

「める、なんのにおい⁉」

「これは海の匂いなのでございますよ」

お市殿も匂いに気付いたらしく絵師の方殿に問うております。ああ、これが海の匂いなのですね。

父上が昔、話してくれたことがあります。海には海の匂いがあると。

そのまま熱田の町を歩き湊にまで行くと、多くの船が見えてきます。

あれは……、なんと黒く大きな船でしょう。他の船と比べものになりません。複雑で大きな柱がいくつも立っています。

「おっきい、ふねだ‼」

「あれが当家の船になります。ここには工業村で作る鉄の材料が運ばれてくるのでございますよ」

久遠家の南蛮船がこれほど大きいとは。見たことがないのは、私とお市殿など幼き者だけとのこと。思わず見入ってしまいました。

確かにこれならば、遥か遠くに赴くに相応しいと感じます。

しばし湊をご覧になられた土田御前様がたは、休息を兼ねて熱田神社の大宮司である千秋家の屋敷に向かわれます。ただ、絵師の方殿と私は絵を描くために湊に残ることになっております。

「わたしもえをかく！」

なんと、お市殿が自身も残られるというので、お市殿と他にも数人の姫様たちと共に絵を描くことになりました。

よく晴れていて心地いいですね。いい絵が描けそうです。

side：織田家重臣

広間は重苦しく、誰も口を開けずにおる。

この日、清洲城に呼ばれたのは、先月あった若殿の婚礼の祝いにて配られた酒と菓子を民から搾取した者らだ。

武士、僧侶、土豪、村のまとめ役など多くの者が搾取しておったが、今ここに呼ばれたのは武士と僧侶になる。

「わしの顔に泥を塗り三郎の祝いの儀を汚したにもかかわらず、よくわしの前にのこのこと出て来られたな」

殿は、いつになく厳しきお顔をされておる。少しでも異を唱えんと致せば、その場で首を刎ねられるような恐ろしさがあるほどだ。

呼ばれた者らも顔色が悪く、震えておる者さえおる。

されど、かような殿を見るのは久方ぶりだ。正直、わしですら恐ろしいほどだ。今では仏の弾正忠様と称されておるが、かつては尾張の虎と言われ、今日のように厳しい時もあった。

近頃の殿は信じられぬほど穏やかになられたからな。そう、久遠殿が来てからだ。

あの御仁と呼ぶには、いささか若過ぎる者が来てからというものの、織田家は変わった。殿はご自身で動かれるよりも、若殿と久遠殿が動くのを待っておられる。

若殿ばかりではなく、久遠殿のことも実の我が子のように見守り期待されておるのは、近習と重臣以外は知るまい。

「これより裁きを申し渡す。気に入らぬ者は謀叛でも一揆でも起こすがいい」

裁きは厳しいものであった。

かような時に限って久遠殿がおらぬ。恐らく殿は、久遠殿がおらぬからこそ、こやつらを始末なさるおつもりなのだろう。

久遠殿の欠点は甘いと見縊られる、その有り様だからな。よほど大事にならねば捨て置くほど。かような者らを始末する場では、要らぬ放言の的にされよう。殿は罪人とはいえ、弾正忠家が従えた者らの見苦しき様を見せとうないのかもしれぬ。

婚礼からこの日まで一切の謝罪も補償にも動かなかった者は、磔の上で領地没収。武士も僧侶も問わずだ。

一方で若殿と久遠殿が見せしめに土豪の捕縛に動き、反抗されて討ち取る顛末があった。これにより事態の深刻さを理解し、賠償または謝罪した者には温情を与えるようだ。

そのうえで横領した祝いの弁済と、領地における税の徴収権を剥奪。有り体に言えば、織田家の代官による税の管理が加わった。

　ほとぼりが冷めた頃に、民に重税を課すのを阻止するおつもりなのだろう。

戦における軍役の負担は変わらぬのだから、これは厳しい。さりとて打ち首や磔の死罪と領地召し上げよりはマシということか。

　そもそも、この件は搾取などしておらぬ者のほうが多いのだ。かの者らが納得し満足する罰は必要になる。

「お、恐れながら、某《それがし》は先日の戦にて一番槍の功を挙げております。その褒美もないままでのこれはあまりに非道でございます」

「その件は後日の心積もりなのだが、まあいい。そのほうは後日はおらぬからな。一番槍の手柄は手柄。褒美を用意しておる。だが乱取りと乱暴狼藉をするなという命に反し、浅ましく卑しき振る舞いを美濃に晒した。その罪は重い。打ち首の上で晒し首を申し渡す心算だったのだが……」

　愚か者が。今の殿に異を唱えるなど、この場で斬り捨ててくれと言うておるようなものだ。殿は浅ましく卑しきと口にしつつも、顔色を一切変えておられぬ。それが尚更、恐ろしい。

「なっ……、それはあまりにも……」

　殿のお言葉に周囲がざわめいた。恐らく先日の戦で勝手をした者が、他にも搾取をした罪にてこの場におるのであろう。

　昨日、大垣城の織田造酒丞信辰様が、こやつらを上手く使えなんだことを詫びるために清洲まで来ておられたくらいだ。

森殿や滝川殿が機転を以て、伏せ待ちの陣を構えて、敵の追撃を退けたから良かったものの、無駄な被害を出したばかりか、美濃の氏家殿に本来なら要らぬ借りを作ってしまったからな。

揖斐北方城を明け渡させたことで負けたとは言えぬが、ここしばらくの戦ではもっとも出来の悪い戦となってしまったのだ。

「褒美はやる。論功行賞の際に家の者にでも取りに来させるがいい。だが罪は罪だ。戦でわしの命を軽んじた罪は謀叛に等しきもの。それも勝つためではない、我欲からのものだ。慈悲はない」

やはり、殿の裁定に口を挟み、此度の断罪を止められる者などおらぬ。わしを含め重臣は殿の裁定に是を返しておる。こやつらはすべてを受け入れるしかあるまい。

今日呼ばれておらぬ土豪や村のまとめ役も、弁済と各々に合わせた特権を止めることが加わる。

下命を守らず勝手をした者らは、今までは仔細を聞いて詫びを入れると許すこともあったのだが、この先、勝手なことをしたらいかになるか、見せしめにはちょうどよいということだ。

side：斎藤飛騨守

守護家を追放し、己の意に沿わぬ者を討った山城守から美濃を取り戻すべく思案しておると、意外に早くその機は訪れた。

「山城守め。己の好きにはさせぬ。奴と織田の誼を潰してやれば、すぐに尾張と美濃は元の争うままの形に戻る。さすれば、美濃にいる奴を疎む者が必ずや立ち上がるであろう」

織田の大うつけが、僅かな供のみを連れて美濃に来ておる。城内ならば手の出しようがないが、氏素性の怪しき久遠の女が民を相手に薬師の真似事をしておるという。

その場で騒ぎたてて、あわよくば女を捕らえることが出来れば、こちらにも運が向く。

長井らが消えた今、わしが美濃を束ねるべきなのだ。山城守などではなくな。

千載一遇の好機に笑みがこぼれそうになりつつ、薬師の真似事をしておると聞き及ぶ場に来ると、道に大勢の民が群がるように集まっておるわ。

下民どもが。わしの前を塞ぐとはなんたる無礼。斬り捨ててやりたいが、目当ての女のおらぬここで騒ぐわけにもいかぬ。

下民どもに道を開けさせつつ診察しておるという屋敷に入る。

「本日は身分を問わず先に来た者を診察するように命じられております。どうか外に並ぶ者らの後ろでお待ちください」

だが、屋敷の門の前で止められると、信じられぬことを告げられた。

おのれぇ。わしを誰だと思うておるのだ⁉

許さぬぞ！　許さぬぞ‼

side：滝川お清

この日は井ノ口の町にある斎藤家の屋敷にて診察をしておりますが、武士から僧侶や民に至るまで、多くの患者が続々とやって来ます。ケティ様の名は美濃でも広く知れ渡っているのですね。

ただ、なるべく皆を診てやりたいと励んでいると、誰かの怒声が聞こえてきました。

「ええい、わしを誰だと思うておるのだ！　何故、わしが下民などと同じく扱われるのだ!!」

人が集まると騒ぎが起きるのが世の常でございましょうか。

この方のように武士や僧侶には、ご自身が待たされることにお怒りになる方も多いのです。

「山城守様の下命でございます」

「わしは斎藤飛騨守ぞ！　山城守はわしを下民と同じとする気か！」

男は二十歳くらいでそれなりの身分のようにお見受け致しますが、斎藤家縁者だとは。私は名を聞いたことがありませんが、少し厄介かもしれません。

「煩いのです！　赤ちゃんもいるのです！　騒ぐなら外で騒ぐのです！」

斎藤家から身辺付きにと寄越された者が困った様子で諫めていて、診察を待っている者たちが怯える中、堂々と止めに入ったのはチェリー様でございました。

「なんだと女郎《めろう》が！　気味の悪い髪をしおって……」

問答無用と言わんばかりに怒りの矛先をチェリー様に向けた飛騨守殿ですが、チェリー様のお顔を見ると言葉の途中で怒りから驚きの様子へと変わり、最後は下劣な笑みを浮かべました。

「そうか。己が下賤な南蛮人の妾か。一馬と言うたか？　下郎が卑しき銭で織田に取り入ったようだが、美濃は己らの思うままになどさせぬ。女郎風情が騒がれるほど愚か者しかおらぬ尾張とは違うのだ。すぐに美濃から出て行け！」

あまりの言葉に誰もが驚いたはずです。かようなことがあっていいのでしょうか。

「我が殿と織田家への侮辱は許せないのです！」

初めて見ました。あれほど怖いお顔をするチェリー様を。

「許せぬというのならいかがする？　女郎。戦にするか？　構わぬぞ。己らが生きて尾張に戻れるならばな」

「戦？　必要ないのです。愚か者は私が成敗してやるのですよ。今ここで果たし合いを申し込むのです。まさか女相手にひとりで戦えないなんて言わないのですよね？」

静まり返る中、すず様が刀をチェリー様に手渡すと、果たし合いをすべく外に出て行かれます。

「慶次郎殿、お止めください」

「無理だな。斎藤家が織田家を侮辱したのだ。もうオレでは止められん。誰か若様と山城守殿のところに走れ」

チェリー様は、いつも明るく私たちの仕事をお手伝いしてくださるほどの優しいお方様です。そんなチェリー様が、見たことがない表情で決して退かぬと示しておられます。

殿や周囲の皆様を大切に思うお心が強く、殿が綺麗だと言ってくださる髪が自慢だとおっしゃっておられました。

それが殿のことと、ご自身の容姿を公の場であれほど侮辱されたのです。許せなくて当然でございましょう。

　とはいえ、このままではいかになるか分かりません。ケティ様ならばお止め出来るのでは……。

「ああ、ケティ様。いかが致しましょう」

「チェリーなら懸念はない。私は診察を続ける」

　驚くことに、ケティ様はまったくお気にする様子もなく、次の患者を呼ぶと診察に戻ってしまわれました。チェリー様を信じておられるのでしょうか？

「飛騨守殿、なんということを！」

「わしは斎藤家が織田如きと結ぶことなど認めておらぬ。そのうえ下賤な南蛮人どもを美濃に入れるなどあり得ぬわ」

　屋敷を出て大きな通りの真ん中にて、チェリー様と飛騨守殿は対峙しております。斎藤家の者が止めに入っておりますが、あのお方は正気なのでしょうか？

「チェリー！　あの愚か者に己が罪を分からせてやるでござる！」

　チェリー様だけではなかった。すず様もお怒りになっておられます。そんなお二方に飛騨守殿と郎党はこちらをさらに睨み、今にも斬りかかってきそうです。

　牢人などが果たし合いをすることはよくあることでございますが、ここまで身分が高い者の果たし合いは珍しいかもしれません。勝敗に問わず、大変なことになってしまいます。

「チェリー様、殺してはなりませんぞ」

「分かっているのです！」

　ああ、慶次郎殿。面白そうに相手を挑発するのはお止めください。飛騨守殿がさらに鬼のように睨んでおります。本当に困りました。城に走らせた者は間に合うでのしょうか。

side：久遠一馬

「申し上げます！　診察に不満を持ち騒いだ斎藤飛騨守様が、久遠殿と奥方殿を侮辱して騒ぎになっております！」

　この日も検地や人口調査を教えていると、血相を変えて駆け込んできた人の報告で中断した。

　侮辱って、なにがあったんだ？　というか斎藤飛騨守って、どこかで聞き覚えのある人だけど。誰だっけ？

「愚か者！　なにをしておるのだ！」

　同席する斎藤家の皆さんも驚いている中、義龍さんは激怒した。当然だろう。具体的によく分からないものの、場合によっては織田と斎藤の関係が崩壊する可能性すらある。

　いや、それどころじゃないかもしれない。オレたちの身の安全すら危うくなる可能性もあるか。

「ええい、わしが行く！」

　義龍さんの行動は早かった。詳しい報告を聞く前に現場に向かうとのことで、許可を得てオレとエルも同行する。さすがにそこまで大事にはならないとは思うけど……。

「双方動くな！　いったい何事だ！」

大通りの真ん中に人だかりが出来ている。斎藤家の家臣が間に入ってなんとか収めようとしているものの、中心にいるのは知らない武士とチェリーだった。

珍しいな。チェリーって温厚なんだけど。

すぐに事情を聞くと、義龍さんの顔が怒りで真っ赤に染まる。当事者と思われる武士は、今も織田家との婚姻など認めない。下賤な南蛮人を美濃に入れるとは何事だと騒ぎたてている。

あっ、そうか！　斎藤飛騨守って、竹中半兵衛を侮辱しておしっこをかけたとか逸話がある人だ。年齢は二十歳くらいだし、本人か親か分からないけど。

「飛騨守！　己は、父上の命に逆らうばかりか、他家の者を侮辱するとは！」

「某を軽んじるならば、山城守とて許さぬぞ！」

今にも斬り殺さんとする義龍さんに、飛騨守とやらは一歩も引かない。意地か？　なにかしらの謀か？　そもそも、これはこの男の単独行動なのか？

「チェリー、少し落ち着こうな」

「私のことはいいのです！　でも殿もみんなも織田家も侮辱されたのです！　それは許せないのです！　許してもいけないのです！」

チェリーが本気で怒っている。オレも初めて見るほどだ。

なんとか落ち着かせつつ、この後の対処を考えないと。確かに安易に許すと織田家の面目を潰してしまう。オレは信秀さんの猶子になっているからな。

それにしても、チェリーの容姿を馬鹿にしたうえ、オレたちのことを散々こき下ろしたとは。

チェリーに限らずアンドロイドのみんなの容姿は、オレが決めて創った。それぞれに不満とかコンプレックスはあるのだろうが、他人に馬鹿にされれば当然ながら怒る。

そのうえ、オレやみんなの悪口を言いたい放題にされて我慢出来なかったようだ。

チェリーは優しい子であり、それだけ家族愛が強いんだ。

まあ、事情は把握した。最悪なことが起きてしまったな。


「己は……」

義龍さんは自らが飛騨守と対峙するように、怒りを抑えつつ睨み続けている。反織田の発言をしている飛騨守に対する態度から見ても、とりあえず彼が謀ったものではないようだ。

とはいえ、さすがに双方共に自ら手を出すことは出来ないらしいね。義龍さんにしても、斎藤一族の騒動になると、嫡男の立場ではこの場で処断は難しいだろう。

しかも、これはもう外交問題だ。織田も面目があるから、こちらも安易に許せない。それに……。

「新九郎殿。チェリーに果たし合いをさせてやってもらえませんか？　そこの愚か者は許しません」

冷静に考えなくてはと思うものの、次第に怒りが込み上げてくる。周囲がざわつくけど知ったことか。チェリーがあんなに怒るくらいに馬鹿にされたんだ。こんなクズに。

このまま済ませるわけにはいかない。軽々しく妻たちに手を出した奴は絶対に許さない。

「なっ、久遠殿⁉」

「ふん。女に戦わせて己は高みの見物か？　さすがは下賤な南蛮崩れだな」

義龍さんはオレの提案に困惑してしまうが、飛騨守は驚くどころか今度はオレを挑発するように、ニヤニヤと暴言を吐き義龍さんの顔が真っ青になる。

ああ、引っかかったね。単純な人だ。せっかく義龍さんが間に入ったのに、オレが声を掛けると矛先をこちらに向けてくるなんて。

恐らくこいつは斎藤家と織田家の関係を破綻させて、オレの名声を下げたいんだろう。しかも武士となってもろくに武芸も出来ないと見られている、オレが相手なら勝てると高を括っていると。

こういう人種は考えることが単純で助かる。オレでも対処出来るくらいだからね。

「飛騨守。己、それ以上は……」

「ご迷惑をかけて申し訳ございません、新九郎殿。ですが、こちらも引けませんよ」

義龍さんはすぐに道三さんに知らせるべく人を遣わしたが、オレは家臣から刀を受け取ると、チェリーよりも一歩前に出て飛騨守と直接対峙する。

守られているだけでは駄目だ。この男に舐められたままにしておくと、オレだけじゃない。エルたちや家臣たち、それに織田家の今後にも響く。

気になるのは、オレに人が斬れるかどうかだ。無論、目の前の男に情けをかける気なんてまったくない。ただ、体が動いてくれるかは、正直、分からない。

せっかくチェリーが果たし合いという形で決着を付けるべく、形を整えてくれたんだからね。

「やれやれ。これほどのうつけが同じ一族だとはな」

一触即発の様子に周りが騒がしくなる中、均衡を破ったのは信長さんと一緒の道三さんだった。

少し前から離れたところで静観していたらしい。

ちなみにこれが道三さんの謀である可能性はまずないだろう。手口がずさん過ぎる。ここまで両家の関係が悪化するのを抑えてきた方針とそぐわないし、そもそも落としどころもない関係破綻など狙う人じゃない。

「なんだと！」

「飛騨守、己は打ち首だ」

飛騨守は道三さんが相手でも態度が変わらないものの、道三さんの決断は、なんの感情もないと言わんばかりに、あっさりとしたものだった。

眼中にない。それがオレにも分かる。

「さて、婿殿。いかがする？　飛騨守は打ち首とするが、斎藤家が織田家を侮辱した事実は変わらぬ。戦とするか？」

そのまま道三さんは飛騨守など見向きもせず、すべてを委ねるようでありながら、まるで信長さんを試すかのように公衆の場で問い掛けた。

どんな結果になっても受け止める覚悟はある。ただし、予期せぬ事態にあわよくば信長さんを見極めたいという考えもあるように思えるのは気のせいか？

まあいい。信長さんと一緒のジュリアとセレス、それとオレの近くにいるエル、すず、チェリーと目を合わせて、最悪の場合に備えた確認をする。

斎藤家とこの場で手切れとなった場合は、正直どうなるか分からない。道三さんと義龍さんはおかしなことはしないと思うが、誰かがオレたちを捕らえようとしてもおかしくはない。

この場にいない織田家の皆さんのこともある。万が一の場合は、オーバーテクノロジーを密かに使わないと織田家の皆さんを守りきれないな。エルにゼスチャーでオーバーテクノロジーの解禁を指示する。

「致し方あるまいな。敵となるならば、それまでであろう」

しばし道三さんと見つめ合うように無言だった信長さんが淡々と答えると、周囲が静まり返った。特に領民は信じられないような顔で固まっている。

こんな場面を目撃するなんて初めてだろうしね。当然か。

道三さんから謝罪がないのならば、婚姻も和睦もすべてが終わりだ。今までの努力も水の泡。現実とは、案外こんなものなのかもしれない。そうも思える。

「死んじゃえ!!」

静まり返った場にその声は響いた。野次馬の最前列にいたひとりの子供が、飛騨守に石を投げて怒ったんだ。

「そうだ！　死んじまえ！」

「病人を診るため、わざわざ美濃まで来てくださったのに!!」

子供の怒りと勇気が野次馬の人々に伝わったのか、周囲にいた領民が次々と飛騨守に対して怒りの言葉をぶつけていく。その光景にオレは驚いていてしまうが、飛騨守はそれを甘んじて受けて大人しくなるタイプではなかった。

「無礼者がぁぁぁ！！！」

これは、なんとなく予想がついていた。この男は弱い者に刃を向けると。

怒りに任せて刀を抜き、最前列の子供にその視線が向けられた時、咄嗟に体が動いていた。

オレを挑発して目の前にいたことも、その一因だろう。

子供が危ない。そう思ったら体が動いて、刀を鞘から抜きつつ一気に斬りつける。

「おのれ……卑怯……者めが……」

確実に決めないと駄目だ。手に伝わる初めての感触に覚悟を決めて、事切れるまで刀を強く握りしめ、とどめとばかりに押し込む。

「相手はオレだろう。隙を見せた己が悪い。チェリーを侮辱したうえ、目の前で子供を斬るなんて許すわけねえだろ」

不思議と罪悪感もなく手に残る感触に震えなかったのは、まだ飛騨守の家臣が周りにいたからだろう。

「殿ーっ！」

「おのれ！　卑怯者め！」

真っ先に動き出したのは、やはり飛騨守の家臣たちだ。

人権なんてない時代だ。無礼な子供を斬ってなにが悪いとか、主を傷付けられて引き下がれないとか、後になればいろいろな言葉が出たのだろう。ただ、今は主と同類らしい連中が、怒りのままに刀を抜き、オレに斬りかかってくる。

「甘いのです！」

「成敗でござる！」

　でもね。奴らの動きを予測していたのはオレだけじゃない。ウチのみんながすぐに動いていて、護衛がオレの前に出ると守るように刀を抜き、チェリーとすずは一気に攻めに転じて、ふたりで五人を瞬く間に斬り捨てている。

　ひとつ予想外だったのは、近くにいた義龍さんも抜刀して飛騨守の家臣を斬り捨てていたことか。彼は心底、織田との破綻を望んでいない。それは確かだね。

「大丈夫かい？」

　思うところはある。ただ、飛騨守が事切れて幾分落ち着いたオレは、目の前の子供が無事だったことがなにより嬉しい。

「はい！　ありがとうございます！」

　見渡すと周りの人たちは目の前で人が亡くなったことにショックを受けた様子もなく歓声を揚げて喜んでいて、息絶えた飛騨守を罵り、石を投げている。

　みんなタフだな。でも、これがこの時代なんだ。

　あとは道三さん次第だが……。

「義父殿。愚か者は成敗された。織田としてはこの件は、大事に至らず、落着に至りとしたいが、いかがか？」

不気味にも思える沈黙の中、先に動いたのは信長さんだった。当然、気付いているはずだ。これが誰かの仕込みである可能性も。道三さんの周辺ですら、織田との関係を破談させたいと企てた者がいた可能性がゼロではないことを。

ただ、正直なところ、これで戦をしても織田家にも斎藤家にもあまり利はない。誰かが仕込んでいたかどうかは別にして、この結末を迎えたことで信長さんとしてはひとつ貸しとしつつ、問題を拡大させないように手を差し伸べたというところか。

もう少し後手に回るかと思ったけど、さすがは信長さんだね。道三さんに貸しを作るなんて凄いよ。

「お心遣い感謝する。謝罪は改めて致そう」

続く道三さんから出た謝罪の言葉にオレは心底ほっとした。これで最悪の事態は免れることが出来る。オレたちと信長さんなら、あとはなんとか関係を維持する方向に持っていけるだろう。

「遅れて済まなかった。しかし貴殿も奥方もたいした腕前だな」

「ありがとうございます。ですが、誰も手傷を負わなかったことがなによりです」

今回の最大の功労者は義龍さんかもしれない。嫡男である彼が斬ることでけじめを付けた。

これで協力して狼藉者を処分したと言える。この時代、親族というだけで、ある日突然、顔を見たことも、文を交わしたこともない者の罪や失敗の責任が及ぶ。だから、対処方法もいくつかは確立している。今回はその典型だ。

彼は斎藤家を救った。オレにはそう見える。

すずとチェリー？　ようやく機嫌が直って、一緒に戦った義龍さんにVサインしているよ。

side：斎藤義龍

「申し訳ございませぬ」

「よい。あの愚か者を捨て置いたわしにも責はある」

城に戻るとすぐに父上に不手際を詫びたが、驚いたことにあまりお怒りではないようだ。

後始末の際に三郎殿や久遠殿と話をしたが、あちらも特に気にした様子はなかった。この程度の騒動は、しばしばあるのだとか。

診察に際し織田が求めておったのは、身分や地位にかかわらず、医師の指示にすべてを委ねること。それでも斎藤家に配慮し、先に診てほしい者は、昨日診ており、さらに出立日の前日にも診てくれることになっておる。

ただし、それ以外は等しく患者として扱う。まあ常ではあまりあることではないが、医師は織田弾正忠殿の猶子となった久遠殿の奥方だ。文句を言える者はおらぬと思うたのがいけなかったか。

薬師の方殿は貧しい者でも救ってくれるとの世評は美濃でも知れ渡っておる。その世評に多くの患者が集まったが、まさか同じ斎藤一族からあのような愚か者が出るとは。

飛騨守は強き者に媚びを売り、弱き者に高ぶり威張るような男だ。謀叛の末にわしが討ち取った長井隼人佐ですら、あの男は使えぬと相手にしておらなんだ男が、まさか来ておるとは思わなんだわ。

「それより、久遠殿は武芸が不得手と聞いたが……」

父上が気にしておるのは、飛騨守などではなく久遠殿の武芸か。確かに凄かった。手にしておった鞘から刀を抜きながら、一太刀で飛騨守を斬り捨てたのだからな。

「先ほど少し話したところ、人を斬ったのは初めてだと言うておりました。戦でも前に出る立場ではないのでしょう」

奥方のふたりも凄かったが、あの者らが武芸に通じておることは、事前に調べがついておったからな。いずれかと言えば、武芸が不得手だと聞いておった久遠殿のほうが驚きは大きい。

「新九郎よ。わしは織田に臣従を申し出るつもりだ」

「そこまでせねばなりませぬか？」

「此度のことで疑念が生まれると、斎藤家は生き残れぬ。されど、そなたが直に飛騨守の家臣を斬った今ならば、臣従を申し出れば信じてもらえよう」

まさかのお言葉だった。詫びが要るのは分かるが。三郎殿は大事にせぬと言うたというのに。

「源平を紐解いても、旗色を見せぬ立場では邪魔者として扱われかねぬのだ。わしは不忠者と謗られ、信がない。動かねばならぬ」

此度の失態にそこまでの覚悟がいるのか？　確かに父上は決して世評が良いわけではなく、わしは織田と争おうとした。致し方ないか。

「もしあの場でわしが飛騨守に味方すれば、わしとそなたは討たれておったのかもしれぬ。気付いておったか？　噂の今巴の方と氷雨の方が、わしと婿殿に一足一刀の立ち位置から動かなんだことを。しかも、飛騨守が刀を抜いた時ですら、動揺ひとつしておらなんだ」

なっ、左様なことがあったのか。わしは飛騨守から目を離さなんだことで気付けなんだ。

確かにその両名は、武勇に優れておると聞き及んでおる。特に今巴の方殿は、鹿島新當流の塚原殿に勝ったとか。女と甘く見るのは愚かであろう。

まあ、和睦が成りながら、先頃まで謀が常に生じ出る有り様で、敵地も同然だったのだ。無策や安易な備えで来るほど愚かでないことは当然か。

とはいえ、あの場がそこまで危ういものだったとは。

side：久遠一馬

斎藤飛騨守とその家臣の遺体は、斎藤家の家臣により片付けられた。

首が必要かと聞かれたけどオレは要らない。織田家としては信長さんが判断するだろう。

ケティは我関せずと診察を続けていたし、すずとチェリーも何事もなかったかのように手伝いに戻った。

あと、この件に関して道三さんと義龍さんが本当に知らなかったことが判明した。ふたりも驚いており、今後の対応を深刻な様子で相談しているとシルバーンから報告があったんだ。

「さて、久遠殿には改めて詫びよう。相済まぬことであった。衆人の面前であれこれと侮辱するなど、戦になっても文句は言えぬ」

稲葉山城麓にある斎藤家の屋敷に戻ると、返り血で汚れた着物を着替えて、改めて道三さんや義龍さんと顔を合わせた。

道三さんが真っ先に詫びると、斎藤家の皆さんも緊張感が増した気がする。

「構いません。けじめは付けましたので」

まあ、事故のようなものだ。一族家臣とはいえ、この時代だと勝手なことをする者はいくらでもいる。あまり騒いでもウチにも織田家にもメリットはない。

「此度のこと口だけの謝罪で済む話ではない。斎藤家はこの場にて臣従を申し出ることで、二心なきことを示したいと思う」

とはいえ、この人はただ者ではないんだよな。信長さんもオレもこの件を大きくする気はないと明言したのに、信秀さんや織田家中が収まらない可能性に気付いている。

でもさ。根回しも済んでいない段階でそれを言うか？　あまりに突然のことに信長さんと織田家の皆さんばかりか、斎藤家の皆さんも固まっている。

シルバーンからの報告にあったので、オレはすでに知っていることではある。ただ、この流れでの臣従は困るのが本音だ。

信長さんは迷ったのか言葉を発しない。政秀さんは保護者の顔で見守っているだけだ。仕方ないのでオレが答えてもいいだろう。道三さんがオレへの謝罪に続けて言った言葉だ。

「斎藤家がこの場で臣従することは、両家の利になりませんよ」

ひとつ気になるのは、道三さんは最善の一手を打ちつつ、やはりオレたちを試しているようにも見えることか。そもそも臣従は、オレや信長さんの権限では判断出来ないことだ。本来は、持ち帰り報告するというのが無難な答えなんだろう。

ただ、試されるままでは駄目な気がする。この件の主導権はこちらで握る必要があるんだ。

「わしが信じられぬか？　まあ、無理もないがの」

オレの答えに道三さんは困ったような笑みを浮かべた。ただね。そうやって言葉に僅かな毒を交えるのは止めてほしい。オレは化かし合いなんて出来ない。

信じられないと言えば懸念となり、信じられると言えば道三さんに主導権を握られる形で臣従の話になってしまう。

「そういうことでないのはご存じのはず。美濃守護代家である斎藤家が尾張の織田に臣従をする難しさと懸念はご存じでしょう。現状でそれをすれば、美濃国内も納得せず周辺の諸勢力も騒ぐのが目に見えています。織田は争いを望んでおりません」

「美濃はいかようにもなる。畿内は好機ではないのか？」

やっぱり気付いていたね。織田がこれ以上大きくなると周囲が放っておかないことを。というか道三さんでも、織田が畿内を狙っているかもと考えているのか。

「織田は畿内への興味などありません」

「ふむ、潰しあっておるうちに力を蓄えたいか」

なんとか話しの主導権を握ったというのに、道三さんは負けていない。こちらの反応を試すように刺激的な言葉を使うなぁ。もう少しオブラートに包んでほしい。

二心なき証として臣従を願い出て、本音を語るように過激なことを言う。不手際での臣従であっても自分の才覚と能力をアピールするのも忘れない。

正直、勉強になるなと感心するほどだ。

尾張と美濃は、史実のこの頃でさえ石高に換算合計すると百万石を軽く超える。それがウチの商いで商圏が広がって、経済的には史実より圧倒的に伸びた現状では、倍を超える国力すらあるかもしれない。

どう考えても周辺勢力が黙ってはいないはずだ。打倒三好に兵と銭を出せなんて言われかねない。織田は、畿内に兵も銭も出す気などない。厄介ごとに巻き込まれるのは困る。

織田と斎藤は実質臣従なんて言われているけど、お互い油断出来ない相手であり、様子見をしている。そんな状況が当分は望ましい。

まあ。ほとんどエルの分析なんだけどね。

六角バリアーに斎藤シールドは当分維持したい。こっちは国内の統治と改革に忙しいんだ。

「少し乱暴な言い方ですが、その通りでしょう。私たちは領内を良くすることを考えております」

「それは弾正忠殿も承知の考えか？」

「ええ。もちろんでございます。此度の始末は、先ほどの通りでよろしくお願い致します」

信長さんと信秀さんはもちろんだけど、義統さんとも話し合って事前に調整していることだ。現状では畿内で果てしなき消耗戦に引き摺り込まれる可能性がある。六角と織田を使って、三好打倒なんて迷惑なことを考え言い出しかねない人がいるからね。

「わしは蝮などと呼ばれておるが、織田と比べたら赤子のようなものじゃな」

人聞きの悪いことを言わないでほしいな。こっちは戦を極力減らして平和な世をつくりたいんだ。

それと周囲の斎藤家の皆さん。まるでオレが策士みたいな、それこそ目の前の道三さん以上に恐ろしいモノを見るような目を向けないでほしい。

斎藤家だって畿内の戦で消耗戦なんかしたくないでしょ？

side：六角定頼

娘婿である土岐頼芸が家臣に仇討ちとして討たれてしまい、娘と孫がわしを頼り近江に来たのはいいが、有象無象の土岐家の残党など要らぬ。

織田が揖斐北方城を落としたことにより、斎藤と織田は厄介払いだと土岐家残党を追放しておるが、近江に来られても困る。

もとより頼芸などあてにしておらなんだが、最後の最後まで厄介なことをしおって。

追放された者の中には、早くも土岐家再興と美濃奪還を口にする者がおると聞く。

本心からではあるまい。今更、土岐家が美濃に戻っても、誰も付いてこぬということは奴らとて理解しておるはずだ。されど、己の面目のために美濃奪還を諦めておらぬと周囲に見せる必要がある。

領地も地位も失ったのだ。左様なほどに公言せねば、誰も相手に致してくれぬのは分かる。されど、虚心ならば許せるが、六角に仇なすならば……。

にしても、三好が謀叛を起こして畿内が騒がしい時に、美濃になど介入出来ぬことが分からぬのか？

六角家中にも奴らの口車に乗せられて、この機に美濃に介入などと、愚かなことを考える者が出始めておるのだ。これらも六角にありながら、六角に仇なすと見なすべきか……。

確かに織田と斎藤の関わりが落ち着いておらぬ今は、美濃介入の好機に見えるであろう。従属の国人とは左様なもの、六角の利や政に思いが及ばぬ。だが、畿内を捨て置けば三好を止める者がおらぬではないか。

西方が左様な仕儀となるうえに、片やの東だ。美濃に介入すれば織田と争うことになる。北伊勢が危うくなるのが分からぬのか？　もし仮に織田と斎藤が組んで三好にでも味方したら、畿内の情勢が一気に変わってしまうのだぞ？

あり得ぬわ。細川と三好の尻ぬぐいで、六角家を傾けるなど絶対にさせぬ。

土岐家残党は折を見て追放したほうがいいかもしれぬ。

幸い、織田からは畿内に介入の意思はないとの文が届いておる。その代わりに美濃には手を出すなということであろう。

実のところ、東山道で織田が近江や畿内に運ぶ荷は貴重な品が多く儲かる。美濃を取り込みたいとの思惑からか、東山道での商いが多いのだ。

織田は不破の関を押さえたいのであろう。少し惜しい気もするが、三好が騒いでおる以上、織田を敵には回せぬ。あとは家中の愚か者どもさえ押さえれば、我が六角の東はひとまず懸念が減る。これを六角の利となるようにせねばなるまい。

それにしても頼芸も細川晴元も、騒ぎばかり起こして世を荒らすばかりではないか。かようなことなら、斯波か織田にこそ娘をやるべきであったな。

織田には頃合いを見つつ、誰ぞ庶流の女子でも養女にして、嫡男に輿入れさせるかと考えておったが、斎藤に先を越されてしもうた。

何事もままならぬものだな。

side : 久遠一馬

ケティの診察は、その後も飛騨守のことなどなかったかのように大好評だった。

美濃に来て五日目。井ノ口では診察最終日となるが、今日も人が絶えないまま混雑している。

斎藤飛騨守家は領地没収のうえ、一族の男は打ち首となり、女子供は実家や他家へ預けられるらしい。実際に城と領地の接収はこれからだが、織田を侮辱した以上、味方する人はいないだろうし抵抗しても高が知れているだろうね。

こんな時は寺社に入れるんじゃないのかと思うかもしれないけど、あれ有償だからね。罰する側が寺社に入れることはあまりない。引き取った後で、親族が良くも悪くもやる事だ。

結局、織田との和睦と、道三さんの臣従と変わらぬ姿勢に美濃国内では不満が大きいのが騒動の根源にあるのだろう。実際、戦になれば自分たちは勝てると思っている人が多いのが現状で、道三さんは臆病風に吹かれたと揶揄されているみたいだし。

ただ、道三さんは気付いているからね。戦の勝敗が必ずしも結果に結び付かないことに。この時代でオレたちと交流がないのに、それに気付く道三さんはやはり凄い。

今回の主題である検地と人口調査については、基本的なことを教えることが出来た。それほど難しいことはしていない。ただ、実際に土地を測量して、人の数を調べるのは、惣《そう》という、村が自治をしているこの時代では難易度が高いだろう。

尾張で上手く検地と人口調査を行えたのは、最初に検地と人口調査を行った土地が大和守家の旧領であり、戦で大和守家が途絶したからという理由と、流行り病対策で領内と従う国人衆の領地を駆けずり回ったことが大きい。

まあ、今の織田弾正忠家の力が大きいこともあるけどね。飢饉対策のためという名目も、流行り病の時に各地の寺社と協力していなければ彼らが反発しただろう。

老人から子供や河原者や流れ者まで、尾張に住んでいる者には等しく治療していた。

そんな織田の姿勢と、薬や食料を集めた財力に尾張では反発は少なかった。

とはいえ歴史の齟齬か、この世界の道三さんは立場が弱い。大垣を取り返していないことや、史実にあった加納口の戦いで織田に勝っていないからだろう。

この日オレたちは道三さんに茶の湯でもてなされている。

信長さんとオレと政秀さんとエルが同席していて、広くない茶室にはオレたち以外は道三さんしかいない。多分、余計な人がいると話の邪魔になると考えたんだろう。

「そういえば面白き噂を聞いた。織田伊勢守家の内乱の折に金色砲を運ばせることで戦を決めたのが、そこな大智の方殿だとか。まことのことかの？」

道三さんは慣れた手つきで静かにお茶を点《た》てていたが、信長さんにお茶を出すと何気ないことを思い出したかのように問い掛けていた。

話を切り出すタイミングが上手いなと感心する。

「まことだ」

ずっと気になっていたんだろうね。女の身で美濃まで来て、公式の場にも出ているし。

信長さんはそんな道三さんの質問に、嘘偽りなくあっさりと答えた。

「ほう。それは見事であるな。やはり近頃の織田の動きは、久遠殿とそなたが関与しておるか」

「そうだとも言えますし、そうでないとも言えます。私たちは状況に応じて策を献上しているだけ。決めているのは清洲の大殿様でございます」

道三さんの問いがエルに向けたものと理解した信長さんが答えるようにと視線を送ると、エルは美濃に来て初めて公の席で口を開いた。

身分や立場、男女の格差。いろいろな理由はあるものの、エルは他国で自ら口を開くことはしないからね。

「恐ろしいの。国人や土豪、寺社でさえも、すべて敵に回しそうなものを。逆に味方に、いや、利用しておる。わしには出来ぬことだ」

「誰もが戦や争いを望んでいるわけではございません。必要なのは新たな光明でございます。織田に従わぬ者はさておき、従う者は皆、飢えずに平穏な暮らしが出来るという光明を与えるべく愚考致しております」

　静かだ。まるでふたりだけのように。道三さんは織田を見極めようとしているのだろう。それこそ斎藤家が生き残れる最善の道だからだろうな。

「光明か。やはりわしにはないな」

「光明は誰であれ持つもの。当然、山城守様も。まずは井ノ口を上手く治めるべきかと愚考致します。国人衆や寺社や土豪は捨て置いて構わないでしょう。山城守様がその気ならば織田が力を貸すはずでございます」

　演技かもしれないが、僅かに自虐的にも思える様子の道三さんは、少し押されているように見える。エルは遠慮していないね。本気で道三さんを味方に付ける気か。

「当面は臣従を望まぬのであろう？」

「ご懸念には及びません。織田は今川とでも商いをしております。井ノ口は尾張にほど近く商いには向いておりますので。商いでお力になれると思います」

　予想外なんだろう。道三さんはエルの言葉にしばし無言で考え込んでいる。どういう影響があるか、すぐには理解が及ばないのかもしれない。

実は現状でも美濃とは商いをしているけど、それほど美濃の利になる商いはしていないんだ。織田の商圏と商いの力は大きい。井ノ口を本格的に組み込むと、織田と斎藤は共に大きな利益になるはず。

道三さんは優秀だけど、時代的な背景もあり統治はこの時代では標準なものだ。出自に油売りの説があったけど、商業方面もエルたちから見れば、まだまだだ。

幸いなことに、周囲で敵になりそうな勢力はいない。数年は猶予があるだろう。

今は斎藤家も新しい内政に力を入れてほしいんだ。道三さんに出来るだろうか。

こちらからすると、やってもらわないと困る。旧態依然の勢力との違いを誰の目にもはっきりさせないと、今後、織田も斎藤も困ることになるんだ。

side：朝倉宗滴

「土岐が追放されたか」

「はっ。斎藤は織田と和睦し、西美濃は大半を織田が押さえたようにございます」

美濃から素破が戻った。時満ればとは思うておったが、早くも織田が美濃に本腰を入れたか。

畿内では三好が主家である細川に戦を仕掛けておる。この機を狙ったか？　見事な動きだ。畿内が荒れておる現状では動きたくても動けぬ。

当家においては、先年に先代様が身罷られ、代替わりしたばかりだ。新たな殿の奥方様は細川から迎えておる。ここで下手に動けば、三好と細川の争いに巻き込まれるやもしれぬ。

「尾張の織田か」

越前はかつて斯波武衛家が守護として治めておったところ。あちらから見ると奪った形になるのが我が朝倉家になる。

斯波は遠江も今川に奪われ、今や尾張も織田に奪われたと見るべきか？　いや、それは早計じゃの。最早、かつての力はない斯波じゃが、未だに織田は斯波を担いでおる。

斯波からすると、今川も朝倉も許せぬはずじゃ。越前に攻め込む大義名分もある。美濃を固めぬうちに、そう易々と動くとは思えぬが。

美濃に関しては六角の動きも気になるものの、西の三好に東の織田、共に日の出の勢いがある。迂闊に動けまい。

さらに越前の懸念は隣国にある。一向衆がおるのだ。

斎藤と織田が争い、いずれかがこちらに手を伸ばしてきたならば別だが。今は動けぬな。

「久遠一馬という男に関して、なにか分かったか？」

「申し訳ございませぬ。警戒が厳しく特に目新しいことはなにも……」

織田の躍進は久遠によるもの。博多や堺を通り越して、尾張まで直に明や南蛮の品を運んでくる噂の黒い南蛮船が織田の力の根源だ。

幾隻ほど南蛮船を持っておるのかは知らぬが、月に数度も尾張には船が来るというのだから信じられぬ。

織田がその利を生かして、昨年から朝廷に貢物を折々に贈っておるのも気になる。

畿内でも滅多に手に入らぬ金色酒を筆頭に高価な品々を献上しており、京の都では畿内に出てくる先触れとの噂や、守護の斯波家を追放する支度との噂があるが、今のところなんの動きもない。

いったい、いかな狙いで朝廷に貢物を贈っておるのだ？

一方の領内では病の者を無償で診ており、鉄を作ることを始めたという。それらが久遠一馬という男の進言で始まったのは掴んだのだが、肝心の久遠一馬という男がよう分からぬ。

武芸は不得手だと聞き及ぶが、高価な鉄砲を大量に持っており戦には強いようだ。特に関東では里見水軍を壊滅させており、海の戦では伊勢の水軍衆が恐れるほどだという。さすがは、南蛮船を幾隻も持ち、渡海《とかい》を成す商人の出、そこらの水軍如きでは相手にならぬということか。

噂の金色砲も鉄砲の類であるとは掴んだが、詳しいことはよう分からぬ。

明の商人からは南蛮人が船に乗せておる大きな砲ではないかと聞いたが、一介の商人が手に入るものではないとも聞いた。

この男がなにを考えておるか分からぬ以上は、美濃には手出しは出来ぬというのが本音だ。

武威を示して誇るわけでもないというのに人を従えて、人に信じられておる。

明らかに武士ではない。だが商人でもない。久遠とは、いったい何者なのだ？

会うてみたいの。この年寄りが敵う相手かどうか。見極めてみたいわ。

side：久遠一馬

いろいろとあったけど、商いなど今後も調整することで斎藤家と話をしている。

当面は経済面での交流を深めつつ、斎藤家には改革と力を蓄えることを提言した。

どこまで聞き入れるかは道三さん次第だ。ただ、井ノ口での商いが拡大すれば、美濃全域を本格的に織田の経済圏とする日も遠くはないだろう。現状でも美濃の経済は織田がかなりの割合で握っているんだ。

有名な美濃紙なんかも、最近では畿内よりも尾張に流れる量が増えている。

改革に関しては警備兵の創設を提言した。検地と人口調査も必要だろうが、直轄領以外では抵抗が大きく、下手をすれば内乱になる恐れがある。道三さんとしては覚悟の上でのことのようだが、現状ではあまり望ましくない。

織田への臣従の条件が検地と人口調査になるので、いずれはそちらも必要だが、斎藤家の力が思ったほど強くないいんだ。オレたちが来た頃の織田家もそうだったけど、現状では国人衆を束ねる存在でしかない。

西美濃に大きな影響力がある美濃三人衆などは、織田家と斎藤家の間で様子見だしね。

現状では、稲葉山城と井ノ口の町で改革と力を蓄えるのが望ましい。その第一弾としての警備兵になる。治安維持は近代統治の基本中の基本だ。

無論、この時代でも領主は配下の武将や家臣に町を守らせているし、町人が自警団のようなものを組織しているところもある。ただまあ、元の世界の一般的な治安維持を考えると物足りないものでしかない。

経済面では、尾張と交流を深めれば豊かになるだろう。無論、美濃の座とか商人が多少騒ぐだろうけど、そこは様子を見て従えるか潰すかしかないだろうね。

問題は飴と鞭のバランスだ。そこは少し心配だけど、史実を鑑みると道三さんよりも義龍さんのほうが上手くやるかもしれない。こちらも様子を見ながら提言するしかないだろう。

ケティの診療も上手くいった。今回はいわゆるパフォーマンス的な意味合いが強いこともあり、美濃の人たちに大好評だった。

ただ、医療活動の今後に関してはなんとも言えない。医師の育成は始まっているが、一人前になるにはまだ時間が必要だ。そもそも一人前に求める医療レベルも決まっていない。元の世界の近代医学まで教えるわけにはいかないが、簡単な外科的手術は行えるレベルにはしたい。

それに、ケティの往診も当たり前だと思われたら困る。

なるべく患者から那古野の病院に来てくれる仕組みをつくりたい。そのためには織田領の領民が領内を移動しやすい環境にする必要がある。

これは信秀さんと以前から検討をしている。市などに合わせて、領民に限り月に数回ほど関所の開放をするか、病人の関所通過を無料にするかなど、いくつかの案が検討されているんだ。

とはいえ関所は国人や土豪や寺社など、多くの者がやっているから調整とか大変なんだよね。出来るだけみんなが医師に診てもらえるようにしたいということには賛成しても、自分の実入りが減るというのは抵抗が大きいだろう。

商いや経済改革に比べて農業など生産改革は時間がかかることから、国人衆や土豪に与える利益がまだ少ないのも改革が進まない原因だけど。

まあ、今年から塩水選別や正条植が織田家直轄領や一部の国人衆にも広まるので、今後は国人衆の領地なんかにも手を付けられるようになるだろう。

もっとも現状では苗代作りを強制しないので、正条植も種籾を等間隔で蒔くことになる。苗を育てて田んぼに植え替えるのは、稲の育成にいいけど、直播《じかま》きよりもはるかに手間がかかるからね。

オレたちは明日には尾張に帰ることになる。

商いに関して拡大出来るのは織田と斎藤の両家にとって利になるし、事件もあったが有意義な美濃訪問だった。

さあ、みんなとロボとブランカの待つ家に帰ろう。

天文十八年、春。織田信長と久遠一馬は美濃斎藤家の居城である稲葉山城を訪れている。

時代的に同盟相手でさえ直接会わないことが当然だったにもかかわらず、信長は自身の婚礼からほどなく稲葉山城に出向いている。

きっかけは、斎藤利政が織田家において行われていた検地と人口調査を知りたいと頼んだことだと『織田統一記』にある。

信長と帰蝶姫の婚礼により、織田と斎藤の両家は長年の対立関係から転換を図ったものの、利政は同盟関係では先行きが危ういと考えており、早くから臣従を前提に動いている。この一件もそのための要請であった。

ただ、信長と一馬たちの美濃訪問に関しては織田からの提案であり、織田家による美濃平定のための策として出向いている。

滞在期間は七日ほどで、検地と人口調査の指南や意見交換などをしている。

さらに滞在中に『井ノ口騒動』が起きたことで、利政はお詫びとしてその日のうちに織田への臣従を申し出ている。

ただし、この申し出は近隣情勢や美濃国内の問題から、両家のためにならないという理由により一馬が止めており、両家が関係を深めることが出来るようにと商いなどでの交流を提案している。

美濃斎藤家はこれ以降、織田家に習い、統治改革を進めることになった。

なお大智の方こと久遠エルを筆頭にした、一馬の妻たちの聡明さと実力に利政や義龍が驚いたという逸話が残っている。

統治や商いにおいて指南したとされる大智の方こと久遠エルや、井ノ口騒動で飛騨守の家臣を斬った刀の方こと久遠すずと忍の方こと久遠チェリーのふたりなど、その実力を目の当たりにしたことで利政は久遠家の力を悟ったとある。

井ノ口騒動

久遠歌舞伎十八番のひとつとして有名で、現代では物語としてもよく用いられる事件になる。

事の発端と経緯は『織田統一記』や『久遠家記』にあり、井ノ口にて薬師の方こと久遠ケティが診療を行った際に、待たされることに難癖を付けて騒いだ斎藤飛騨守が、止めに入った忍の方こと久遠チェリーや一馬たちを侮辱したことによる、いさかいであったという。

飛騨守は止める義龍の言葉も聞かずに、一馬を直接侮辱するなどして挑発したとされる。その場にいる皆が戸惑う中、周囲にいた領民の子供が飛騨守を非難すると、彼は激怒してしまい刀を抜いて子供を斬ろうとしている。

そんな飛騨守を一馬が一太刀で斬り捨てたのが、この一件の概要である。

この時、一馬は子供を斬るのは許さんと語ったとあり、後の世で一馬の人物像に大きな影響を与えている。

一馬の登場する歌舞伎や芝居に映画やドラマにおいて欠かせない場面として、この逸話を挙げる人は多い。

ただ、日頃から刀どころか脇差すら持ち歩かないことも珍しくなかったといい、一馬自身が斬った記録は多くない。

現代では時代劇のせいか悪人を成敗するイメージがあるものの、一馬はどちらかと言えば温和で当時の人からは甘いとすら言われていたとの逸話が多い。

皇歴二七〇〇年・新説大日本史

第二章　尾張に戻って

side：織田信秀

美濃から三郎たちが戻った。もう夜になることから正式な報告は明日聞くが、三郎が一足先に姿を見せた。

「そうか。出張《でば》った労に見合う成果、良うやったな」

少々騒ぎがあったようだが構わぬ。

「親父、義父殿は本気で織田に臣従する気だったと思うか？」

「さて、人の腹の中など分からぬからな。されど、斎藤一族の失態だ。明らかな嘘で収まるとは思うまい」

名門である今川家の義元ならば、同じことがあっても織田に臣従するなどはせぬとは思うが。だが利政ならばあり得る。奴の親父はどこぞの僧で油売りをしておったと聞く。親が下剋上で奪った斎藤家の面目だけで戦にするなどあり得まい。

そもそも奴が臣従を考えておる節があるのは、今に始まったことではない。気付いておるのであろう。このままでは斎藤に先はないと。

さらに一馬のこともある。あやつが皆の光明になっておるのだ。一馬が出世すればするほど、織田では余所者でも出世が出来ると望みを抱いておる。

水野も、最後はそこを臣従に踏み切る拠り所にしたと言うておったほどだ。利政のことだ、斎藤の生きる道を見定めれば臣従を言い出してもおかしゅうない。

「だが、臣従を言い出した義父殿に、まだ早いと説き伏せるとはオレも思わなんだわ」

「ははは、一馬らしいではないか。一馬たちの目には遥か先が見えておるのであろう。実のところ、畿内の争いに巻き込まれるのは困る」

予め決めておったことではある。当面は今のままでいいだろうと。

されど、予期せぬことがあったとはいえ、まさかこれほど早く公の場で言い出すとはわしも思わなんだ。

果たしてその場にわしがおったとして、説き伏せて上手く収めることが出来たであろうか？

もう美濃を制するのは難しくない。だが、確実に畿内の争いに巻き込まれる。

一馬のおかげで畿内の価値が変わった。

少なくとも、織田は畿内がなくば困る状況ではない。いさかい、戦がある度に名を聞くところであっても、細川、六角、三好、畠山、それに本願寺もあるか。あの勢力と今争うのは得策ではないのだ。若狭武田や朝倉は畿内を気にするが故に、畿内に使われ苦労をしておる。

「愚か者を処分して、尾張もだいぶ身綺麗に致した。このまま尾張から変えるのが最良であろう」

「寺社も罰するとは思い切ったな。親父」

「仏の名が役に立った。此度の処罰は寺社も割れてな。わしのところには減刑嘆願ばかりでなく、甘いという苦言も届いておる」

此度ばかりは仏の名が鬼に変わることも覚悟しておったのだが、そうはならなんだ。

逆に仏は厳しくもあると、宗門を問わず、彼方此方《かなたこなた》の坊主から苦言を呈されるとは、さすがに思わなんだな。だが、これで確と見えた気がする。誰もが望んでおるのだ。飢えず、病に罹れば皆で力を合わせて凌ぐ世をな。

殺伐として、騙し騙される世に嫌気がさしておるのは、わしだけではないらしい。

side：久遠一馬

尾張に戻り、那古野の屋敷に帰ってきたんだけど、留守を任せた資清さんが少し疲れた表情で出迎えてくれた。

「殿が美濃へお出張りの最中、若様の婚礼にて民に配った祝いの品を搾取した者の処罰と、先日の揖斐北方城攻めでの論功行賞が行われましてございます。殿宛、もしくは御家宛にも、それに関して減刑嘆願の助力を求める者が来ておりました」

そうか、とうとうやったか。

以前から話していたんだよね。信秀さんは頃合いを見て処罰すると言っていたけど、処罰内容は結構厳しい。

祝いの品を搾取した件は、搾取された領民に祝いの品の再配布を検討している。その費用負担を罰則の中に組み込み、搾取した者に負わせると話していたんだけど。これは最低限の罰だ。

　厳罰だったのは、先行して処罰した土豪の末路を見たあとも、一切の謝罪や弁済に動かなかった者で、磔の上で領地没収だそうだ。

　この段階になってようやく事態の深刻さに気付いた者は、なりふり構わず減刑嘆願や助命嘆願をしている。

「それでどうしたの？」

「メルティ様とご相談のうえ、数名は減刑嘆願に値すると判断して、大殿に具申致しております」

　パニックとまでは言えないが、一番混乱したのは寺社らしい。今まで織田は寺社に寛容だったし、強固な既得権持ちなので、なかなか手を出されることがなかったからな。そこまで重い罰を言い渡されると思ってもいなかったんだろう。

　全体としては、一揆や謀叛を企む者や逃亡する者などが出たらしいが、一揆は領民が付いてこないばかりか、近隣の領民やまともな寺社に密告されて潰えたようだ。謀叛や逃亡も関係者や親族が取り押さえたところがあったみたい。逃がしたと思われると罪に問われるからな。

　信秀さんは今回の一件で各地に人を派遣して、領民を集めて直接語りかけて説明するという形で、各地の領民や諸勢力に配慮したみたい。

　紙芝居は準備をしていなかったので間に合わなかったけど、紙芝居で培ったネットワークを利用している。

　減刑嘆願は成功した者もいれば、失敗した者もいる。

特に寺社は一部では助命嘆願が聞き入れられた代わりに、既得権の部分的な放棄を迫られて呑んだみたいだ。

土豪クラスは土地に根付いていて、村が総じて血縁なんてのも珍しくない。反発して戦だと騒いだところもあったみたいだけど、原因が祝いの品を搾取したことだからな。大半は当事者が見捨てられるか、逆に取り押さえられて終わった。

なにより搾取しなかったところは一切騒ぐ必要がなく、親しい寺社や土豪でも、与り知らぬことだと動かなかったことが大きい。

寺社や武士に土豪などを分断したのが、今回の処罰が成功した理由だろう。

ああ、揖斐北方城攻めで命令違反をした者たちが村々を荒らした件に関しては、該当の村に被害の補償をすることになった。

細かいところには口を出させなかったものの、望めば見届け人が立ち会う中での処罰と、織田家からの補償で話を付けたみたい。

勝手な略奪はもう許さない。織田家はそれを内外に示したことになる。

こちらの処分もすぐに下されるだろう。それでようやく尾張も落ち着くはずだ。

「儀太夫殿、本当にご苦労様。褒美は明日にでも渡すから」

「はっ、ありがとうございまする」

ウチはようやく益氏さんが帰ってきていたので、気が滅入る話はここまでにしよう。

揖斐北方城の領地復興に一通りの道筋を付けたことで、あとは森可行さんに任せての帰還だ。

益氏さんと忍び衆や石舟斎さんたちなど、ウチから派遣した人たちに褒美をあげないとな。味方の監視とか、嫌で損な役回りさせたから、褒美は弾むつもりだ。

「八郎殿。お花見のほうは進んでる？」

「はっ、万事抜かりなく」

それと、春といえばお花見だ。今年はウチの主催で久遠家中のみんなとお花見をする予定になっている。この花見は所帯持ちと独身者に分けて行う予定で、独身者のほうはお花見コンパにする予定なんだ。

普通は家柄とか考慮して縁談を決めるけど、ウチはそこが自由だし。一応、家中のみんなには事前に家柄を考慮した縁談を希望するか聞いたんだけどね。

でも、希望者がほとんどいなかったんだ。織田家の重臣や直臣ならばともかく、中途半端に他家へ嫁や婿に行っても、ウチで働くより生活が苦しくなるからなぁ。誰も行きたがらないよね。

もちろん家中でいい人を見つけるために動いている人もいるし、そこは制限していない。ただ滝川家と望月家なんかはウチでも別格だからね。なかなか決まらない。

忍び衆同士の結婚は何組かしていて、オレからも祝い金と祝いの品を贈っている。本当は結婚式も挙げてやろうとしたんだけどね。さすがにキリがなくなるから、祝い金と祝いの品を贈るくらいにしている。出たり出なかったりすると問題になると言われてね。

それとケーキは別枠で届けている。なんかケーキがないと久遠家の仕来りが守れないなんて考えが広まっているんだ。

　みんなで美味しく食べてくれるならいいけどね。

「クーン」

「うん？　次はブランカだな」

　帰宅して資清さんたちから報告を受けながらも。オレはロボとブランカのブラッシングをしている。数日いなかったから甘えてくるんだよね。

　決して序列が低いから働かされているわけではない……と思う。

side：とある久遠家の家臣

「二度と村に戻れると思うなよ！」

　鬼のような形相で睨んでいるのは、かつては逆らえなかった村の長老だ。

　親父はそんな長老に負けぬほど睨み返している。

「ああ、分かっとるわい」

　事の発端はオレの嫁取りだった。長老は己の孫を娶れと言ったが断ったんだ。

　向こうは本家で、村でのことは本家がほとんど決めていた。オレが御家に仕えたことで本家は久遠家との縁を欲して、嫁の話を言い出したんだろう。

　長老は、以前、御家に倅を仕官させるから話を付けてこいと言ったり、それが無理だと知ると、オレに暇乞いをさせて代わりに倅をやると言ったりして困らせていたからな。

　困って滝川様にご報告したら、面倒なことになるから断ったほうがいいと言われて、滝川様がわざわざ断りと詫びの書状まで書いてくれたが、長老が激怒して怒鳴り込んできたんだ。

　度重なる無理難題に、オレと親父は、村を出て本家とも縁切りすると決めた。もうオレたちにとって長老じゃねえ。無縁の爺だ。

　嘘か本当か、本家はどこぞの由緒ある家柄だと、酒が入ると自慢していたような爺だ。ただ、御家ではこの手の話はみんな断っているんだ。

　確かに久遠家には仕えた家臣の親戚縁者が働いていたりするが、血縁を自慢するような奴は断っているし、仕えた後、素が出たり、驕ったりで追い出された奴もいたしな。

「さあ、荷をまとめよう」

　怒った爺を追い返すと、村を出て行く支度をする。親父や兄弟たちは、このまま御家の下働きとして働くことになるだろう。

　あの爺はオレの家が本家を名乗る己らより身分が上がるのも、いい暮らしをするのも許せないらしい。

　村の連中は、これを機にオレの家を本家にしようかなんて話をしている奴もいて、それも気に食わなかったんだと思う。

　正月には本家に金色酒や餅を分けてやったのに、それも生意気だと文句を言われる始末だった。

　那古野の若様の婚礼で祝いの品が配られた時も、搾取するなと教えてやったのに。それですら感謝どころか怒っていたくらいだ。

家財道具を運ぶのは、同じ御家の皆が手伝ってくれたのですぐに終わる。

滝川様が、本家との揉め事を案じて人を寄越してくれたんだ。

殿はあんな爺みたいな奴を好まれないのに。本家のために教えたことをすべて悪いほうに受け取った。もう付き合いきれねえ。

side：すず

チェリーと一緒に孤児院の子供たちに人形劇を見せたのでござる。喜ぶ子供たちの感想を参考にしつつ、次のお話を考える。

紙芝居にあるお話を参考に出来ることもあり、選択肢は多い。

「やっぱり楽しいお話が人気なのです」

土岐頼芸の人形劇は私たちで出来なくなったので、リアルと関係ない物語にシフトしたものの、チェリーの言う通り、人気なのは楽しいお話や勧善懲悪なお話でござる。

お話を考えて新しい人形を作り、背景となる絵を描く。これも結構大変なのでござるよ。メルティは忙しいので私たちで絵も描く。

「お方様、なにを描かれるので？」

おお、いいところに慶次が来たのでござる！

「今度は誰とも分からない物語なのです！　さあ、慶次も一緒に描くのです！」

チェリーと顔を見合わせて、慶次にも紙を渡して絵を描かせる。なにをやらせても上手く、ノリがいいので大歓迎でござる。

「ほほう、それは興味深いことでございますなぁ」

「褒美もあげるのでござる」

やはり傾奇者は違う！　私たちの考える物語をこの時代の視点で面白くする助言をくれる。

うふふ、燃えてきたでござる！

side：久遠一馬

揖斐北方城攻めに関する処罰が終わった。

納得してない者がいたらしく、こちらも逃亡者が出て、ごく一部では挙兵しようとしたらしいが、オレの出る幕などあるはずもなく鎮圧された。

逃亡者のほうは残った親族に責任と罰が追加された。さすがに死罪ではないけど、逃がした疑いがあるとして罰を追加するようだ。

農繁期となり日に日に暖かくなっていることで、尾張では農村も活気づいている。

ウチで管理する農業試験村と太田さんの領地では、苗代作りや田作りなどが始まっていて、牧場村では輪栽式農業の実験もあるので、去年とは違う場所に畑を作っている。今年も植えるのはこの時代にはない作物や一般的ではない作物ばかりだ。

今年からは織田家直轄領や、信光さんや信安さん、文官衆の領地の一部では、種籾の塩水選別や正条植のテストが始まったが、同時に魚肥の使用テストも始めている。

こちらも可能な限りの支援はするけど、すべての責任は持てないので失敗した場合の責任問題も丁寧に説明してあり、協力者として共に頑張ってくれることになっている。

一気に変えてもいいのかもしれないけど、不測の事態や不作の際の原因にされかねない。現状では相手からやりたいと言ってくれた人と試験的に試す段階だ。

魚肥の代わりに使われなくなった糞尿は回収して、昨年からこちらもテストしている硝石丘法に回す予定だ。これは結果が出るまで数年はかかるから、それまでは新しい肥料の実験名目で続けていく。

この時代はいわゆる糞尿の直播きが一般的らしく、寄生虫問題の原因のひとつになっているからね。肥料も変えていかないと。

普通ならなにをしているのかと疑われるところだろうけど、ウチが関わることは多かれ少なかれテストや試験が行われているのであまり目立っていない。

正直、硝石の生産は二の次でもいいんだけどね。史実と違いウチでは大量生産出来るから。

ただまあ、やって損はないだろう。あまりにも大量の硝石をウチが供給しては、どこで生産していたのかなどの辻褄が合わなくなってしまう。硝石を自前で作る技術が確立していれば、秘密の場所で作っていたことで納得してくれるだろう。

「うしだ！」

　さて、今日は牧場に畑の手伝いに来たけど、遊びに来ていた信長さんの妹たちも一緒だ。お市ちゃんたちは、白黒のまだら模様のホルスタイン種にびっくりしている。

　牧場も動物が増えた。日本在来の馬に、アラブ馬、ヤギ、ロバ、日本在来の牛、ホルスタイン種、ジャージー種、鶏も飼っているね。

　これだけ珍しい家畜が揃うところは、この時代の日本にはないだろう。お市ちゃんたちは興味津々な様子だ。

「だれ？」

「若様の妹だよ。無礼のないようにね」

「はーい！」

　孤児院の子たちはお市ちゃんたちを興味深げに見ているけど、さすがに高価そうな着物を着たお市ちゃんたちが、ただの子供でないことには気付いたようだ。

　といっても、ここの子供たちにとって信長さんは、相撲を取ったり武芸を教えてくれる人だから過剰に恐れたりはしないけど。

　お市ちゃんたちにも種を蒔く体験をさせてあげよう。ついでに友達でも出来たらいいと思うんだけど、どうなるかな。

　乳母さんや護衛の人がハラハラした様子で見ているけど、大丈夫だ。ウチの子たちはリリーが教育しているから危ない遊びとかはしないし、最低限の礼儀は教えてある。

オレとしては、喧嘩くらいならしてもいいと思うんだけどね。子供たちはすぐに仲良くなったみたいだ。

お市ちゃんは馬鈴薯ことジャガイモの種イモの植え付けを手伝っている。これを植えたら美味しいものが出来ると教えると、子供たちと一緒に楽しみにしながら植えている。

「いただきます！」

お昼は孤児院の子たちとみんなでチャーハンだ。着物が汚れないように前掛けを着て、和気あいあいと食卓に着くと、お市ちゃんたちにとっては新鮮な光景らしく笑みがこぼれている。

「おいちいね」

「本当においしゅうございますね。姫様」

木製のスプーンでぱくりとチャーハンを食べたお市ちゃんは、モグモグと咀嚼しながら乳母さんと顔を見合わせて喜んでいる。

具材は猪肉のベーコンだろう。卵と野菜も入っている。あとはもやし入りの中華風スープもあるね。育ち盛りにはちょうどいいだろう。

乳母さんも護衛の人も一緒に食べている。オレとエルやリリーたちも食べているから、ここではみんな一緒に食べるんだと教えると、素直に従っていた。

多分、オレの身分が高くなったからだろうけど。信秀さんの猶子になったことで、いろいろとやりやすくなったね。

この時代ではあまり見られない光景だろう。ちなみに孤児院の子たちはいつもと変わらず自然体だ。信長さんとか信秀さんがよく来るから慣れちゃったんだよね。

牧場村に住む領民の大人は、未だに緊張するらしいが。

食後は低年齢の子たちはお昼寝の時間だ。お市ちゃんも一緒にお昼寝してもらう。

「この後、みんなでお勉強なんだけど。姫様たちも一緒にどうかしら？」

一時間ほど寝ると、午後はリリーが孤児院の子たちに勉強を教える時間になる。他の姫様たちはともかくお市ちゃんはまだ早い気もするけど。

「大丈夫よ。年少組は紙芝居を読み聞かせるだけだから」

「じゃあ、一緒でいいか」

子供はリリーが一番慣れているんだよね。任せていいか。

信秀さんからは特になにも言われていないし。土田御前と一緒に、夜にはウチでの出来事を話すのが日課らしいけど、お叱りを受けたことはない。

「なにをやっておるのだ？」

結局、オレも子供たちと一緒に昼寝をして起きると、呆れた様子の信長さんがいた。

いや、特に急ぐ仕事もないしさ。男の子たちに交じって昼寝をしていたんだよ。ちなみにお市ちゃんは女の子たちと一緒だ。

ただ、お世辞にも身分がある武士には見えなかったんだろう。

「食後の昼寝はよいものですよ」

「分からんでもないが……」

子供たちは元気だ。昼寝から起きるとすぐに騒ぎ出す。リリーが孤児院で働いている人たちと一緒に勉強を教え始めると、オレは信長さんと一緒に十歳以上の年長組の男の子を相手に武芸を教えることになる。

オレも睡眠学習で覚えたから、基本くらいなら教えられるんだ。

side：アーシャ

学校での仕事を終えると夕暮れとなっていた。書庫などの鍵を確認したのち、寝ずの番となる警備兵のみんなに声を掛けて、私は牧場にある屋敷に戻る。

春ではあるものの、吹き抜ける風は冷たい。ふと立ち止まると、沈みゆく夕日に見入ってしまう。

「お方様、いかがされましたか？」

「なんでもないわ。綺麗だなと思ってね」

警護の者たちと共に歩いて戻る。以前は馬を使うこともあったけど、少し前から健康のために歩くようにしているの。

「アーシャ先生、おかえりなさい！」

「ええ、ただいま」

牧場村の屋敷は孤児院と併設している。私の帰りを子供たちが待ってくれていた。こうして帰りを待つ人がいる。そういう幸せ、嬉しさを知ったのはこの世界に来てからね。

「あのね、あのね。きょうね……」

幼子が身振り手振りを交えて、今日一日の出来事を教えてくれる。楽しかったのだと伝わり、見ているだけでいい一日だったと分かる。

「おなかすいた！」

「そうね。私もお腹空いたわ」

「きょうはおさかなのつみれなべなんだよ」

みんな、親も違えば生まれた場所も違う。私たちに至っては生命体ですらなかったわけで、親はいない。どうなるのかと最初は思ったけど、今ではみんなで助け合い生きている。

「それは楽しみね～」

この子たちもいずれ大人になり家族を持つのだろう。私やリリー、司令とみんなのことを、家族のように共に過ごした時を受け止めてくれたら、それに勝る幸せはないのかもしれない。

side：久遠一馬

今日は信秀さんと信長さんのお供として、清洲郊外にある運動公園に来ている。

ここは昨年の武芸大会のメイン会場だったところだ。大会が終わったあとも、警備兵の訓練に使うなど活用しているが、冬季間に賦役で施設を拡張している。今日はその視察だね。

馬術の訓練を行う馬場や、屋内武道場・屋内弓道場・鉄砲の射撃場なんかがある。すべてにおいて観客スペースが設けられていて、広さも広めにしてある。それと能などの芸能を公演出来る多目的ホールも現在建設中だ。

「改めて見ると、これはいいな」

「そうだな。今まではなかった場だ」

完成した施設を見学している信秀さんと信長さんは、驚きつつも満足げな表情をしている。

先に挙げた施設以外にも敷地は広く取っていて、公園として整備する予定だ。ここには桜も植える予定だから、何年かしたら綺麗な花が咲くだろう。

「武士から領民までみんなが集まり、寛いだり騒いだりする場所として考えています」

「寺社を超えるか。そなたたちの怖いところだな。気前よく寄進しておるかと思えば」

信秀さんも怖いとか言わなくてもいいのに。人聞きが悪い。

この時代、人が集まるのは主に寺社になる。広大な敷地と立派な施設があるしね。領民と直接向き合うことは、本来は寺社がしていることだ。

当然、信秀さんたちには計画段階で説明してあるが、ここは寺社対策も兼ねている。武芸を競い、人々が気楽に集まれる場所を提供するのも目的のひとつだ。

露天市も人が集まるのも寺社である現状は、変えていかねばならない。そのために必要なのは、なによりも人が集まることが出来る場所になる。

元の世界では当たり前に存在する施設なんだけど、この時代だとそういう場所はまったくと言っていいほど存在しない。寺社がそれだけ身近な存在で当たり前なんだろう。

政教分離の第一歩と言ってもいいかもしれない。元の世界の日本人は宗教が一番身近になるのは誰かの葬儀で、日常的な存在でないのが普通だが、世界で見ると宗教が政治に深く関与していることも珍しくない。

史実の明治維新みたいな革命が、この世界では起きない可能性もあるからね。近代化や宗教対策はこの時代から道筋を付けていきたい。

「寺社に銭が集まり過ぎるのは具合がよくないので。そもそも神仏に祈るだけならば立派な寺も銭も本来は不要でしょう？」

この時代の人だって理解している。それなりに教養があれば腐敗した破戒僧なんかには疑問を抱いているんだ。

無論、いいお坊さんもいる。だけど悲しいかな、権力があるのは血筋や家柄のある俗物的な人だ。現実問題として社会の仕組みがそうだからね。

そもそもこの時代は、一般の領民でもモラルなんてあってないようなものだ。一概に宗教批判しても仕方ないんだけど。倫理やモラルを教えているのも寺社だからなぁ。

「戦のない世にするのは、まだまだ先が長そうだな」

この清洲運動公園の可能性に信秀さんは、期待しつつも先が長いと理解し苦笑いを浮かべている。

まあ、正直なところ宗教への警戒心は信秀さんたちでさえ理解していない部分がある。オレたちのやることだからと、とりあえずやらせてみるという感じで許可はくれるが。

　この世界に来てからのオレたちは、一般的には寺社との関係は悪くないし、寄進などもしているから宗教関係者には評判はいいんだけどね。

「さて、ちょうど空いている時間ですし、八屋にでも行きましょうか？」

「うむ。それはいいな」

　一通り視察が終わると小腹が空く頃だ。

　清洲の町にある小料理屋の八屋に行こうかと声を掛けると、信長さんが笑顔で賛成してくれた。甘いものでも食べたくなったんだろなぁ。


　八屋は朝晩の食事時やお昼頃は行列が出来ることもあるけど、この時間は空いていることが多い。

　そんな八屋に信秀さんたちと来ると、意外な人に出くわした。

　それは先日まで美濃で会っていた人たちだ。商人風の格好をした道三さんと、牢人風の格好をした義龍さんになる。護衛も三人しかおらず、道三さんと義龍さんと護衛を合わせて五人で仲良くラーメンを食べている。

　信秀さんは仕込みかと疑ったみたいでオレとエルを見たが、オレたちも驚いているし、首を横に振ると僅かに困惑している。

　彼らが座っているのは座敷席で、オレたちが隣に案内されると義龍さんはバツが悪そうにするも、道三さんは気にせずラーメンを食べ続けている。

まるで冗談みたいな展開だけど、偶然だ。戦国時代は危険だし、大名とその嫡男がおいそれと他国に来るなんてあり得ないはずなんだけどなぁ。

「ちち……ではなく。その……」

「美味いの。美濃では食えん味だ」

隣の座敷とはいえ、仕切りは衝立一枚だ。義龍さんは身長が高く、オレと目が合うと困った表情で道三さんに声を掛けるも、道三さんは気にせずラーメンをすする。

まあ、いいか。オレたちも気にせずお団子とお茶にしよう。

なんとも微妙な感じだけど、他のお客さんは気付いていないらしい。ただ八屋の従業員と主の八五郎さんは気付いているようだ。

彼らはウチの関係者だからね。道三さんと義龍さんの似顔絵とか情報くらいは知っているはずだ。忍び衆には最低限の人物情報は知らせてある。

他にも、よく見ると忍び衆らしき人が店の外にいる。特に問題あることではないので、道三さんたちを見守っているだけだ。

それにしても、道三さんたちは食事に来ただけなんだろうか？

結局、食後にお饅頭を食べると、気に入ったのかお土産に買って帰った。

帰り際に道三さんが軽くこちらに会釈した以外は接触もない。胆が据わっていると感心する。

「驚きましたね」

「料理で美濃が平定出来るかもしれんな。料理番でも行かせるか」

信秀さんは、本当に食事に来ただけらしい道三さんたちに、驚きつつもこれは使えると思ったようだ。

八屋の料理は、それだけこの時代では魔性の料理にも感じるんだろうか。

臣従するというのも真実味を帯びてきたし、料理人を送って友好を深めるのは悪くないだろう。

「調理法を教えてほしいという話は、願証寺や大湊からもあります。当家の秘伝ということで返答を避けておりますが」

のんびりとお茶を飲んでいるエルが、最近増えている料理絡みの要請に関して報告すると、信秀さんは面白そうに笑みを浮かべた。

「誰にいずこまで教えるか、決めておいたほうがいいのかもしれぬな」

なんか、あちこちから料理の作り方を教えてほしいという話があるんだよね。料理全般というよりは、個別にケーキとか煮物とか明の料理とか。

信長さんの結婚式の影響だろう。

「当家としては教えると食材を始め、諸々を売れるので悪くはないのですが、対価もなく教えるというのはさすがに……」

オレとしては料理くらいなら教えてもいい気もするけど、エルが慎重なんだよね。この時代は技術を得るには命懸けで、盗み見て覚えるのが当然だからなぁ。

現状で教えているのは織田家と北条家だけで、八屋と工業村に飯屋を出している。料理が一種のステータスになっているから、政治的に利用する方針だ。

八屋でも弟子入り志願が後を絶たないものの、すべて断っている。最近ではここがウチの関係する店だと知らない人はいないから、事情に詳しくない他国の人がたまに来る以外は来なくなりつつあるみたいだけど。

side：リンメイ

メルティとシンディと共に家中の独身者名簿を見つつ、お花見コンパの相談をする。

きっかけさえあればすぐに相手が見つかる人はいいけど、いつの時代も奥手な人はいるネ。

それにこの時代では結婚はして当たり前で、一族の者が相手の世話をするのが当然になる。それでいいと思っている人も相応にいて、自由恋愛での結婚を推奨しても上手く出来ない人もそれなりにいる。

「みんな仕事熱心なのよねぇ」

「それもありますが、そもそもプライベートの時間が少ない。さらに家中の若い者たちで集まり、余暇を楽しむだけの機会がないことが問題の根底にありますわ」

この件はメルティとシンディも悩んでいるネ。一日の労働時間は八時間を目安にしているものの、忙しいと働かざるを得ない。そもそも司令の元の世界とこの時代では価値観も生き方も違う。未婚の男女が仕事外で会う機会や場はあまりない。

それでも久遠家では宴や食事を共にするなど、家中で交流をする時間と場を作っているし、シンディの提案で最近では午後のお茶の時間を設けて、どうなるか試している。

完全な自由恋愛とまではいかなくても、互いに好意を持ち結婚を意識する者たちが増えれば、周りの者がお膳立てをしてやることも出来るはず。

「みんなで助けていくしかないネ」

無論、旧来の縁談も否定はしない。司令も極端なことは好まないからネ。

ただ、ひとりひとりがこの時代特有の一族で生きる義務を背負いつつ、幸せと僅かばかりの自由を得られるようにするというのは想像以上に難しいことよ。

人を従え面倒を見るという難しさは、私たちもあまり経験がないこと。

ただ、好きな人を見つけて幸せになった人もいる。そんな人たちが嬉しそうに報告してくれるのを私たちは誰よりも楽しみにしているネ。

だからこそ、少しでも可能性と未来を広げてやりたいよ。

天文十八年、春。斎藤利政と義龍が清洲の八屋を訪れたという逸話が八屋に伝わっている。

その際に織田信秀が織田信長と久遠一馬と大智の方こと久遠エルを連れて八屋を訪れ、利政、義龍親子とばったりと出会ったとの話であるが、この件は信憑性が長らく疑問視されていた。

当主と嫡男が揃い、僅かな供のみで隣国にお忍びで行くなどあり得ないというもので、なにかしらの作り話ではないかとの疑惑があった。

ただ、近年になり発見された信秀から利政に宛てた書状に、この逸話を示唆するものがあり、料理番の派遣を検討するとの内容が書かれていて真実の可能性が高くなっている。

また、利政がこの前年に武芸大会に招待されて尾張を訪れた後に、織田家で食べた料理を再現しようとして断念したとの逸話もあり、創作ではなく事実であってもおかしくはない。

時期的には、この八屋での遭遇と同じ頃には井ノ口騒動があったはずで、その前だったのか後だったのかで変わるものの、当時の資料や前後の様子から推測すると、織田家と斎藤家の関係は周りから見るより遥かに良好だったことが分かっている。

真相は依然として不明であり完全な肯定も否定も出来ないものの、ドラマや歴史小説などではこの逸話は事実として描かれることが多く、一時は不仲だったとされる利政と義龍親子の親しい間柄を象徴する話として知られている。

皇歴二七〇〇年・新説大日本史

第三章　二年目のお花見

side：久遠一馬

今日は久遠家主催による独身者のお花見だ。場所は去年と同じ清洲にある寺になる。

ちなみに、明日は久遠家の家臣、忍び衆、工業村の職人や、牧場の領民、孤児院の子たちなどを集めたお花見で、明後日は昨年に続き織田家主催の花見となる。

三日連続になるけど、天気が良くて見頃というと何日もないからさ。シルバーンのシミュレーターで随分前から予測して日を決めた。

今日のお花見は、家中の十代から二十代前半の独身の男女が、ほとんど参加している。例外は滝川家のお清ちゃんと望月家の千代女さんだ。

ふたりもエルを通して誘ったんだけどね。お見合い的なお花見は辞退するとのこと。

別にこれで相手を決めなくてもいいって言ったんだけど。

まあ、気が進まないのならば構わないだろう。ふたりともエルたちの侍女としてよく働いているから、自立しているしね。まだ十代半ばだし、焦る歳じゃない。

今後も定期的に独身向けの催し物はやる予定だしね。

「日頃の役目など忘れて楽しんでください」

桜はほぼ満開だ。エルも一緒にお酒を飲んで若い男女の橋渡しをしている。

「彼は医師として学んでいるんだよ。将来は確かだよ！」

あっちではパメラが医師見習いの若い衆を売り込んでいるね。ちなみに、ケティは病院で当番として働いているのでこの場にはいない。

参加者は二百人を超えている。そんなみんなを尾張に滞在している妻たちが、あちこちで交ざって上手く盛り上げている。

「慶次だろ？　あの人たちを呼んだの。報酬はいくら渡せばいいの？」

少し気になるのは、笛や太鼓を鳴らしている賑やかな集団だ。河原者とこの時代では言うんだろう。いわゆる流れの芸能の人たちか。

最近の尾張は景気がいいから、娯楽業を始め、文化面に携わる人たちが増えたんだよね。

「報酬は某が払いました故、ご懸念には及びませぬ。お気に入るなり、以降も励めと思し召しとあらば、後で褒美をいくらか与えるが、よろしいかと存じますな」

どういう人たちか知らないけど、演奏が結構上手いね。賑やかで祭りみたいでいい。どこでこんな人たちと知り合うんだろう。

若い女性に人気なのは、滝川家や望月家や柳生家の皆さんだ。石舟斎さんは大和から嫁が来るかもしれないと資清さんが言っていたけど参加している。

武芸大会の成績もあるし、彼も人気だ。ただし女性の扱いが一番上手いのは慶次だろう。遊んでいるんだろうなぁ。

ただ、慶次はあちこちに顔を出して、上手く異性と話せない人をフォローしている。

自分の相手を探してほしいって言っても無駄かな。史実だと普通に結婚していたはずなんだけど。

しかしあれだな。自分の恋愛経験も少なく、結婚もこの時代に来てエルたちとしたのが初めてになるオレには、他人の縁談は難易度が高い。

一応、エルたちや慶次を真似て、あちこち回って話を聞いてはいる。ただ、オレが下手に仲人の真似事をすると失敗しそうだし、なによりオレの立場だと断れない強制になりかねない。

従って普通に話を聞いて、一緒に楽しむしかない。

まあ、家柄とか気にする人はウチにはほとんどいない。そんな人は断ったし、滝川家や望月家は基本的にそれぞれの家にお任せだ。

ただ、オレが血縁による政や外交を嫌うのを知っているから、滝川家も望月家も動かないけどね。

もっと言えば、血縁による縁談の価値がウチにいるとあまりない。普通は血縁関係で優遇されたりするけど、ウチではまずあり得ない話だからね。

織田一門や重臣が相手ならば別だろうけど、国人衆や土豪相手に血縁を作っても、ウチにいる限り利点がないんだよね。極端な話、職人や商人のほうがまだ見込みがある。

実は重臣クラスからはいくつか打診はあった。望月家は繋がりがないものの、滝川家は池田家と縁戚だしね。相手は繋がりが欲しいのだろう。

これも信秀さんたちと相談して断っている。ウチは新しい家だからね。家中同士の血縁が先だという理由にした。まあ、相手も察していると思うけど。

ただ、誤解してほしくない。血縁者を排除したいわけではない。血縁を評価の考慮に入れたくないから、考慮しろと言動に出す者が困るだけだ。

若者に自由に伴侶を選ぶチャンスと機会を与えるのは、オレの考えだ。資清さんたちも理解してくれている。

ちょうど太田さんが自分で伴侶を見つけたしね。身分差があったにもかかわらず、自由恋愛で伴侶を決めるいい先例になった。

オレ自身は、エルたちでさえ自由を与えられていない。どうしようもない負い目が彼女たちにはあるけど。

エルたちは秘密を抱えるアンドロイドなだけに、完全な自由恋愛はさせられない。もしオレに愛想が尽きたりしたら、伴侶となる男性型アンドロイドの創造くらいは許可するつもりだけど。

もちろん愛想を尽かされないように努力はしているけどね。

少し話は逸れたが、今回が駄目でも、最終的にはみんなが結婚出来るような手助けが必要だ。

自由恋愛が当たり前になるのは長い年月が必要だろう。無論、この時代でも恋愛結婚はあるし、公家や武家などの上流階級を除けば、自由恋愛はあることだ。また、お見合いのような縁談も否定はしないし、いい面もあるとは思っている。

エルたちや資清さんたちと相談しつつ、いろいろと試していきたい。

「お清殿、千代女殿。支度はいい？」

「はい」

お酒と美味しい料理でみんなが盛り上がってきたところで、ちょっとしたお楽しみ抽選会をする。景品は銭や刀剣に鎧などから、最高級から中級くらいの絹や綿の反物に、食べ物や高級酒まで様々だ。

みんなにはくじを配って、オレが予め作った抽選箱から当選番号を引いて渡す。まあ、元の世界だとよくあるイベントだよね。

お清ちゃんと千代女さんには手伝いを頼んである。

「えーと、五十九番の人。銭三十貫です。五十九番の人」

不正がないように、引くのはオレでも読み上げるのはお清ちゃんにした。この時代ではそこまで気にしなくていいんだろうけど、こういうのはみんなが分かるようにしたい。

「おい、当たってるぞ」

「やったな！！」

「えっ……。駄目だろう⁉　オレが三十貫も頂くなんて！　先月尾張に来たばかりだぞ！」

なかなか名乗り出てこないので、周囲が騒然とするが、みんな周りの人のくじを覗いたりして、ようやく当選者が判明した。

「あの人は……」

「先月に今川領から逃げてきた者です」

当選者は二十歳くらいの男性だった。思いっきり動揺している。知らない顔だから、後ろに控えている千代女さんに聞くと新参の忍び衆らしい。

「先月でも昨日でもいいよ。おめでとう！」

周りの注目を一身に集めて狼狽する男性に、笑い声があちこちから響く。ここには、もともと身分が高くない人が多い。

着の身着のままで、僅かな可能性に懸けて、ウチに仕えてくれた人がほとんどだろう。それが仕えて僅か一ヵ月で貰う三十貫は、ちょっとした宝くじにでも当たったようなものだろうか。

エルが道三さんに言った言葉じゃないが、ウチで働くみんなには希望を持って働いてほしい。

さあ、賞金や賞品はまだまだある。みんなに配り終えるまで続けよう。

side : 望月千代女

皆の楽しげな様子に、殿はとても嬉しそうでございます。

殿やお方様がたには私たちとは違う悩みがあり、それをいかにするか、日々思案しておられます。婚礼の相手くらい当人たちに選ばせてやりたい。そう打ち明けていただいた時、私はこのお方のお心を僅かながら理解した気がしました。

一族、家の者として見るのではない。その者をひとりの人として見る。なんと難しく素晴らしきことでございましょうか。

「千代女殿、あのふたりは上手くいきそうかな？」

人の縁とは分からないもの。ただ、楽しげに話す者たちが上手くいくか、気になっておられる様子。

力強き者、優しき者。それぞれに良いところがあります。互いにそれを理解しているか、左様なことまで見ておられますね。

「悩み選ぶことも楽しきことでございますから」

「そうだね。若いんだから、もっと楽しんでほしい」

良縁と思える者たちがいても、ご自身が勧めると断れなくなるからと、自ら勧めることはしないお優しきお方でございます。

無論、家中の若い者たちも皆、左様な殿のお心を理解しており感謝しているのです。

生まれも育ちも違う久遠家家臣団において、いずこの家よりも皆が一致結束しているのは、他ならぬそんな殿のお人柄があればこそ。

私たちは、そんな殿にお仕えすることが出来て、幸せでございます。

side：久遠一馬

お花見二日目は、ウチの家臣や忍び衆はもちろんのこと、牧場の領民や孤児院の子供たちに、工業村や農業試験村、山の村の領民。それと太田さんの領民や警備兵とその家族など、総勢四千名ほどのお花見になるんだ。

半分以上はウチの領民じゃないけど、ウチがお世話になっている人たちを含めて集めたんだ。中には工業村の高炉の職人や警備兵のように、仕事が休めなくて来られなかった人、子供が産まれたばかりとかで大事をとった人などもいるけど。

そんな人たちには、金色酒やご馳走のお弁当を届ける予定だ。

「きれいだね！」

ちなみに今日はゲストがいる。信長さんがお市ちゃんや信行君たち弟妹を連れてきたんだ。

お市ちゃんは、ロボとブランカと並んで満開の桜を見上げて喜んでいる。

「凄い人ですね。兄上」

「これだけの人を集められるのは親父を除けば、かずくらいであろうな」

ただ、信行君は桜より集まった人の数に驚いているようだ。

実は当初、もっと少ない人数のはずだったんだけど、エルとメルティと相談して呼べる人は呼ぼうということになった。

人を集め、動員出来る数は、それだけで武家としての力の指標と見られるし、今回は資金的にも尾張の内外にウチの力を見せつける意味もあるらしい。

普通はこんなことしないらしいけどね。主君を差し置いて、こんなに人を集めると危険だと見られるから。もちろん信秀さんと信長さんには相談した。特に派手なことが好きな信長さんが喜んで許可をくれたんだ。

「おい、八屋がいるぞ⁉」

「そりゃいるだろう。八屋の店主は久遠様の家臣だろ？」

今日は八屋の八五郎夫妻を始め、八屋のみんなが駆け付けてくれた。数千の人に出す料理を作る手伝いを買って出てくれたんだ。

厳密には家臣じゃないけど、巷ではそんな認識があるらしい。滝川家の一族だし、ウチが支援しているのは周知の事実だからだろう。ウチと関係がある店なのは確かだ。

お酒は金色酒・麦酒・濁り酒と用意して、飲み放題とまではいかないものの、みんなが満足するくらいには用意した。

オレとエルたちは、五つの大鍋で、大量の海鮮鍋やぼたん鍋を作っているところだ。

他にもリリーと孤児院の子たちが作ってくれたお菓子とか、みんなが料理やお酒を持ち寄ってくれたので、それでお花見になる。

「姫様。中をご覧になりたいのですか？」

「うん」

オレとエルは先ほどから一緒に味噌味の海鮮鍋を作っているが、ロボとブランカのリードを握ったお市ちゃんはオレとエルの間に来ていて、ぴょんぴょんとジャンプして中を覗こうとしている。

危ないからって乳母さんに止められているが、大きな鍋の中が見たくて仕方ないらしい。

大鍋自体が珍しいんだよね。大きな寺社辺りなら持っているかもしれないけど。この大鍋は工業村の鉄で職人たちに苦労して作ってもらった特製の大鍋だ。

おかげで周りには見物人がたくさんいる。

「では、私がご覧になれる様にしてさしあげますよ」

他は家族とかが抱きかかえて見せているけど、危ないから乳母さんは見せていいか分からなくて戸惑っている。

一生懸命ジャンプすると余計に危ないし、クスッと笑ったエルが抱きかかえてお市ちゃんに中を見せてあげることにしたようだ。

「うわぁ」

大鍋でグツグツと煮える美味しそうな海鮮鍋に、お市ちゃんは満面の笑みで驚きの声を上げた。

こういう光景って、なかなか見られないからね。

「わたしもやる！」

「では乳母様と一緒に混ぜると致しましょうね」

鍋は大きなお玉杓子や木製のヘラでかき混ぜている。お市ちゃんはさっそくエルに抱きかかえられたまま、乳母さんと一緒に木製のヘラを持って混ぜ始めた。

なんとも微笑ましい光景だな。

あと、今日は鶏肉や猪肉の唐揚げとか、料理もたくさん振る舞っている。あちこちでそんな料理を肴に酒盛りをして、どんちゃん騒ぎになっているね。

いよいよ鍋が完成して、みんなに配るんだけど……。

「なんか人が増えていないか？」

「清洲の町人も集まってきております。いかがなさいますか？」

　ウチのお花見なのに、祭りと勘違いした人が集まってきているみたい。今日も一緒に働いてくれている千代女さんが周囲の人に確認をして教えてくれたけど、追い返すのも良くない。

「このままでいいよ。祭りみたいなものだから。ただ、食べ物は足りなくなりそうだなぁ」

「まったく、そなたのやることはいつも派手だな。よし、誰か。清洲城から酒や食い物を貰ってこい。あとで返すからと言えばいい」

　食べ物が足りるかなとエルと相談していたら、先に動いたのは呆れたようにしつつも楽しそうな信長さんだった。相変わらず決断が早いね。


　どんどん混雑していく会場で、ウチとしては異例だが、代金後払いで懇意にしている清洲の商家からもお酒や米などの食材を運ばせている。醤油や食用油などは、ウチの屋敷などにしか在庫がないので、ちょっと時間が掛かるから、塩味、味噌味を中心に片っ端から調理する。

「おおっ！」

「殿だ！　守護様もおられるぞ！」

　騒ぎが大きくなったことで、寺のお坊さんたちも手伝ってくれて、米を炊いたり料理を作ったりとみんなで盛り上げていると、信秀さんと義統さんがやって来て周囲が騒然となった。

「酒と飯を持ってきたぞ。皆の者、好きなだけ食うがいい」

「うおっ⁉　さすがは仏の殿様だ！」

　ああ、信長さんがお酒と食べ物を追加で頼んだから、信秀さんたちまで来ちゃったのか。

信秀さんが周りの人たちに振る舞うと堂々と宣言したことで、会場のボルテージが一気に上がっていく。

ただ、それだけではなかった。塩や味噌などの調味料に魚の干物など、いろんなものを清洲の商人たちからも差し入れしてくれる。これも後で報いる必要があるね。

会場である寺だけでなく周囲の道や近隣の寺も巻き込んで、すっかりお祭り騒ぎとなっていく。

信秀さんも義統さんも領民に混ざってお酒を飲んで、昨日も来ていた笛や太鼓などを演奏する人やそれに合わせて踊る人たちの様子を楽しそうに見ている。

「エル、ここまで予想してた？」

「いえ、さすがにこれは……」

みんなが料理を手伝ったり酒を運んだりと、もう誰が誰だか。ぐちゃぐちゃになっている。

ふと気になったのは、エルがこれを予想していたかなんだけど、さすがにこんな事態は予想していなかったか。

「でも……、楽しいですね。こんなになるなんて」

エルが笑っている。想像もしてなかったことが起きたことを楽しんでいるように。

いったいどれだけの人が来ていて、これから来るんだろう。

想像もしなかったハプニングを心底楽しむようなエルの笑顔が見られて嬉しい。

「来年からは領民が参加出来るお花見にしようか」

「いいですね。みんなでこうして楽しめるのが本当に楽しいです」

資清さんは人が増え過ぎたことで、オレたちや信秀さんたちに護衛を配置するように手配している。結局、ウチのみんなを働かせちゃうことになるな。少し申し訳ない。

今度ゆっくり労ってやらないとな。

でもお花見はいいね。花見というより騒いでいるだけの人も多いけど、それも含めてお花見の醍醐味だろう。

無邪気な笑顔を見せるエルと来年のことを相談しながら、オレたちもこの楽しい時間を満喫することにしよう。

誰もが殺伐とした世の中を望んでいるわけじゃない。みんなこうして楽しむことを望んでいるんだって改めて感じさせられた。

ん？　あっちで慶次が腕相撲をしている。この時代にもあるんだなぁ。

吹き抜ける風に桜の枝が揺れている。

桜の木も賑やかなお花見を楽しんでいるのかな。

side : とある素破

いい気なものだな。故郷を捨てて一族も捨てた裏切り者の分際で。堂々とお天道様の下を歩いておるばかりか、昼間から酒を飲んで女どもと騒ぐとは。

奴のせいで残った一族が、いかほど辛い思いをしておるのか理解しておらぬのか？

裏切り者は必ず殺せ。それが掟だ。

尾張に潜入して十日。裏切り者とその家族を始末するべく様子を窺っておるが、なかなか機会がない。裏切り者は常に複数の者と共に動いており、腕利きが周囲には多いようだ。

年老いた親もおるが、こちらも意外に隙がない。同じ素破の家族と互いに助け合っておる。

許せぬのは、裏切り者とその家族が日々贅沢をしておることだ。飯は日に三食も食うばかりか、米の飯を朝な夕なに食うておる。

故郷の村では米が育たぬ故に、晴れの日くらいしか米の飯が食えんというのに。日々粟や稗に草を加えた塩味の薄い雑炊を食うておるのだぞ。

「あの裏切り者が三十貫だと⁉」

銭もなく草木で飢えを凌ぐこと十日、裏切り者を始末する隙を窺うわしが見たものは、三十貫もの大金がなんの働きもせぬ裏切り者に与えられたことだ。

怒りが込み上げてくる。端くれの分際で。なぜ、なぜだ！

何故、左様に笑うておられる。己のせいで、わしらがいかほど辛い思いをしたと思うておるのだ！

それもこれも、あの髷も結わぬ童のような男。奴のせいだ。氏素性の怪しい南蛮人の分際で……。

殺してやる。裏切り者も。南蛮人も。

されど、今は駄目だ。奴が三十貫を貰って浮かれておるところで始末してやる。

夕暮れ時、酒に酔って帰る奴を気取られぬように後をつけていく。三十貫はいつ貰うのだ？　久遠の屋敷で貰うのか？

だが、この日、奴が久遠の屋敷に行くことはなかった。相も変わらずひとりになることはなく、機会もない。

翌日になると、奴はまた同じ寺に此度は家族と共に来ておる。なんだ？　また宴か？　日々これ放蕩三昧とはいい身分だな。

しかし、なんだこの人の数は？　三千から四千はおるであろう。そもそも昨日から奴らはなにをしておるのだ？　豊穣祈願の祭りか？

戸惑うておると、人が続々と集まってくる。あれは……、織田弾正忠か⁉

好機だ。まさか織田弾正忠がこの場に出てくるとは。なんとか奴を討てば、日陰者から脱せるかもしれぬ。

誰を狙う？　裏切り者か？　久遠か？　織田弾正忠か？

懐に忍ばせた、毒が塗ってある短刀を持つ手に力が入る。欲を出すべきではないな。惜しいが久遠と織田弾正忠の警護は厳しい。

やはり裏切り者を始末しよう。それでわしの面目も立つうえに一族も助かる。

よし、今しかない。人混みに紛れ近寄る。人で混雑した今ならば……。

「動くな。大人しく見張るだけ故、見逃しておったが、宴の席を汚すつもりならば容赦はせぬぞ」

裏切り者の顔が見えて、懐に忍ばせた短刀を抜こうとした時、背後から恐ろしい声がした。

まるで地獄の鬼でも潜んでおったかのような、迫力のある声にわしは動けなんだ。

「何奴だ？」

「あの男と家族はすでに久遠家の者。手出しするならば、地の果てまで追ってでも汝と汝の一族郎党を滅ぼす。そう心得よ」

いつの間にか周囲を囲まれておる。そんな！　わしが気付かぬうちに。信じられん。

「なんだと。それではこちらの面目はいかがなる⁉」

「知るか、久遠家で助けた者は久遠家の掟で守る。それだけだ」

なにを考えておる？　我らには我らの面目と掟がある。何故、邪魔をする。余所者の素破如きのために、何故これほどの腕利きの者たちが動くのだ⁉

「二度はない。すぐにこの場から消えろ。宴の席故、一度だけは見逃そう」

総身《そうみ》から冷や汗が流れて止まらぬ。殺される。どう足掻いても勝てぬ。

それはほんの僅かなことだった。

わしを囲んでおった者たちが、何事もなかったかのように離れていく。

駄目だ。気付かぬうちに見張られておったとは。わし如きではなにも出来ぬ。

鬼のような声から逃れるように、清洲を離れて故郷の駿河へと急いだ。

このまま帰っても殺されるだけだ。されど、あの連中を相手にするくらいならば家族を連れて尾張に逃げたほうがいい。

どうせ追っ手は同じ素破だ。なんとでもなる。

あんな恐ろしき連中の相手など御免だ。

side：久遠一馬

大騒ぎになった二日目のお花見は細々としたトラブルはあったものの、なんとか無事に終わり、三日目は織田家主催のお花見になる。

今年は尾張のみならず、織田に臣従している三河や美濃の国人衆を妻子同伴で招いている。

一部の国人衆は人質を取るのかと勘違いした人もいるけど、人質ではなく純粋なお花見への招待だ。当然一緒に帰ってもらう。その誤解を解くのが大変だったらしい。

今回は正式に織田に臣従した人だけだ。信長さんの結婚式も最近あったし、そう頻繁に呼ぶ必要もないしね。

大垣城周辺の国人衆たちは正式に織田に臣従した。以前は土岐家を支える織田に従うという体裁の国人衆たちであり、臣従していたわけではなかったんだ。

土岐家追放後、西美濃の国人衆たちには、検地と人口調査と織田分国法を受け入れたうえでの臣従を条件とした。

現状維持でも認めるとのことで、美濃三人衆を含む国人衆の大半は中立を選んだが、大垣城周辺の織田方だった国人衆たちはほとんどが臣従を選んだ。

あの辺りは、一昨年の流行り病や冬の食糧難から織田家が助けていたからね。周囲には他に頼れる相手もいないし、織田より条件のいいところなんてない。

美濃三人衆も影響力を持つ地域だけど、彼らも織田との争いは避けているし、所詮は寄せ集めの国人衆でしかない。影響力は確実に落としている。

国人衆と妻子に、その護衛で今日も四千から五千は参加者が集まる予定なんだけど、問題は昨日オレたちが倍近く集めちゃったことなんだよなぁ。

信秀さんたちと相談して、周辺の領民は今日もお花見に参加してもいいことになった。

信秀さんは、また面白いことをやらかしたなと笑ってくれたんだけど、動員した人数で織田家がウチに劣ると余計な詮索や噂が出かねない。

いっそのこと、今日もお祭りにしてしまおうということになった。

酒は津島や熱田からも取り寄せた。販売計画に足りない在庫量になった分は次の船で運べばいい。

銭は使いきれないほどあるから、料理は食材を買い込めば問題ないだろう。

オレとエルたちで早朝から那古野城で料理をしていると、政秀さんと資清さんが少し疲れた様子で戻ってきた。

「まだ人質として留め置くのではと疑う者がおるわ」

政秀さんの言葉に驚く。そこまで信じられないんだろうか？　それとも……。

「今の織田家における人質の様子を知らないんですかね？」

「知らぬな。またそれを方便と思い信じぬ者も多くおる」

ため息交じりに答えた政秀さんいわく、国人衆なんかは、ろくに情報も集めない人が多いのでこんなものらしい。

実は信長さんの結婚式のすぐあとに、織田家では人質を求めることを完全に止めてしまった。

すでに人質の扱いは変わっていて、年末には里帰りをさせたり織田の治世を学ばせたりしていたんだけどね。

正式に人質を廃止した。

ただ、奉公見習い・行儀見習いとしての受け入れはするし、学校へ通うことは勧めているけど、強制はしていないし、帰りたければ帰っていいと以前からいた人質も解放してしまった。

理由は織田家の力が強くなったことと、ウチの現状を見て要らないと判断したからだ。これに関してはオレたちは口を挟んでいないけど、ウチは家臣も忍び衆も人質として扱っていないからね。

忍び衆には、今もウチに仕えるなら家族は連れてくるようにと言ってある。ただ、人質というよりは、他家に人質に取られないための予防や家族の保護が目的になりつつある。

結果的に人質のように自制や抑制のひとつになればいいが、強制してもあまり意味がないと考えたみたいなんだよね。

最近では元人質の人が警備兵になったり、学校に通ったり、自由に出歩いているんだけど、帰らない理由は人それぞれだ。銭が欲しい人は警備兵になるし、武芸や学問を学びたい人は学校に来ている。

もともと人質は武士の子供なので武芸の鍛練を積んでいるし、学問も学んでいるからね。人柄とかに問題がない人は、早めに出世しているくらいだ。

国人衆への周知とコミュニケーションはもっと必要なのかもしれない。

side：帰蝶

すっかり春の日差しとなりました。この日は殿と一緒に織田家の花見へと参る日になります。日々の暮らしには慣れましたが、かような宴があるとは驚きです。京の都の者たちは梅や桜を見て宴を開くと聞いたことがありますが、まさか尾張でも花を見る宴をしているとは。

この日は駕籠ではなく馬車で向かいます。

久遠家では人が多いので、奥方たちも皆が馬に乗り清洲に行くとのことです。そのため久遠家にある馬車にて、殿と私は清洲へと向かいます。

久遠殿が殿や私にお気遣いをしてくれたのでしょう。

「織田も去年からだな。もとはかずが桜を見ると言い出したので、親父が真似たのだ」

「久遠殿ですか。あのお方は本当に趣く先の分からない、意表を突く方ですね」

織田の躍進が久遠殿のおかげだということは、父上も言っておりましたが、尾張に来てみると、その意味が、思いの外に重大だと感じます。

「顔を合わせることは大切だからな。義父殿と会うて、オレも改めて感じた」

「ですが、まさか父上が兄上を連れて、それも忍んで清洲まで来ていたとは……」

「分からなくもない。所詮、食べるならば美味いものが食いたいのが人というものだ。八屋は代価も高くないからな」

先日には殿が清洲にお忍びで参った父上と兄上を見たとのこと。私は正直、信じられないほどでした。

父上と兄上は決して仲がいいとは言えず、まして織田は先頃まで敵だったのですから。

「騙し騙され奪い奪われるのが、世の常だと思うておりましたが……」

「それも間違いではあるまい。だが、人は変われるのだ。少なくとも織田はそれを目指しておる」

そう、殿のおっしゃる通り。織田は変わろうとしております。

私たちが生まれる遥か前から争いが続いており、誰もが戦が当たり前の世の中しか知りません。

ですが、日ノ本の外から来た久遠殿は戦がない世を知っておられるのかもしれません。

願わくば、それが日ノ本すべてに広がることを願ってやみません。

side：久遠一馬

今日は昨日以上に賑やかになりそうだ。

どうも一般の領民にはお花見という習慣がないらしく、春の田植えの祭りとか豊穣祈願の祭りと勘違いしているみたいだけど。名目はなんでもいいだろう。

商人や寺社も、露店を出したり、資金や食材を提供したり、笛や太鼓で盛り上げたりと、いろいろとしてくれるみたいだ。

「あれ、それって……」

「今日みんなでやるのです！」

ウチのみんなも朝早くからあれこれと準備をしてくれているんだけど、チェリーたちが以前に制作していた人形劇をやるらしい。

もちろん守護というワードは使わないやつだ。さすがにあれは本当にマズイから止めた。

ただ、あの危ない人形劇に関しては、メルティの助言で意図的に外部に漏らしている。

人形劇を真似たいという人たちがいてね。河原者とかさ。彼らに密かに教えたようだ。土岐家を快く思わない人たちの手によって、あの話は広まるだろう。

美濃では頼芸のことは見捨てたものの、土岐家の排除まではしなくてもいいと考える人もそれなりにいる。一方でもう土岐家は戻らなくていいと思う人もまた多い。このあたりは血縁や利害関係で、それぞれに意見が異なるだろう。

現状だと、誰も正面から追い打ちをかけることまではしないけどね。それでも世間は噂を聞いたり人形劇を見たりして、真実以上の世評を広めるだろう。それが人というものだ。

申し訳ないが、土岐家が戻る可能性は僅かでも残したくはない。

「くじの準備は出来ましたわよ」

「これは盛り上がるネ」

シンディとリンメイには、くじを急遽頼んである。

これは予定になかったんだけどね。初日のお花見コンパの噂を聞いた信秀さんがやりたいっていうからさ。

一等賞は五十貫だ。以下賞品のランクが下がっていくけど、八屋のお食事券とか工業村の外にある銭湯町の入浴券とか、とにかく景品は豊富だ。

お昼頃になると、各地から来ている国人衆が続々と会場に集まってくる。

清洲の町はすでにお祭りのように賑やかで、国人衆たちは一様に驚いているね。

お花見というから、もっと落ち着いた宴を想像していた人が多いのかもしれない。高貴な遊びと思ったんだろう。

人数も多いし堅苦しい挨拶はなく、いつの間にかお花見の宴が始まっている感じか。

義統さんと信秀さんは国人衆から挨拶を受けているが、今日は堅苦しい挨拶は抜きだと告げて、奥さんと子供たちと楽しむようにと言っている。

挨拶を受けるふたりも家族と一緒だからね。

「かじゅまー、もってきたよ！」

「ありがとうございます。姫様」

例外はお市ちゃんだろう。先ほどから大鍋で料理を振る舞っているオレとエルのところにいて、孤児院の子たちと一緒にお手伝いをすると張り切っている。

乳母さんは怪我とかしないかとハラハラしているけど、こういうのも思い出になるからね。お市ちゃんは昨日の大鍋料理作りを手伝ったことがよほど面白かったんだろう。

国人衆からするとお市ちゃんの顔も知らないから、ウチの子供と誤解していそうだけど。

エルやジュリアのように東洋系の容姿でない妻たちは注目を集めている。見たことのない髪や瞳の色に驚き、特にエルは胸元の大きさに視線が集中しているね。

胸には性的な興味がない時代なだけに、単純に大きいことに驚いているだけみたいだが。

「あははは！」

「あれは、あの人か！」

笑い声に気付いて少し様子を見に行くと、会場で盛り上がっているのは紙芝居と人形劇か。すずとチェリーたち以外にも、河原者の皆さんが披露しているんだ。

一際、笑いがあったものは、先ほども説明した土岐頼芸の一件を基にしたものだ。無論、この物語は創作ですと最初に説明していて、義統さんや信秀さんの許可も貰っている。

守護ではなく横暴で馬鹿な殿様に変わったけど、内容が少し前にかわら版でばら撒いたものだからね。普通に気付く。

それにしても、去年のお花見は限られた人だけの上品なお花見だったが、今年は完全に庶民のお花見という感じだ。

まあ、中には酒に酔って喧嘩をしたり、騒ぎすぎたりして止められている人も結構いるが。

しかし時代なんだろうね。遊女なんかも来ていて、元の世界だとセクハラで訴えられそうな飲み方や遊びをしている人たちもいる。

注意させるべきだろうか？　だけど気にしている人たちはいないんだよなぁ。

「おいおい、止めとけって」

「なんという無礼者だ」

「女如きには負けぬ！　いざ、手合わせを！」

あーあ、あっちではジュリアに勝負を挑んでいる男がいる。

さすがに尾張の武士でジュリアを馬鹿にする人はもういない。勝負を挑まれたり馬鹿にしたりした人は、遠慮なく叩きのめしているからね。

最近ではジュリアに武芸を習いにくる人すらいるくらいだ。どうも塚原さんから新當流の免許皆伝を貰った影響が大きいらしい。

「オレは今巴の方に十文だ！」

「オレは五十文！」

「賭けが成り立たねえよ」

ざわざわと野次馬が見物する中でジュリアと男の勝負が行われるが、手槍や真剣も使う男を軽くあしらい、素手で叩きのめしちゃった。

男は牢人だろう。ジュリアに勝って仕官でも狙っていたか。

残念ながら信秀さんは愚か者を好まない。相手の力量も立場も測れない人を召し抱えることはないだろう。運が良ければ、いつの間にかウチの家臣と一緒に、ジュリアに扱《しご》かれているのを見ることになるだろうけど。

その後も賑やかなお花見は続くが、くじ引き大会で意外な人が目立っていた。

手伝いに来ていた藤吉郎君が十貫の賞金を得ていたんだ。どうも運がいいらしいね。

清洲の大花見

天文十八年、春。織田家と久遠家が三日連続の花見を開催した。

昨年に続き久遠家の習慣として開催したもので、前半二日は久遠家が主催しており、最後の一日が織田家主催の花見となる。

詳細に関しては、滝川資清の『資清日記』に記されている。

この頃、久遠家では、急激に増えた家臣や奉公人の結婚問題に悩んでいたとある。

当時の武家で当たり前だった家柄や血縁を重視した縁談を一馬は好まなかったといい、家中の若い者が自ら結婚相手を見つけられるようにと、わざわざ独身者だけの花見を開いたという。

一馬は生涯を共にする相手を選べるようにしてやりたいと願ったとあり、若い家臣たちもまた、そんな一馬の気遣いに感銘を受けたという逸話が残っている。

この花見ではくじをして褒美を与えるなど、当時としては斬新な企画もあり、大いに盛り上がっている。

二日目は久遠家家臣と、一馬が代官を務めていた工業村の関係者や、警備兵など親しい者たちの家族を集めた花見を開催して大いに盛り上がるが、そのあまりの盛り上がりに清洲の領民までもが加わってしまい、盛大な祭りとなったとある。

三日目は昨年に続き織田家主催の花見の予定だったが、二日目のあまりの盛り上がりに急遽領民の参加を認めた花見にしている。

この花見は、久遠家と織田家がいかに領民に慕われていたかが分かるエピソードであり、領民は自ら酒や料理を持ち寄り、みんなで騒いだと伝わる。当時は庶民に花見の習慣はなかったが、これ以降、織田家の領地では春には桜や梅を眺めて宴や祭りを開く習慣が見られるようになり、清洲観桜会は現代まで続く花見の伝統行事となっている。

余談であるが、一馬の企画した独身者の花見は歴史上初めての合コンとも言われ、多くの妻がいた一馬だけにネタにされることもある。

現代で一馬が縁結びの神としても信仰されているのは、この一件がきっかけである。なお、一馬たちが見たとされる桜は今も現存している。毎年春には清洲観桜会の会場のひとつとして多くの観光客が訪れている。

皇歴二七〇〇年・新説大日本史

第四章　港と温泉と地揺れと

side：久遠一馬

桜の花が散ると、青々とした新緑が見られる。

以前は農繁期になると各地の賦役は大半が中断していたが、最近では賦役専業で働いている人が増えているので、清洲城の改築に伴う町の拡張工事と蟹江港の工事が一部では続いている。

長島と北伊勢から来ている出稼ぎの人たちもほとんどは一時帰国をしたが、一部では報酬が出る賦役を優先して帰国しない人が出始めている。

米などは税として大半が取られてしまうが、賦役の報酬は今のところ税が掛からないので、人によってはそちらのほうが実入りはいいことになる。さらに仕事は農作業と同じ肉体労働だし、一日三食の食事を食べられるように気を配っているからだろうね。

願証寺や北伊勢の国人衆からは、帰国しない人に関して、まだなにも言ってきてはいない。恐らく向こうは、いちいち帰国しているか確認していないんだろう。

こちらからは最初に派遣してもらった人数によって礼金を払っているので、実際には自分の田畑を持てない人たちが残ったところで、年貢が減らない限り文句は言わないだろうね。

ああ、蟹江の工事は港が一部だけど完成したことで、工事が以前より確実に進んでいる。城を含めた全体の完成にはほど遠いけど、港は今年中に大部分が使えるかもしれない。造船ドックや蔵などの施設の建築も順調だ。

ただし、尾張全体の景気はいいものの、細かな問題や課題は山ほどある。長年対立している土地や水利権などの揉め事は相変わらず解決にはほど遠い。

それと若者が清洲、那古野、津島、熱田、蟹江へと出ていくことに、一部からは反発が起き始めている。惣による自治といえば聞こえはいいが、言い換えれば古くからの慣例と因習に縛られているのがこの時代の農村だ。

現状では立場が低い者や、生活が苦しい者から出ていく傾向にある。

そんな変化は、長年の秩序を重んじる者、枠組みの中で恣意的《しいてき》に振る舞う者からすると、少なからず面白くないのだろう。特に若い男性は働き手としても、村同士なんかが揉め事を起こした時の戦闘員としても貴重だ。

それでも村の中での身分や血筋によっては、現状では必ずしも豊かな生活をしているわけではない。出ていける場所があるなら出ていくよね。

中には村の掟として出るのを禁じたり、領主が村々に割り当てして一定の人数は出ていくことを禁じたりしているところもある。

とはいえ移動の自由を妨げるのは、織田分国法に背くことになる。国人衆と土豪などにはすぐに警告が与えられているし、小さな村なんかは移動の自由を妨げるならば、賦役への参加を禁じると通達が出された。

まあ、実際に極端なことをしているのはごく少数だ。農繁期に一時的に戻るように促すくらいなら禁止していないし、警備兵の一部も実家の村が忙しいところは一時帰郷を許可している。

現状では村々に回る銭と食糧を考慮しながら、分国法による統治を段階的に実施しているんだ。当然というか、匙加減ひとつで不満が大問題になるだけに、事実上の采配はエルたちの意向がかなり働いているけど。

美濃の道三さんとの関係も順調だ。井ノ口の商人を中心に、尾張からいろいろな品物を売っている。ついでに斎藤家の取りなしで、尾張との商いが続いているとの噂を流しておいた。

塩や海産物なんかの生活に必要なものは安価で売り、金色酒や砂糖や鮭などの嗜好品や高価な品は、井ノ口の商人がさらに他国に売りに行けるようにと融通している。

おかげで道三さんの評判も良くなりつつある。

side：エル

少し時間が空いたので、メルティとパメラと一緒にお菓子を作っています。

いろいろと新しい試みや関わることも増えて忙しくなる一方ですが、無理をせず任せられる仕事は任せることこそ必要なことです。

私たちもまたリアルな経験があるとは言えず、周囲の人たちと同じ試行錯誤をしているのですから当然のことでしょう。

「人が多いから作り甲斐があるわね～」

「お菓子屋さんになった気分になるよ！」

今日はカステラを焼いていますが、家臣や屋敷で働く皆にも食べさせてあげたいと思うと、それなりの量になります。

本当、メルティやパメラの言うようにお菓子屋さんになった気分になりますね。

オーブンから甘い匂いがする頃、市姫様がお越しになりました。

「える！　める！　ぱめら！」

私たちの顔を見て嬉しそうに笑みを浮かべ、カステラの焼ける匂いにさらに瞳を輝かせています。

「本日の菓子を作っています」

なにを作っているのかと駆け寄ってくる市姫様が危なくないように、少し火から離れます。

「なにか分かるかな～？」

「うーん、かすてら！」

うふふ、パメラがお姉さんのように見えます。クイズを出すように問い掛けると匂いから正解を導き出したようですね。

「当たり！　みんなで食べようね！」

「うん！」

よほど嬉しいのか、それとも私たちと一緒にいるのが楽しいのか。はしゃぐ市姫様ですが、それがなにより微笑ましいです。

今日はなにを一緒にしましょうか。それを考えるのも、また楽しいものです。

side：久遠一馬

暦は四月下旬に入っている。

「そんなに酷いのか」

「はっ、入ったばかりの知らせにて、こちらで裏取りまでは致しておりませぬが、駿河から甲斐辺りまで大きな地揺れが起きたとのことでございます」

望月さんが駿河に送った忍び衆から、駿河・甲斐・関東で大きな地震が、この時代の言い方だと地揺れが起きたとの知らせが届いたと報告してくれた。

史実で北条家に打撃を与えたと歴史にある地震だろう。実は史実の情報とエルたちの科学調査などで、震源地と規模はほぼ予測されていたんだけどね。

第二回の関東との交易船団はすでに帰還している。船団をこの時期に合わせることも考えたけど、一歩間違えればこちらにも被害が出るので、その前に帰還させたんだ。

「詳細を探りましょうか？」

「うん。あまり無理をしない範囲でお願い」

「心得ましてございます」

望月さんは、さっそく忍び衆に調査をさせるために部屋を後にした。

部屋には信長さんとお市ちゃんにエルたちがいる。お市ちゃんはエルの膝の上に座り、大きな胸を頭のクッション代わりにして楽しそうにしている。

すっかりウチに来るようになっちゃったなぁ。

「甲斐はいいとして、駿河と関東で地揺れとは。荒れるか？」

お市ちゃんは理解していないけど、地震の知らせは重要だ。

信長さんは今川が動くのではと警戒している。元の世界の感覚だと、地震で被害が大きければ戦なんてする余裕ないだろうと思うかもしれないけど、苦しくなると他国を攻めて略奪に行くのはこの時代ではよくあることだ。

「今のところ分かりません。地揺れで失ったモノを、略奪で取り戻そうと皆が動けば戦になりますが。関東は河越の戦と昨年の鎌倉・岡本沖の海戦で北条が勝っておりますので、そう容易く動けないでしょう。今川は、松平や家中の統制に力を入れるかと思われます」

エルが信長さんの疑問に答えているけど、この件で今川が大きく動くことはないだろう。

仮に今回の地震で史実よりも疲弊しても、表面的に追い詰められていない以上は、勝算のない戦などしないはずだ。

まあ、少し困るかもしれないのは、今川に臣従しているものの、内部が親織田と親今川に分かれている松平だろうけどね。

戦はないと思うけど、松平への締め付けを強めるくらいはあるだろうしなぁ。

「目を離せぬが、慌てるほどではないか」

「ですね。ついでに北条には米でも贈りましょうか。貸しを作るいい機会です」

まあ今川はいい。どうせ大きな動きなんて出来ないんだ。これを機会に北条に恩を売って貸しを作るほうが有意義だ。

「米をか？」

「地揺れからの復興は大変ですから、銭も贈ればいいと思いますよ」

支援物資と見舞金は元の世界では珍しくない。大きな地震が起きると判明してから、密かにエルたちと相談して準備をしていた。

昨年の豊作の影響もあり、美濃での騒動で尾張と美濃の米は値段が上がったり下がったりしていたが、西国に売る予定として一定量を備蓄している。

それを船で運んで送る計画だ。信長さんは驚いているものの、北条との友好は今川がいる限り重要だ。

史実で北条氏康はこの地震の対応に手間取って後手に回った。地震の翌年には公事赦免令を出して税制の免除や改革を行い、なんとか収めたはずだ。

地震の規模的に考えても、多少の援助物資や見舞金では焼け石に水だろうけど、送った事実が重要になる。

「恩を売ることで優位に立つか。そなたたちらしいな」

エルの膝の上にいるお市ちゃんが折り紙をやりたいと言い出したので、みんなで折り紙を折りながら北条への支援を相談していく。

信長さんは少し呆れているような感心しているような表情をするが、支援は単なる善意以上の価値があることをすぐに理解したみたい。

信秀さんの許可を貰って、準備が出来次第、支援物資を送ろう。

これから秋にかけては食べ物が足りなくなる頃だ。向こうでも喜んでくれるだろう。

side：松平広忠

織田が人質を解放したと、三河では騒ぎになっておる。

矢作川西岸ばかりではない。西三河には、いち早く織田に付くと人質を出したところがあったというのに、突如戻ってきたとのことで大騒ぎだ。

美濃はすでに大半が織田に屈しており、さあこれから織田が三河に来るぞと意気込んでおったところだからな。理解出来ぬのが本音であろう。

無論、すべての人質が戻ったわけではない。当人の意思で残るのは許したらしく、望めば残っておると聞く。中には戻った人質が家の者を説き伏せ、再び尾張に舞い戻ったなどと謀じみた噂も流れておる。

当家では竹千代が戻ると喜んでおった者もおるが、戻っては困るのが本音だ。戻れば約定通りに今川に送らねばならぬからな。

せっかく母の於大と暮らしておる竹千代を、今更、今川の人質に出すのはいかに考えても悪手だ。

そもそも今川には織田と戦う気がない。織田が攻めてくれば後詰めを出すとは言うが、その後詰めのための備えをした様子もないのだ。ただの虚言にしか聞こえぬ。

肝心の織田は、三河に来ぬまま大きくなっており、北条とも誼を結んだという。今川が織田を三河から追い出すのは当分無理であろうな。

「殿、一大事でございます。駿河や甲斐で大きな地揺れがあったとのこと！」

織田の動きに悩んでおったところ、半蔵が急な知らせを持ってきた。

まさか地揺れとは。天もまた今川を見限ったか？

「今川家の様子はいかがなのだ？」

「大きな騒ぎにはなっておらぬ模様なれど、領内のあちこちで建屋や寺社が倒壊しております」

さすがは今川か。とはいえ、これでいかに動くのであろうか？　外に戦を求めるか？

織田は左様な今川を相手にいかに動く？

戦をするならば支度をせねばならぬ。織田ならばすぐにでも出てこられるのであろうが、松平はそうはいかぬのだ。

「半蔵。誰にも気取られずに、織田弾正忠殿に繋ぎが取れるか？」

「難しゅうございます。それに弾正忠様に繋ぎを取れば目立ちまする。いずれか、それなりの者を通したほうがよいかと……」

やはり難しいか。今川の目もあるやもしれぬ。

「いずれの者がよいと思う？」

「平手監物殿でございましょうか。弾正忠様と嫡男である三郎様の信も厚く、噂の久遠家の後見役とも言われており、家中で一番と噂でございまする」

「よし、ならば平手殿に書状を届けよ」

近頃の織田はなにを考えておるのか、よう分からぬ。ここ二年ほど文のやり取りも途絶えてしまったが、以前は織田に臣従するようにと密書が届いておったのだ。

今川に人質を出した者には悪いが、今川が動かぬ以上は織田を頼るしかない。斎藤や西美濃を見ても、今より悪うなることはあるまい。

まずは竹千代の扱いに対する礼でよかろう。織田との繋ぎを結び直し、織田の出方を見極めねば。

まさかとは思うが、蚊帳の外に置かれては困る。

常ならば前に出て戦えと命じるのであろうが、近頃の織田の動きを見ておると、国人程度では事情を知らぬ間に、織田が勝ってしまう恐れがあるからな。

すべて終わったあとで、織田に従えと言われては松平家の恥だ。

side：今川義元

過日の地揺れは酷かったの。

駿河では多くの建屋が倒壊したとの知らせがあったわ。民の家屋敷は少しの地揺れでも倒壊することがある故、仕方なきことじゃ。されど、これほどあちこちで倒壊しては領内が荒れるやもしれぬ。さらに遠江、三河、甲斐、伊豆、相模などの詳細がまだ分からぬ、これも恐ろしきことよ。

「天は織田に味方したか？」

誰もおらぬ故に独り言が漏れる。

大垣周辺はことごとく織田に従うた。西美濃や斎藤も織田に従う姿勢を見せておるほどよ。ここから盛り返すは難しきことであろうな。

ろくな戦もせぬうちに領地を広げるとは。やはり信秀はわしを超える男じゃということか。

「ここにおいでで、ございましたか」

遠く富士の山を見ながら考え込んでおると、雪斎が参った。今川が織田に呑まれておらんのは雪斎の力であろうの。織田にとって、相手は斎藤ではなく今川でも良かったのじゃからな。

「甲斐と伊豆から武蔵南部も地揺れが酷かったとのこと」

「織田はこの機に三河に来るか？」

周辺国も相応に被害があり、いずこも軽々には動けぬとあらば、少しは安堵出来るの。じゃが、今は織田よ。確かに常道で考えれば、今ほどの機はあるまい。今戦をすれば、尾張と美濃は織田の下にまとまることになろう。今川家が動けぬことなど、信秀ならば気付いておろう。

「常道で考えるならば、来ることもあり得るかと……。なにより三河の国人衆には織田を望んでおる者が増えておりまする。ただ、拙僧は来ぬと考えます」

雪斎は来ぬとみるか。わしもそう思うわ。織田はわしや雪斎とは違う理で動いておるからの。

「戦などせずとも三河はさらに織田に流れましょう。今でなくばならぬ理由はございませぬ」

織田では人質を解き放ったと聞く。初め耳に致した時は信じられなんだが、あれも三河への一手なのかもしれぬ。

「三河では織田が人質を解き放ったことで、今川家に対して不満が高まりておるとか。まさか蜂起することはあるまいな？」

「織田が動かねば、抑えてご覧に入れましょう。松平は織田と今川、いずれが勝っても家を残すつもりでございましょう。織田が本腰を入れて動くまでは迂闊な動きはせぬと考えると、多少の蜂起ならばご懸念には及びませぬ」

広忠め。開き直りおって。奴が得をするのは面白うないが、あやつがいかに動こうとも織田に勝てるわけではない。大人しゅうしておればよい。

にしても人質か。信秀め、面倒なことに手を付けたものよ。こちらが解き放てば、それこそ大手を振りて織田に付く国人衆が増えるだけじゃ。相も変わらず嫌らしい手を使うの。

side：北条氏康

「それは、まことか？」

「はっ、すでに下田に到着せし、織田の船の者が申す事にございます！」

思わず我が耳を疑うてしまった。つい半月ほど前に尾張に戻った織田の船が、また来るとは。

前の船が戻るのに合わせて次の話をしておるが、かように早く来るとは聞いておらぬ。嵐にでも遭うたかのと思うたが、まさか地揺れの助けだとは。

一千貫の銭と、米を積めるだけ積み、薬師の方の弟子も来ておるとのこと。

「これは、してやられましたな」

報告を受けた駿河守の叔父上は面白げに笑うておる。一千貫と大量の米だぞ？　笑うておる場合か？

「これが織田の力か……」

地揺れが起きたことをこれほど早く知り、さらに手助けをすぐに寄越せるとは。関東に来た折に格下と侮らずによかった。

突き返せば織田の顔を潰すことになる故、受け取らぬわけにはいかぬ。それに被害が大きく助かったのが本音だ。織田に借りを作ることになるが致し方ないか。

織田は美濃をほぼ手中に収めたとか。これも叔父上の見立て通り。やはり、直に尾張を見聞きしたことは大きいということか。

「殿、これで税の免除と復興をするべきかと愚考致します。足りぬ場合は織田に借りてもやるべきでございましょう」

「織田に倣うか？」

「民と直に向き合うことは、長き目で見れば北条家の利になることは確かでございましょう」

織田は国人や土豪ではなく、直に民を治めることをしておる。叔父上は久遠殿と文をやり取りしており、それを北条家でもやりたいと言うておったからな。

風魔に所領と地位を与えることで武士として扱うことを、ようやく家中に納得させた。その次なる策ということか。

河越の戦と昨年の鎌倉・岡本沖の戦で北条家の権勢は強うなった。されど、国人や土豪などは渋々北条に従っておる者も少なくない。

民と向き合うことで、左様な国人や土豪の力を削ぐか。

もともと民と向き合うのは、祖父である宗瑞様がなさっておったこと。織田はそれをより推し進めたというところか。

「源氏だ平氏だと、かつての権威で土地を治める世は終わるやもしれませぬ。字も読めぬ民には、食わせてくれる者こそ最良でございますからな」

叔父上は相も変わらず、外で誰かに聞かれれば危ういことを口にする。他の者が顔を青くしておるのを楽しむのはいかがなものかと思うがな。

かつて京の都で公家が治めておった日ノ本に武士が台頭してきたように、新たな世が訪れるというのか?

まあ先のことはいい。今は地揺れの被害から立ち直るのが先か。

side：久遠一馬

「そういえば、フランシスコ・ザビエルはどうなった?」

「ポルトガル領ゴアにいますよ。史実と違い日本に来る気配は今のところありません」

外は綺麗な星空が広がっている。

家臣や奉公人のみんなも、寝ずの番以外はそれぞれの部屋で休んでいる頃。オレはエルと星を眺めていたが、ふと思い出したことを話していた。

「へぇ、そうか」

元の世界ではキリスト教の伝来と呼ばれていた出来事が今年起きるはずだった。以前聞いた時はマラッカにいたはずだがゴアに移ったのか、日本から遠ざかったな。

「情勢がすでに違います。欧州ではイスパニアが新大陸との航路を事実上絶たれており、白鯨討伐の大号令が出たところです。ポルトガルなども同様で大型帆船の減少により極東航路を維持するのも危うくなっています」

あんまり興味がないから任せていたけど、世界情勢は日ノ本以上に変わっているか。

「それと宣教師は海に嫌われているとの噂は、最早、一時の噂とは言えません。その他にもキリスト教を否定する噂がいろいろと流れておりまして、その土地の在来宗教との対立なども起きています。結果として、古くからキリスト教の信仰がなかった地域では、キリスト教離れが起きています。ザビエルもイエズス会も、とても新たな布教に出る余裕なんてありませんよ」

日本史の教科書にも載っていたほどの人なんだけどね。彼自身は悪い人ではないだろう。

元の世界でもそうだが、他人に宗教を勧める人は、勧める時点で独善を多分に含んでいるが、善意の人が少なくない。もちろんカルトとかは除くが。

オレみたいに宗教が好きじゃない人にとっては、迷惑以外のなにものでもないけど。

介入は慎重にする。この基本方針は変わらない。とはいえ、迷信がはびこり神が信じられているこの時代では、宣教師の乗った船がよく沈むという事実は重いらしい。

宣教師は南蛮人の侵略と結び付いていて、既存の文化や宗教をじわじわと否定していく。もともと反発はあったんだろうね。

船の沈没と宣教師に纏わる噂で、南蛮人たちは各地で苦しい立場になっていくのかもしれない。

他にもこの世界では、元の世界の同時代より、銀の価値が上がり始めている。多分、新大陸のポトシ銀山からの銀が途絶えていることが、欧州だけでなく極東にも地味に影響を与え始めているんだろう。そういえば、明が銀を日本やスペインから大量輸入するんだっけ。

そもそもこの時代は船の輸送力は限られている。宣教師の教化と武器の優位性で侵略しているんだから、船が沈められて南蛮人の立場が弱くなれば、問題があちこちで噴出するわけか。

オレとエルはこう見えて作戦は徹底する。宣教師が布教目的だからって遠慮はしない。

このまま南蛮人は欧州にお帰りいただこう。

「地震はどう?」

「よくありませんね。耐震性などない建物の多くが倒壊していますし、凍死もまだ油断出来ません。それに、これからは疫病の可能性もありますので」

さて関東の地震だが、予想通り酷いらしい。武家や寺社はそれなりの建物に住んでいるが、庶民は雨風を凌げるというか、雨漏り隙間風が当たり前の家に住んでいるからな。

一応、関東の北条には見習い医師を数人送った。衛生問題や軽い怪我なら対処出来るとのことで、疫病予防と負傷者の手当てには活躍してくれるだろう。

本当はケティたち医療型アンドロイドの医師に行ってもらうか悩んだんだけど、あんまり治安も良くないだろうし、女性だと北条側でも気を使ったりして大変だろうからね。

なにより北条領は広く、一度行くと当分帰ってこられないことになりかねない。

まあ、北条は史実を考慮しても大丈夫だろう。

「ふふふ、拙者の必殺剣をくらうでござる！」

「なんの！　必殺忍法なのです！」

それはいいとして、夜に煩いよ。すず、チェリー。夜間訓練だと言いながら、暇だから遊んでいるだけだよね？

ロボとブランカも巻き込んで庭で騒いでいるし。周囲の屋敷から距離があるから大丈夫だろうけど、この時代の人は寝ているんだからもう少し静かにしなさい。

日暮れと共に寝て、夜明けと共に起きるのが、この時代の人たちの習慣だからなぁ。ただ、オレたちは正直あまり早くは眠れないんだよね。

「そこのふたり。そんなに難しいことばっかり考えていないで、一緒に飲むよ」

一方、部屋の中では妻たちがお酒を飲んでいて、ジュリアがご機嫌な様子でオレとエルにお酒を持ってきた。

さっきまでは泊まりの奉公人のみんなが一緒に飲んでいたんだよね。

　ウチでは男女関係なく夜は一緒にお酒を飲むし、お酒が飲めない人は紅茶や冷やし飴なんかで付き合う。娯楽らしい娯楽は一般人には手が届かない時代だからね。みんなで集まってトランプしたりリバーシしたりする。興が乗ったら、誰かが楽器を奏でて歌うこともある。いつの間にか習慣になった。

　みんな基本的には別に家があるけど、警備とかの問題もあり一定数の家臣や奉公人が必ず泊まることになっているんだ。

　まあ、ほとんど資清さんが決めて手配しているんだけどね。

「果実酒か。これは飲みやすくていいな」

　ウチでは果実酒も造っている。今日のはみかん酒か。香りも味もいい感じだ。

「あまり考え過ぎはよくありませんよ。現状は上手くいっています」

　それほど考え過ぎているつもりはないんだけどね。ジュリアばかりか、セレスにまで心配されてしまった。

　ただ、オレの場合はよくも悪くもマイペースだからなぁ。

「侵入者を捕まえたでござる」

「成敗するのです？」

　そのままエルも含めてみんなでゆっくりと飲み始めたんだけど、外で遊んでいたすずとチェリーがのんびりとした雰囲気をぶち壊す侵入者を捕まえてきた。

　正確には、侵入しようとうろうろしていたところを現行犯で捕らえたみたいだけど。

時々来るんだよね。ウチの屋敷は堀があるわけでもないし、城よりは侵入しやすいからかな。

一応、オーバーテクノロジーで監視しているので、厳密には侵入されるとすぐに分かるんだけど。

「寝ずの番の人に渡してきなさい」

完全に気絶させているから事情聴取も出来ない。エルが少し苦笑いを浮かべ指示を出すと、ふたりは荷物でも運ぶように肩に担いで運んでいった。

どこかの間者だろう。正体と目的の取り調べと処分は望月さんにお任せだ。

場合によっては解放することもあるが、目的次第では処分もしている。残酷かもしれないが、ウチの家臣や忍び衆を守るためには必要なことだ。みんなを守るために、オレも覚悟を決めている。

しかし、侵入者をすずとチェリーが捕らえたことで、資清さんと望月さんたちは屋敷の防備と警備体制の見直しを検討するだろうな。ふたりが有能なのは今更だけど、根本的な問題として屋敷の防備と人員の配置や見回りの頻度など、改良点はあるだろう。

正直、常時全方位を見張らない限りは、人の手で完全に守るのは難しい。

それもあって、この時代の城は堀や塀に囲まれているんだ。屋敷の備えが足りないというのが現状なんだろう。

まあ、資清さんたちの報告を待ってから、オレたちも対策を検討することにしようと思う。

「みんなイキイキしているな」

「当たり前じゃない。今を楽しまなくてどうするのよ！」

侵入者があったというのに誰も気にもしていない。みんなすっかり戦国時代に馴染んだなぁ。

今を楽しむ。ジュリアらしい言葉だ。でも大切なことだって思える。

このままみんながいれば、なにがあっても怖くない。

さあ、夜はこれからだ。

side：とある医師見習い

某たちは今、小田原城は謁見の間、左京大夫様の御前に座しておる。

「なるほど。左様なことが必要なのか」

「はっ、そのように教えを受けましてございます」

殿の命で小田原の北条家に、地揺れの被災者の手当てと病が蔓延するのを防ぐために来たが、まさか北条家当主である左京大夫様に直の目通りが叶うとは……。

庭に平伏して、縁側におる側近の声だけを聞き、顔も上げられぬ。甲賀におった頃の某が知る目通りではない。

某は望月一族であるが、実際には端の家臣に過ぎぬのだぞ？　六角家の管領代様はもとより、重臣方にすら目通りが叶ったことはなかったというのに。

此度も某たちに出来ることは多くない。とはいえ、地揺れが起きて多くの者が亡くなると、流行り病が起きることがあるとのことで、それを防ぐ知恵は習うてきた。

北条家では民の暮らしの再建をするべく動いておると聞く。今の尾張を除けば、常ならば左様なことはせぬのだがな。城や寺社の再建と町の復興を大事とするのが当然で、民の暮らしなど己らでなんとかするしかない。

北条家では、人心を落ち着かせることを第一に考えておるようだ。

流行り病を防ぐ手立てはいくつかあるとのことだが、まずやらねばならぬのは、死したる者の亡骸をきちんと弔うことを筆頭に手や体を清めることなど。

亡骸を埋葬すれば弔う必要まではないらしいが、人心を落ち着かせるためには弔うべきだと習うた。すぐに出来ぬ時は、供養を後日にすればよいとも言われたがな。

「ほう。それほど違うか」

「はっ、民の力の入れようが違いまする。それに貧しき者はそれで暮らしておりますので。とはいえ、地揺れの復興は大変でございます。銭を配るところまではいかなくとも、飯を食わせれば、それだけで十分かと存じまする」

それと織田家でやっておる賦役に関しても問われた。北条家でも復興に賦役をしたいらしいが、今はまもなく田仕事が始まる。各自の家や田畑の再建などやらねばならぬことも多いからな。

いずこまで動員してやらせるか難しかろう。

ただ、賦役に銭を出すのは悪い策ではない。殿は効率と言うておられたか。実のところ、銭の有無で民のやる気がまったく違う。それに民が銭を持てば品物が売れて商人が儲かり、ひいては武家の税となる。

もっとも北条家のように急に多くの賦役が必要ならば、銭ではなく飯を食わせるだけでも違うと尾張を出る前に助言を頂いた。

もし関東で聞かれたら、そう答えるようにとのことだったが。

殿とお方様がたは、ここまで読んでおられたのであろうか？

それとひとつ気になるのは、いつの間に某が織田家名代となったのだ？　佐治水軍の者もおり、他にも御家の本領の船乗りもおるというのに。皆が某に任せるというのはいかなるわけなのだ？

確かに望月の名を名乗ることを許されておるが、甲賀では名乗ったこともない程度の端くれの身分なのだが。

久遠家の滝川と望月といえば、関東でも名が知られておる。されど、それは某のような者ではないのだぞ。

だが待てよ。そういえば某だけ、やけに多くの助言を頂戴したのはそういうことか？　共に尾張から来た同輩らは左京大夫様に頭を下げ控えるばかりで、某と目も合わせてくれぬ。

まあ、某は出来る範囲で働くのみなので、立場は気にはしないが。

だがまてよ……、そなたら！　謀ったな！

side：久遠一馬

田んぼに青々とした稲が成長しているのを見るとホッとするのは、オレもこの時代に慣れた証拠かな。元の世界だと当たり前の光景だったが、この時代だとちょっとしたきっかけで飢饉が起きるからな。

「これが時を知るものか」

この日は清洲城に来ている。実は新たな清洲城の目玉となる施設の建設がもうすぐ始まるので、その前に小型の現物を献上することにしたんだ。

「はい。時計といいます」

そう、この時代の日本にない時計だ。

きっかけは信秀さんの要望だった。清洲城に織田を象徴する施設を造れないかと言われてエルが考えたものなんだけど。清洲城の見張り台、この時代だと物見櫓とでもいうべきかな。それを兼ねた時計塔を造ることにしたんだ。

ただ、時計というものを説明しただけだと今ひとつ理解が難しいこともあり、現物を見てもらうことにした。史実でも宣教師が織田信長に献上しようとしたみたいだけど、扱えないからと辞退したとも聞くものだ。

欧州やオスマントルコなんかではすでにあるものだし、勿体ぶるほどじゃない。

信秀さんと信長さんを筆頭に土田御前や子供たちもいて、不思議そうに置時計を見ている。結構大きいしね。この時代の時計は。

ただし、お市ちゃんはよく分かっていないと思う。にこにことしていて、みんなでお茶するのが楽しいだけだろう。最近よく遊ぶからオレにもそのくらいは分かる。

「南蛮には、かようなものがあるのだな」

「実はウチで改良したものなんですよ。南蛮と日ノ本では一日における時の計り方が違うので」

信秀さんたちは物珍しそうに見ているけど、この時代は時の計り方も違うんだよね。日ノ本では不定時法という一日を昼間と夜間を分けて、それぞれに六等分した時刻で生活している。

一日は二十四時間という定時法ではなく、日の出から日の入りまでの日中の長さによって、一刻の長さが変わるという仕組みだ。

オレたちが持参したのはそんな不定時法を用いる時計で、史実の江戸時代に発明されたという和時計になる。

「ほう。時をいかに考えるかも違うか」

時の計り方の違いに、信秀さんと信長さんの表情が面白そうに変わる。時計とか暦とか、深く考えたことがなかったんだろう。オレも元の世界ではそうだったし。

信秀さんは変えたほうがいいのかとエルにいろいろと質問を始めるけど、現状だとあまり変えるメリットがない。知識として知っておくことで十分だろう。

ただ、変えることを考えるだけでも凄い。

以前、古き習わしを変えていくと宣言したけど、すでにいくつかは本当に変えているんだよね。

例えばテーブルや座卓の使用も取り入れて、家族での食事は一緒にテーブルや座卓で食べているみたい。お市ちゃんがウチによく遊びに来るのもそうだし、信行君や他の子は学校に通って勉強していて、行き帰りにはウチにも寄っていく。

無論、織田家ほどになると子供たちに師が付くのが当然で、今も彼らに教えている人がいる。ただし、それだけでは視野の広い考えが身に付かないと、数日に一度は学校に行くようにもなった。

信秀さん自身も何度か学校見学をしているし、時には授業を一緒に聞いている。その結果、城の中で周りにかしずかれてばかりでは駄目だと感じたみたい。

信秀さんが若い頃は織田弾正忠家もそれほど大きくなく、いろいろと揉まれて強くなった自負があるんだろう。信行君に関しては、大人しすぎることに悩んでいたくらいだ。

ああ、変えたといえば、信秀さんは、信長さんに対しても変えた部分がある。

家族で一緒に食事をするために、信長さんと帰蝶さんも度々呼ぶようになったそうだ。幼い頃から城を与えて独立させたことは間違いではないんだろうけど、家族や兄弟と一緒に過ごす時間がもっと必要だと思うようになったらしい。

まあ、オレとエルたちも一緒に呼ばれるけど。猶子にしたとはいえ、もとは他人だ。オレたちと信秀さんの家族も一緒にいる時間が必要だと思ったんだろう。

こういう部分は、ウチの様子を見て学んだのだろうとエルが言っていた。ウチでは家臣も忍び衆もみんな家族か親戚のように付き合っているからね。特に、故郷から逃げて来た人などは刺客を送られることもあるから、全員で一致団結して守る必要があるんだ。

「かじゅま、けてぃ、おりがみ！」

そのまま時計と時法の違いについてエルが説明していく中、話に付いていけないお市ちゃんはオレとケティのもとに紙を持って駆け寄ってきた。

「ええ、いいですよ」

同じく遊びたそうにしている姉妹と一緒に折り紙で遊ぶか。こちらから声を掛けると、みんな嬉しそうにしてくれる。

お市ちゃんに教えるから、オレも折り紙の折り方をいろいろと覚えたんだよね。今日はなにを折ってあげようかな。

side：パメラ

「うわぁ。凄いね！」

蟹江で温泉を掘り当てたと聞き駆け付けると、ちょっとした騒動になっている。無論、元の世界の情報とシルバーンの事前調査で温泉が出ることは分かっていたものの、この時代の人からすると衝撃の出来事らしく、噂が噂を呼んでいるみたい。

でもさ、理論的に可能だとは聞いていたけど本当に人力で掘り当てちゃったね。私も驚いたよ。

「お方様、いかがでございましょう」

念のため私たちが確認するまではあまり触れないようにと命じていたこともあり、掘っていたみんなは喜びつつも、どうなんだろうと不安げな様子で見守っている。

「うん！　懸念はないよ！　いい温泉だね‼」

「温泉だ！」

「うおぉぉ！」

軽く確かめると、温泉で間違いない。詳しくは泉質分析を密かにするけど、健康被害とか出るものではないみたい。

私の言葉にみんなも喜んで大騒ぎだ。まずは頑張ったみんなが入れるようにしてあげたいなぁ。

あと、私も司令やみんなとゆっくり温泉に入りたい。

この時代だと出かける先とか観光地は自然とお寺くらいしかないし、それは私たちも同じなんだよね。蟹江だと近いから気軽に温泉に入りに来られる。

ただ、あれだね。温泉まで掘り当てたとなると、蟹江に来る人がますます増えそう。ここには町なんてなかったから寺社すらないんだ。

大規模な温泉宿とか造ったらいいかも。津島と熱田では一年交代で花火を上げるし、今後も尾張には観光客が増えるはず。あとで確認してみよう。

side：久遠一馬

政秀さんを介して、松平広忠から信秀さんに手紙が届いた。竹千代君の扱いに感謝するという手紙だ。史実を知る身としては、竹千代君を返せって手紙でないことにちょっと驚きだね。

信秀さんの人質解放の際に、竹千代君の扱いも問題になった。母である於大の方、伯父である水野信元さん、信秀さんと信長さんを交えて話し合ったそうだ。

竹千代君は信長さんの近習という扱いで禄も貰っている。どうも真面目な性格らしく学校にはほとんど毎日通っているとのこと。

信秀さんは岡崎に帰すという選択肢も提案したらしいが、現実問題として帰したところで今川の人質となるだけなので水野さんが反対したそうだ。

もちろん信秀さんもそれは百も承知だ。ただ、竹千代君と水野さんに選択肢を与え、選択させることが目的だったんだろう。

竹千代君本人も、母と別れて今川に行くことなど望むはずもない。

松平広忠は竹千代君の待遇のお礼を言うことで、万が一にも岡崎に帰すということは不要だと示したんだろう。

実のところ史実の死期を越えた松平広忠だけど、身辺は相変わらず危うい。西三河は概ね親織田と親今川に分かれているけど、国人衆には今川に人質を出しているところが少なからずある。

彼らの中には、自分たちの人質を見捨てて、長年の敵である織田に付く者は裏切り者だと息巻いている人も当然ながら存在する。

とはいえ、以前と違い今川が有利ではないことに相応の人が気付いているんだ。

問題は自分たちの利にならないなら、松平宗家の当主が死んでも困らないと考えている人がそれなりにいることか。あそこもこの時代では、そこまで権威があって血筋がいいわけではないしね。

織田は信秀さんがいなくなれば困るのをみんな知っている。比較するわけではないけど、広忠は現状ではいいところが見えていないからだろう。

「岡崎の松平を助けるか」

「はい。織田家が前面に出るのはよろしくありませんが、大湊の商人を介してならば……」

この日は信長さんと一緒に鷹狩りに来ている。休憩の合間にエルが対三河の次なる一手を提案すると信長さんは少し考え込む。

少しばかり広忠は危ういので、エルと相談して大湊の商人を介して支援する策を考えたんだ。

「本当に織田に従うのか？」

信長さんは大丈夫なのかと、説明するエルを見ている。今までの様子からは従うとは思えないんだろう。実際、そんな態度を示すと広忠を当主にした今川を裏切ることになる。

普通に考えて現状ではそれが当然だ。

「当面は現状維持が望ましいのですが、少し利を与えませんと暴発するかもしれませんので」

今後、広忠が織田家に従うのかは不明だ。そもそも三河統一を諦めたのかも定かではない。

ただ、せっかく織田家寄りと思える動きをした広忠と三河国人衆たちには、多少でも飴を与えないと、勝手に騒動を起こしそうなんだよね。

当然、その飴でこちらを攻めてきても問題ない範囲での支援だ。

「取れなくもないのが悩ましいな」

説明を聞いた信長さんは少し困った顔をしている。西三河だけなら、さほど難しくないんだよね。

「今川はまだまだ強大です。外交と商いを鑑みれば抑え込めていますが、下手に敗北を与えれば本気になってしまいます」

今川との戦に関して、駿河まで一気に攻め取れる機会がくるまでは、なるべく織田にとって無駄な戦はしたくないというのがエルの考えだ。

今川義元と太原雪斎のふたりに中途半端な負けを与えることを警戒している。

名門という自負と家格で自由に動けない部分がある今川に敗北を与えると、なりふり構わず本気で織田家を倒しにくる危険があるからな。

外交も決して油断は出来ない。史実で武田・北条・今川の三国同盟を成立させたのは今川の太原雪斎だったはずだ。

「随分と高う評しておるな」

「家として持つ地力は斎藤家とは比較になりません。西三河では織田が優勢ですが、相手は駿河・遠江・東三河を治める大国です。現状の織田であれば、互角以上に戦えるとは思いますが……」

「六角と朝倉も無視出来ぬ。勝算がないうちは動かぬほうがいいか」

信長さんの今川に対する評価はオレたちよりも低い。史実と違い、織田家は今川に負けてないからだろう。はっきり言えば、こちらの工作に今川はほとんど対応してないのが現状だからな。

一気に駿河まで行くか、北条と結んで駿河を分けることが出来るならいいけど、中途半端に攻めると武田がどう出るかも怪しいんだよね。武田も現時点では評価が必ずしも高くないしさ。オレたち以外はそこまで警戒していない。

もっとも信長さんは、エルが評価することで相応に評価している節がある。あの今川と互角以上に戦えると言い切ったエルも凄いけどね。

実際、信秀さんの信頼は厚いし、エルが存分に采配出来ればそう難しいことじゃない。

話が逸れたけど、要は松平宗家に大湊の商人を介して支援するということ。大湊クラスになるとどこと取り引きしてもおかしくはない。隠れ蓑というほど隠せないだろうけど、あからさまでないのが大事だ。

どのみち、こっちが困るほど支援するわけじゃない。問題は広忠が支援を上手く活用出来るかだ。織田とすれば暴発さえしないなら、それでいいんだけど。

「そういえば蟹江に温泉が出たらしいな」

「ええ。苦労しましたよ。相当深く掘りましたから」

三河の件が一段落すると、温泉の話になった。

実は数日前から蟹江の普請場で温泉が出たと騒ぎになっている。史実の尾張温泉のことだ。事前に極秘で科学調査をして温泉が出るのは分かっていたので、掘っ立て小屋と陣幕でやり方を隠して上総掘りでひたすら掘っていた。

工事をしていたのはウチの家中からの選抜者と、佐治さんから借りた大野からの人足たちだ。井戸掘り経験のある人たちを頼んだ。交流が多いこともあって、いろいろと頼みやすいんだよね。

深さ千メートルを超えてようやく温かい温泉が出たらしい。

「新しき湊に温泉と、賑やかになるな」

もともとたいしたものがない海沿いの土地だし、港と温泉で大騒ぎになっている。信長さんは近場で温泉に入れることが嬉しいみたいでご機嫌だ。

当分は蟹江で賦役をしている労働者たちが入れるように公衆温泉にするが、ゆくゆくは建設する城や町に引いて温泉街にしたい。

温泉の名前は信秀さんに付けてもらうか。というか蟹江の名前も変えたほうがいいかな？　まあそのあたりは相談だね。

「ただ、そろそろ河川の治水をもう少し考えるべきかもしれません」

港と温泉に、工業村や牧場と産業も順調だが、尾張の欠点は史実でも度々氾濫して本流の位置すら変わる木曽三川になる。

織田家の本拠地として、発展させるには治水が必要だとエルが懸念を示す。

「武芸大会の儲けでは足りぬか？」

「残念ながら。場当たりの処置だけでも足りません。懸念は銭よりは労力でしょうか」

エルが言うように、問題は労働者不足だ。天下普請クラスの賦役をいくつも手掛けているからな。河川の堤防工事は、昨年行われた武芸大会くじの収益分ですでに行われているが、農繁期に入り止まっている。優先順位が清洲と蟹江より低いんだ。

蟹江の港に関しても高波対策と洪水対策はそれなりに考えているものの、他の地域がね。

「そこまで言うのならば策はあろう？」

「はい。西美濃と斎藤家から農閑期に人足を派遣してもらうべきかと思います」

解決策だが、足りない労力を美濃から持ってくる計画を立てている。これには美濃と尾張を一体化する布石としての意味もあり、織田家の力と尾張の良さを美濃の人に知ってもらう目的もある。

「北伊勢と同じことを致すか」

信長さんはさすがに慣れたのかあまり驚かないな。

「ゆくゆくは美濃の河川でも役に立ちます。あちらも河川の氾濫は悩みの種でしょうから」

「領地が広がれば広がったなりに悩みは尽きぬのだな。親父に話してみるか」

休憩も終わると鷹狩りを再開するが、信長さんは次から次へと問題が出てくる現状になんとも言えない表情をした。

こんなに大変だと思わなかったんだろうなぁ。

とはいえ、この方法が有効なのは確かで、今川も斎藤もほとんど戦をしないで、今川の抑止、斎藤の弱体化が出来たんだ。

この路線は今後も継続する必要がある。

天文十八年、春。久遠一馬が織田信秀に時計を贈ったことが『織田統一記』に記されている。

同時代の欧州などではすでに珍しくない代物だが、日本に時計が伝来したのは早くても鉄砲伝来の時だと思われ、記録に残る最初の機械式時計はこの時のものとなる。

なお一馬が献上した時計は、当時の日本が不定時法により時を定めていたことに合わせた和時計と呼ばれるもので、別名、『久遠時計』とも呼ばれる品である。

欧州諸国の定時法の時計とは違うものであり、これは久遠家が発明したものだと推測され、当時における久遠家の技術水準の高さを表す貴重な記録となる。

この時の時計は現存してはいないが、同年より数年あとに土田御前に贈られたものは現存していて、現在も織田博物館にて展示されている。


尾張温泉の歴史は、戦国時代までさかのぼる。

蟹江で港の建設が織田家により行われていた時に、温泉を掘り当てたと記録に残っている。

なぜ、この地で温泉を掘ったのか定かではないが、久遠家が命じて掘らせていたことは確かであり、当時としては最新の技術である尾張掘りにて深く掘られたと伝わる。

この尾張掘りは久遠家が尾張に伝えた技術で、尾張では久遠掘りとも言うが、後に全国に広がった時には尾張掘りと呼ばれるようになり現代に至る。

風呂好きとして知られる久遠家だけに温泉を狙っていたという説もあるが、詳しい経緯は不明。

現地では一馬が夢の中で仏に教えられて掘ったという伝説が広まっていて、しばしばこの話の時に語られるが真相は不明である。

皇歴二七〇〇年・新説大日本史

第五章　暗闘

side：久遠一馬

尾張では麦の収穫と遅植えの田植えが始まっている。裏作の麦の収量は平年並みだろう。

二毛作を行っている農業試験村では、この時代にはない新品種の栽培テストをしていたが、収量はまずまずだった。今後も慎重に進めていきたい。

今年も熱田祭りの季節がもうすぐなので、昨年の津島に続き花火大会の準備とかしていたんだけど、予期せぬ人物が訪ねてきた。

「わざわざ京の都から尾張まで来られたとは」

ウチには仕官希望者が相変わらず多いけど、最近はオレが会うことはあまりない。基本的に資清さんにお任せしている。

織田家中の紹介状でもあれば別だけど、いちいち会っていたらきりがないんだよね。どこの誰で祖先は誰だとか自慢げに語る人が多いけど、本当か確認が難しく、そもそもウチは血筋や家柄での優遇採用はしていない。血縁も就活のトライアルチャンス程度だから。

元の世界では、自己ピーアールは特技や能力だけど、この時代は血筋や家柄がピーアールポイントだからな。仕方ないけどね。

基本は忍び衆として当たり障りのない任務を与えるか、警備兵の訓練に入れて終わりだ。ウチで雇うのは諜報員や警備兵の仕事で実績を積んだらと言ってある。それが気に入らないと辞めていく人が多いけど。

今日やって来た人は、そんな仕官希望者とは少し違う。用件がちょっと特殊なのでオレが会うことにした。

彼の名は曲直瀬正慶。史実で道三の号を名乗って医聖とまで称えられた人だ。

「是非、南蛮由来の医術の教えを受けたいと思い参上致しました」

確かこの人、それなりの家柄の出だったはず。立ち居振る舞いとかはさすがだ。そんな人が京の都からやって来た行動力には驚くしかない。

「いろいろと勘違いが広がっていますが、当家の医術は明や南蛮から学んだ部分もありますが、当家の者が長年に亘り築いたものになるのですよ」

ウチの医術は、すっかり南蛮医術だと誤解が広まっているんだよね。そもそもこの時代だと西洋医学はそこまで発達していないけど、そういうこと誰も知らないからね。

「構いませぬ。何卒、良しなにお願い申し上げまする」

「実は他国の者には教えていない当家の秘伝なんですよね」

曲直瀬さんは関東の足利学校まで行って医術を学んで、京の都で診療所を開いていたらしいが、ケティの噂を聞いてわざわざ診療所を閉めて訪ねてきたみたい。

問題は医術に限らず、ウチの技術は他国の人間には教えていないことか。病院も学校も織田家の領民向けなんだ。病院は他国の患者でも来れば有料で診ているけどね。

追い返すのは気が引けるけど、下手な例外を作ると後々困ることになるし、これ以上ケティの評判を上げれば、本当に畿内に呼びつけようと考える人が現れかねない。

信秀さんは戦をしても守ると言ってくれるが、なるべくなら穏便に済ませたい。

ちなみにケティの噂は、織田領の外に出ると、現時点では眉唾物として扱われている程度だ。南蛮の女の医術などまがいものだと否定的な意見もあるし、尾張にはロクな医師も薬師もいないと笑われてもいる。

畿内の人からすると、尾張は田舎なので素直に認められないらしい。自分のいる場所が日ノ本で一番先進的であると思っているだろうし、ウチが例外なだけで事実だ。当然の反応だろう。

「医術は使い方次第で多くの人を害することにもなる。よく知らない人にお教え出来ません」

悪い人じゃないみたいだけど、特別扱いはしない。史実での活躍を見ると、どんな影響が出るか分からない。仮に教えるとしても、なにかしらかの制約でも付けないと怖い。

北条のように領民のことを考えているところや、織田家の利益になるなら別なんだけどね。

それに時期もよくない。畿内に関わりたくないこの時期に、畿内で活動する彼に医術を教えると巻き込まれる恐れがある。

織田家が畿内を制した頃なら、よかったんだろうけどね。

もちろん医術・医学は発達させて、様々な医療を発展させ広げたい。ただ、ケティたちの安全第一なのが基本だ。

side：曲直瀬正慶（道三）

やはり断られたか。織田様や久遠様は民を労わるお方だと聞いて、京の都から来たのだが。

それにしても尾張は平穏で活気があるな。京の都は荒れておるというのに。越前や駿河も栄えておると聞き及ぶが、尾張はそれ以上に思える。

久遠様の屋敷を後にして那古野の町を歩いてみるが、多くの物売りが出ておる。それに乱暴狼藉を働く者も見られず、子らが外で遊んでおるわ。

おお、あれが織田学校か。なんと立派だ。足利学校にも劣らぬであろう。そして病院か。こちらも見たことがないほど立派だ。しかも銭を払えぬ貧しい民でさえも診ておるというのは、まことのようだな。

うむ。習えぬまでもせっかくここまで来たのだ。医師の診察を受けるくらいはよかろう。

「他国からのお方からは診察料を頂いておりますが、よろしいでしょうか？」

まずは武家の侍女のような者に生まれと住まいを聞かれたので答える。領国の者とそうでない者で扱いが違うのか。

驚いたのは、入り口で刀などすべて預けねばならぬことか。しかも身分がありそうな武士でさえも素直に従うておる。

「診察はご身分にかかわらず先に来ている者から診ます。病や傷の状態によっては先に診ることもありますが、これは誰であれ変わりありません。ご納得が頂けない場合は清洲の大殿様に訴え出てください」

銭を払うのは構わぬが、診察する順について随分と念入りに話すのでわけを聞いたら、待たされることに怒る者や、傷の具合などで先に見ると怒る者がおるのだという。

中にはすべての刃物を預けることに抗う者もおるようだが、診察をしておられるのが久遠様の奥方様なのでそこは譲れぬとか。

あとこれは尾張に来てから聞いた話だが、久遠様は織田様の猶子となられたとか。恐らくそれを知らぬ他国から来た者が騒ぐのだろう。

おお、診察を待つ場には畳が入っておる。これは具合が悪い者が横になれるようにとの配慮であろうな。

あれは……、なんと書物までがあるのか⁉　聞けば患者ならば見てよいものだとのこと。盗んだ者は死罪だとの張り紙があるわ。

わしも読んでみようかと思い選んでおると、商人の親子が読んでおる色鮮やかな書が目に入った。

「もし、それはなんでございまするか？」

「桃太郎という絵が描かれた書でございますよ」

「ほう、これはいい」

絵解きの書かと思うたが、違うらしい。

「これは竹取の翁か？」

桃太郎という話はあいにくと知らぬが、竹取の翁の書があった。

これは絵が半分に文字が半分か。読みやすいようにと書かれた文字なので、少々学を積めばそれなりの者ならば読めよう。それに絵があって分かりやすい。

　これはいいと思い、他の書も見てみるが、手足を清め体を洗い歯を磨くことが病に罹りにくなると記された書もある。

　著者は久遠ケティとある。誰だ？　噂の薬師の方か？

　他にも食の取り方、取るべき菜など、様々な日常の暮らしでの助言が記されておるな。これはかようなところに置いて良いものか？

「はーい、初めまして～。今日は旅の途中に寄ったんですね。では診察します！」

　うむ。医師は本当に年若い娘ではないか。しかも見たことがない色の髪を両肩に垂らすようにふたつに分けて結っておる。これが噂に聞く南蛮人か。

　診察のやり方もまったく違う。よく分からぬ道具を使い、病を探しておるようだ。心の臓の音でも聞いておるのか？

「特に悪いところはないよ。えーと、曲直瀬……さん？」

　これでも医師だ。己の体には気を付けておるからな。だが、診察をした娘の医師がわしの名前で少し驚いた顔をした。まさかわしを知っておるのか？

　それにしても、なんと整った診察の間だ。よく分からぬところも多いが、患者の様子とこの診察の間を見ればいかに優れておるかが分かる。

　これはなんとしても医術を学びたくなったわ。

side：真田幸綱

「甲斐の御屋形様はまた税を納めろと？」

「仕方なかろう。甲斐は地揺れで難儀しておるのだ」

信濃はすっかり他国の草刈り場となってしまったな。甲斐の御屋形様からは地揺れの被害のため、新たに税を納めよとの命が信濃に出た。

いかにするか困った者たちが訪ねてくるが、今日は明らかに不満げな望月源三郎殿か。

「やれやれ、わしも尾張に行けばよかったかな」

新たな税に苛立ち、近頃、名を上げておる分家の者が羨ましくて仕方ないと見える。

望月は信濃が嫡流で甲賀にも分家はあるが、今では僅か数年前に甲賀から分家した尾張望月が一番大きいかもしれぬとの噂だからな。

もとは甲賀望月の当主だった出雲守が、わざわざ家督を弟に譲り、分家立てまでして尾張の新参者である久遠に仕えた。当主である一馬やその主家である織田の覚えもいいらしく、噂の滝川と共に久遠の重臣に収まっておるとか。

望月殿は甲斐の御屋形様の命で探りの使者を送ったが、向こうは大きな屋敷に住み、当然のように使者は金色酒でもてなされたと聞く。

そのうえ、塩や金色酒や鮭などの貴重な品を土産に寄越したと、信濃や甲斐では大いに評判になっておるのだ。中には新参者がそこまで禄を得ておるはずなどない、織田の謀だなどと言う者もおるが、わしが探ったところでは出雲守殿の暮らしが豊かなのは事実のようだ。

今や日の出の勢いがある織田にあって、この人ありと言われる久遠一馬。その信も厚いと噂になると面白うないのであろう。

織田は美濃斎藤と縁を結び、西美濃を従えておるようだ。勢いもあり、さらに領地を広げるやもしれぬな。

先日には噂の黒船で地揺れの見舞いにと関東を訪れ、北条が銭一千貫と大量の米を贈られたと関東では大きな評判になっておると知らせが届いた。

北条の流言かもしれぬが、船が米を運んできたことは事実のようだ。しかも小田原で左京大夫に目通りしたのが尾張望月家の者というのだからな。

望月殿はまだ知るまいが、知ればまた不満を募らせるであろうな。

信濃では戦に敗れればなにもかも奪われるだけに、武田に従うておる者が多いのだ。特に甲斐の御屋形様は容赦がないからな。

左様な武田と織田はあまりに違う。話が半分だとしてもな。

噂に聞くところでは、戦で荒れた田畑を再びの開墾までしておる様子。

いかになっておるのか気になり探らせておるが、正直、わしもよく分からぬことが多い。

side：久遠一馬

「いろいろと難しくなるなぁ」

地揺れや織田家で人質を解放したこと、松平宗家など西三河の諸勢力の微妙な動きもあってか、今川が忍び衆の諜報活動に神経質になっている。

北条との交流は佐治水軍やウチの船による海洋航路だけではない。陸路でも商人が交易をしているし、海路も和船で今川領を通る従来の沿岸航路で大湊などが交易を増やしている。

多くの人が今川領を行き来していれば、自然と情報も入るのだろう。

何度か捕まった忍び衆を助けたり、逃げてきた間者を守ったりした結果、今川はウチの忍び衆を以前にも増して警戒しているんだ。

「尾張どころか西から来るというだけで、疑心がある者は疑っているわ」

少し前からこの件の調査をしている、ウルザの報告にため息が漏れる。

三河から駿河辺りで密かに活動しているのは、ウルザとヒルザだ。ウルザは戦闘型アンドロイドで、設定年齢は二十歳。今年の年始に歳を重ねたことで今は二十一歳だ。ハリウッド女優にいそうな黒人系美女。諜報などの工作特化したアンドロイドだ。

ヒルザは医療型アンドロイドで、年齢は十九歳。こちらもハリウッド女優にいそうな黒人系の可愛らしいタイプで、工作特化のアンドロイドだ。ふたりはギャラクシー・オブ・プラネット時代はバイオロイドを引き連れて工作任務とかしていたんだよね。

現在は忍び衆から選抜した者たちを集めて、今川領で忍び衆の支援をしている。資清さんや望月さんなど一部を除いて、ウチの家中にも知らせていない極秘での行動だ。

以前は忍び衆の選抜による精鋭は望月さんが差配していたんだけど、暇を持て余していたのと、今川の警戒が厳しくなったことでウルザたちが動いているんだよね。

「行商をしながら情報収集するだけなんだけど。余所者って疑われやすいのよね。特に尾張訛りと甲賀訛りがあると、ウチと関わりがあるんじゃないかと疑っても仕方ないわ」

ヒルザの意見はもっともだろう。太原雪斎や慎重な者は村々を回り商いするだけなら不問としているけど、極論を言うと余所者が来なくても困らないところだと、なにをしに来たんだとなる。

こっちとしてはあまり追い詰めないようにしているけど、尾張物の品々や金色酒が高値で駿河でも売られるようになると、それだけで面白くない者が増えているんだ。

「幻庵殿と、駿河遠江での協力で一致した。非公式だけどね。向こうとしても尾張の荷が届かないのは損失だしね。忍び衆は減らしてもいい。ただ、撤退させるわけにはいかないからなぁ。頼むよ」

正直、敵地に妻たちを出したくないんだけど。危険性がゼロとは言えないし。とはいえオレたちに従う者は守らないといけない。

密かにシルバーンのバックアップも使えるし、大丈夫だと思うけど。


ウルザたちの報告で今日の主な仕事は終わりだ。

エル、メルティ、ジュリア、シンディ、リンメイたちは、土田御前のお茶会に行っていていない。

オレはケティたちの手伝いでもしようと病院に来ている。

「そういえば、帰蝶さんはどうなの？」

あれこれと病院の現状を確認しつつ働く人たちの話を聞いていると、患者が途切れた合間に偶然ケティとふたりだけになった。

　ちょうどいいから、ケティに前々から気になっていたことを確認してみた。

「妊娠しにくい体だったけど、すでにナノマシンで治療済み」

　史実では織田信長と結婚した帰蝶さんこと濃姫に関しては諸説あったが、確かな証拠があるものはあまりない。織田信長には側室が複数いたらしいけど、彼女との間に子供は出来なかったみたいだからなぁ。

　ただ、現状だとふたりの夫婦仲はいい。少し驚いたのは、ケティがふたりの仲を取り持ったことか。エルやメルティもそうだけど、新婚さんの相談に乗るとか難しいだろうに。凄いね。

　そういえば、病人の関所の通行は、無料で関所を通行出来る手形を各村に数個ずつ配る方針で調整中だ。

　信秀さんの朱印と村の名前が書かれた通行手形を発行して、管理は村にやらせるのが一番だとなった。当然、偽物の警戒はするけど、実質紙幣となる織田手形と違い、病人用の通行手形は偽造する価値はないだろう。

　問題があるとすれば、村の中の有力者が恣意的に扱い、弱者に使わせない可能性か。これはやってみないと分からない。

　国人衆や寺社など、関所を設置している勢力の反応はまずまずだ。反抗的な人は信長さんの結婚式の後始末とかでかなり減ったしね。

　関所に関しては、人や荷物の審査・検査を必要としても、織田領の領民なら誰でも無料にしたいんだけどね。まだまだ先は長い。

「疱瘡の予防接種も順調か」

「最近は予防接種の患者も多い」

その後、お昼ご飯と休憩を兼ねて、ケティとパメラや病院で働く皆さんと午後の打ち合わせをしていくが、天然痘の予防接種も順調みたいだ。

全体としても順調だけど、時代的にはまだまだ医師が足りない。関東の地震で医師見習いを派遣したけど、見習いレベルの医師ですら数は少ないんだ。

ただ、警備兵に応急処置などを教えている関係から、最近になり医師志望の若者が増えていて彼らの指導も始めた。もちろん尾張の領民や裏切る可能性が低い者に限定してはいるが。

他には文官向きの人もいたりするので、一部は配置転換も始めている。学問が得意な人は、清洲城やウチの文官見習いとして試しに働かせているんだ。

評価は予想以上にいい。中には農民の子もいるけど、オレたちの政策の影響もあり、現在の尾張は文官の仕事が増えたからね。猫の手も借りたい状況なんだ。農民の子だろうが使えるなら歓迎だという文官は多い。

清洲城なんかはあまりにも人が足りないことで、一部の暇で織田に従順な僧侶を臨時に使っているくらいだ。

「さて、午後も頑張るか」

「おー！」

そろそろ休憩は終わりだ。立ち上がると、ノリがいいパメラと一緒に気合いを入れる。ケティはマイペースに頷くだけだけど。

ちなみにこのふたり、性格がまったく違うのに仲がいいんだよね。

side：北条幻庵

「ほう。駿河と甲斐はそれほど酷いのか」

「はっ、病が広がっておる様子でございます」

駿河と甲斐に放った風魔から知らせが届いた。地揺れにより騒ぎと病が広がっておるようだ。

「望月殿の言う通りだな。さすがは薬師の方殿の弟子だ」

「ありがとうございまする。お役に立てて安堵致しました」

我が北条領も楽ではないが、病は広がっておらず幸いだ。偶然か望月殿の指南がよかったのか分からぬ。されど、上手くいっておるのは間違いではないということであろう。

さほど難しいことはしておらぬ。亡骸の埋葬と身を清めることと、温かい食べ物を配るくらいだ。にもかかわらず、まるで寺社の唱える高徳の覚者のようだと誰かが言うておったな。

亡骸も野晒しが珍しくない世で、いち早く埋葬したことで人心が落ち着いたことは確かか。織田が人望を集める理由は、このあたりにもあるのかもしれぬの。

無論、懸念はいくつもある。これを機に勝手なことをしようとした者らがおる。

今川は織田を気にして動けず、里見や関東諸将も、先年の鎌倉・岡本沖と河越での戦の傷で動けぬ。今ならば、国人衆が騒いでも大きな動きにはなるまい。故に厳しめに対処した。

望月殿の話では、尾張でも勝手なことをする国人衆や寺社に悩んでおったそうな。

久遠殿は甘いからの。それに付け入る者は当然おる。自身でも理解しておるのであろうが、わしからも一言言うておくべきか。遠き関東におるわしの言葉ならば懸念になるまい。

慈悲は尊きもの。人は冷酷な者には恐れて従うが、慈悲深き者には心から従う。恐怖で従えたところで裏切りと謀叛がいつ起きてもおかしくはなく、より強大な恐怖を与える者に周りはあっさり降るであろう。

とはいえ、慈悲ではいかんともしようがない者も少なからず存在する。

里見もそうだ。安房以外の国人衆が離反して北条に降り、安房の国人衆もまた寝返ろうとしておる時に和睦にも応じぬ。

今川や関東諸将に決起を促しておるらしいが、水軍の再建も出来ておらぬ現状では誰も相手にはするまい。

ああ、里見といえば先の鎌倉で捕らえた捕虜は大半が北条家に降った。しばらくは意地を見せようとする者もおったが、里見が返還交渉にも乗ってこなんだからな。

今では、かの者らが安房まで仕返しに行き、家族や親戚を連れてくる者すらおる。

紙芝居も里見に痛手を与えたの。久遠殿が現物を贈ってくれたので、こちらで写しを作り各地で始めたが、見立てを超えた評判に殿も驚かれておったほどだ。

鎌倉・岡本沖の海戦を描いた紙芝居に登場する、織田勢の今巴の方と玉縄衆を率いる孫九郎の話は関東でも大いに喜ばれておる。

坂東武者らしい活躍と言えば今巴の方にはおかしく感じるが、かの九郎義経のような八艘飛びと、今巴の方を守る弁慶の如き滝川慶次郎。共に戦う玉縄衆は民の間で一気に名が知られた。

一方で里見は九郎義経に敗れた平家のような潔い者にあらず、盗っ人まがいの扱いだ。北条に降った者たちの所領でもやっておるが、おかげで里見は美しい今巴の方を鬼と勘違いした愚か者と関東では評判じゃ。

里見は長くはない。民がそう噂しておる世評の響きはなによりも大きいのだ。

仮に織田が関東に来ておらねば、この地揺れで北条は苦労しておったのかもしれぬ。この借りは大きくなりそうじゃな。

side：久遠一馬

季節はそろそろ梅雨に入ろうとしている。

「あまり遠くに行ってはいけませんよ～」

「なんでもいいので、帰りまでに景色を描いてみましょうね」

今日は子供たちを連れて、清洲の運動公園に来ている。ウチの家臣や孤児院と牧場の領民の子供たちに、学校に通っている子供たちなど数百人での遠足のようなものだ。

あと、お市ちゃんを筆頭に信秀さんの子供たちもいる。

リリーとアーシャなんか引率の先生みたいだ。リリーは幼稚園の先生でアーシャは小学校の先生といった感じかな。

アーシャが課題として写生をするように言うと、子供たち全員に紙と鉛筆に画板が配られた。絵具はチューブがこの時代にはないし、クレヨンもない。鉛筆ですらウチで持ち込んでいる分しかない高級品だ。でも子供たちの笑顔でお釣りがくるね。

「ろぼー、ぶらんかー」

ただ、お市ちゃんはロボとブランカと追いかけっこを始めてしまい、釣られるように幼い子たちも遊び始めたけど、それでいい。子供は遊ぶのも仕事だ。

帰りまでは時間がたくさんあるから少し遊ばせようか。

「遠くに行くのは駄目でござる！」

「ひとりであちこち行くのも駄目なのですよ！」

すずとチェリーが子供たちに注意をしつつ、一緒に遊びに行ったな。世話役の大人とふたりに任せれば大丈夫だ。

オレはエルやリリーたちとお昼の準備をしよう。

ちなみに護衛と教師陣以外にも、子供たちを世話する大人が結構いる。この時代は危険が多いことと、子供たちもなにを仕出かすか分からない怖さがあるからね。

「こういう遠足って、楽しいわね～」

他にも現在尾張に短期滞在している妻たちが引率にと来てくれているけど、みんなも一緒に楽しんでいる感じだ。妻たちは当然ながら、学校なんて行ったことはないからな。

お昼は大鍋を使った猪鍋の予定だ。みんなでひとつの鍋を囲み、青空の下で食べるのはいい思い出になるだろう。

「かじゅまー、はい。あげる！」

みんなと和気あいあいとお昼の支度をしていると、ニコニコ顔のお市ちゃんがシロツメクサの花冠を持ってきた。オレのために作ったみたいで頭に乗せてくれる。

すずとチェリーが作り方を教えたみたいだ。離れたところでこちらの様子を窺っている。

ちなみにシロツメクサはこの時代の日ノ本にはなく、オレたちが輪栽式農業のために持ち込んだものだ。家畜の飼料にもなることから、空いている公園のスペースで植えている。

「ありがとうございます。姫様」

「つぎはえるのだよ。まっててね！」

シロツメクサの花冠なんて初めて貰ったなぁ。

リリーとかアーシャとか、みんなもニヤニヤしながら見ないの。子供の好意なんだから。それに次はエルに作ってくれるって言っているのに。

ただ、嬉しいものだね。こうやって貰えるとさ。

「お似合いですよ」

そのまま楽しげなお市ちゃんとすずとチェリーを見ていると、微笑ましげな顔をしたエルに少しからかうようにそんな一言を言われた。喜ぶべきだろうか？

「殿は男くさくないので、本当に似合いますよ～」

「リリー、それって褒め言葉じゃないよね？」

「あら～、私は褒めていますよ？」

妻たちはその流れで、オレとシロツメクサの花冠のことで盛り上がる。

オレの周りには妻たちと侍女さんが多いからなぁ。オレひとりだと止められないね。

というか、オレをネタに遊ぶのは止めてほしいなぁ。

それと護衛をしているそこの君。羨ましそうに見ないの。

ちなみに慶次いわく、エルたちは尾張の男どもに結構人気らしい。見た目の好みは時代の違いとかあるけど、あか抜けた感じが人気の理由なんだとか。

実際、エルたちばかりか侍女さんたちまで、最近はあか抜けた感じなんだよね。

先日には土田御前にまで化粧法を聞かれたとか。織田家の女性もあか抜けるのかな？

いろいろと変わっていくんだなぁ。

まあいい。今日はみんなで遠足だ。おやつは買えないからウチからみんなにお菓子を用意している。

みんなが平和な時代を生きられるようにオレも頑張ろう。

side：滝川資清

「やはり堺は一枚岩ではありませぬな」

先日、美濃土岐家にて偽の織田手形を造っておった職人の家族が、堺からやって来た。大湊の会合衆が堺と交渉してくれたのだ。

土岐家も美濃を離れ、あの職人たちを留め置く必要はなくなった。

かの者らには織田の若様の婚礼に際し恩赦を与えたが、堺に帰る気はない、むしろ厭うており、今までも常の様に働いておったが、家族が来て喜んでおる。

懸念は堺だ。先日、夜中に御家の屋敷に侵入しようと試みた素破が、堺に雇われた恐れがあるのだ。

湊屋殿が大湊に行き、会合衆から聞いた話では、堺は織田に怒り愚弄する者と、それでも織田に合わせて付き合うべきだという者で揺れておるとか。

「意外に凡庸《ぼんよう》だな。天下の堺商人だと聞いて懸念しておったのだが」

「それはそうでございましょう。堺には町を守る以上の力や備えがあるわけではありませぬ。唐天竺はもとより遥か西方の国々を知る殿や、死命を握って余りある今の織田家を敵に回したい者など多くないかと」

桑名や大湊と大差ないか。湊屋殿に困ったように教えられた。

いかんな。未だに甲賀の土豪だった見方が抜けぬ。銭で天下を動かせるとまでは言わぬが、もっと途方もないことを考えておるやもしれぬと疑うておったのだが。

「畿内から離れておる尾張相手では、堺とはいえ出来ることは多くないか」

「あちらではまた管領様を中心に争いが起きております。畿内には商いにて織田家に構っておる余裕のある者はおりますまい」

三好家の内紛と管領殿が絡んだ争いか。殿は六角が畿内の争いから織田を守ってくれるなどと笑うておられたが、その通りになりつつあるな。

本願寺と織田家との関わりは良好だ。三河本證寺とは上手くいっておらぬが、長島願証寺は争う気はなかろう。あちらは御家の品を畿内に融通することで利を得ておる。

まあその利も結局は御家の品を買うために使うておるのだからな。願証寺で費やす酒や絹を買うために、ほとんど使うておるようだ。

桑名からの上がりが減っておる分は利を与えておるが、それ以上に儲けぬように品物を売っておる。願証寺は織田家と敵対すれば貧しくなるだけなのを理解しておるのであろう。

「ただ、油断は出来ぬ。畿内の情勢を集める者を増やさねば」

富む者から奪うのが今の世の常だ。堺ばかりではない。畿内は己らが日ノ本の中心だという自負がある。

織田家がそれを揺るがすかもしれぬとなれば、畿内がすべて敵になってもおかしくはないのだ。念には念を入れねばならぬ。

side：久遠一馬

今日は朝から雨が降っている。どうやら梅雨に入ったらしい。この時代だとエアコンもないからジメジメするね。

以前、突然訪ねてきた曲直瀬さんだが、まだ尾張に滞在している。

当初は尾張の各地の寺を巡ったりしつつ、尾張という国を見聞していた。

「悪い人には見えないよ～？」

「史実を見るとしばらくは様子見に賛成」

彼をどうするかは判断に迷うのが本音だけど、医師であるパメラとケティでさえも意見が分かれている。パメラはそこまで印象が悪くないみたいだけど、ケティは慎重だ。

三好長慶から毛利元就、織田信長、朝廷の帝に至るまで、時の権力者たちを多く診察したと、史実で伝わる人だ。

あまりに権力に近すぎるのが気になるところではある。無論、医術の発達に尽くした人なのは承知している。とはいえ、根底には権威主義とか功名心がある可能性も捨てきれない。

まあ、この時代だと権威や権力と上手く付き合うのは当然だし、世のために生きた可能性も十分あるけど。

この件は信秀さんにも報告したが、好きにすればいいとしか言われていない。足利学校で学んで京の都で町医者をしていた人なんて、この時代だと誰もが認めるエリート医師なんだけどね。

とはいえ、秘匿技術を盗もうとするならば殺されてもおかしくはない。信秀さんも、余所者に教える意味はないと判断したんだろう。

「そういえば、まだ領内を見て歩いているの？」

「少し前から清洲で日雇いの賦役に参加していますね」

彼の話題となったことでエルに近況を確認したけど、まさか賦役に参加しているとは。

「結構いいとこの出だよね？　暮らしに困っているの？」

「困窮しているとは思えませんね。恐らくは尾張と私たちのことを知ろうとしているのかと」

尾張はケティたちがいることで医師としての需要は多くはないものの、足利学校出身の曲直瀬さんなら医師としてもやれるだろう。それが領民に交じって賦役をしているなんて。

「そこまでして教わりたいのかぁ」

「よほどの信念とやる気がなければ、畿内から関東の足利学校へ学びになど行きませんよ。それと尾張を気に入ったようにも思えます。清洲などでは皆で助け合って生きていますからね」

てっきりどこかの紹介状でも持参して出直すのかと思ったけど、そんな気配はまったくなく、かといって諦めたわけでもないのが驚きだ。

「エル、どう思う？」

「このまま向こうの出方を見ればよいと思います。彼が尾張と私たちをどう見て、どう行動するか見極めてからでも遅くはないですよ」

正直、曲直瀬さんはオレの予想外の行動をしている。権威も伝手も使わないし、諦めないで地道にオレたちを知ろうとするなんて思いもしなかった。

やはり史実の偉人は歴史が変わっても違うんだろうか。もし彼が本気でオレたちの考えを理解して、自分も一緒にやりたいと言うならば……、教えてもいいかもしれない。

最低限、教えた技術を勝手に外に漏らさないことなどの制約は必要だろうけどね。将来的に曲直瀬さんなら、ケティの代わりに高貴な人や他国に診察に行っても大丈夫だろうしね。

「そういえば、ジュリアは？　また学校か？」

今日は尾張にいる妻たちが集まっているものの、ジュリアだけがいない。

「そのようですね。今の尾張では唯一の免状持ち、鹿島新當流免許皆伝ですから」

最近、ジュリアが忙しい。織田家の武士たちや学校で子供たちに武芸を教えているんだ。

塚原さんが鹿島新當流の免許皆伝を与えた影響は大きかった。信秀さんからは剣術指南役として正式に禄を与えられたほどだ。エルに続きジュリアも個人としての収入を得たが、エルは名目では化粧料であるのに対し、ジュリアは正式な役職の禄として貰っている。

こんな時代だしね。武芸の腕前はなにより評価されるということか。

「それにしても、まさか北畠殿から文が届くとはね」

旅を再開した塚原さん、現在は北畠家に滞在しているらしく、なんと北畠具教からウチに手紙が届いた。

史実では剣豪大名と言われていた人だ。現在は父親である晴具が現役で、歳は二十歳くらいだったか。

塚原さんに剣を教わっているらしく、一度オレとジュリアに会いたいとのことだ。北畠家は文句なしの名門で、すでに官位すら正式に持っている人なんだけど。

「伊勢は面白くなるかもしれませんね」

伊勢北畠家は史実では織田家と争った相手だ。まさかこういう形で縁が出来るなんて、オレとしてはこれも予想外な展開だけど、エルは楽しそうに微笑んだ。

「面白くなるか？」

「剣で語ると物語などではありますが、個々の交流から開ける未来もありますよ。ジュリアと北畠殿がどうなるか。大変興味があります」

にっこりと微笑むエル。北畠を味方に付ける気か？　いや、味方になる可能性があるということか。エルは基本的には策らしい策を講じないで物事を進めるからな。状況や運を考慮に入れて結果的に導くというか。

さりげない行動から軌道修正しながら結果に導くから、気付かない人が多いだろう。もっとも信秀さんや重臣にはバレてるけど。

北畠家の動きについては、信長さんと信秀さんには報告をした。信秀さんも面白いと笑っていたね。今年の武芸大会に招待してみるのもいいかもしれない。

史実では、北畠家には織田信長の次男である信雄が養子に入っていた。この信雄は織田信長の子の中では有名だろう。出来が悪いと言われていたことでだけど。

ただ、織田信長の子として豊臣・徳川時代を大名として生き残ったのが、彼だけだったのは歴史の皮肉にも思える。

伊勢北畠家は、結局滅んじゃうんだけどね。

この世界では北畠家の乗っ取りはないだろうな。今の織田家だと、名門北畠家を乗っ取る真似をしなくとも伊勢は手に入るだろう。申し訳ないが、権威だけではどうしようもない力の差が生まれるのが目に見えている。

ここまで考えつつ、ふと、エルの表情が気になった。

「エル、楽しそうだね」

「はい、楽しいですよ。こうしてみんなで明日を夢見る時が来るなんて……」

とても嬉しそうに語るエルの表情に少しドキッとする。

確かに、今この瞬間が、なによりも楽しくかけがえのない時間なのかもしれない。

みんな、それぞれに自由に自分で考え日々を生きている。

正直、オレ自身もリアルでここまで真剣に考えて生きたことはなかったかもしれない。

ひとりじゃない。この当たり前の幸せだけは忘れないようにしよう。

明日のためにも……。

side：ウルザ

駿河で薬の行商をしている忍び衆が、期日になっても戻らないと連絡が入った。

真面目で命じたことをきちんと守っており、評価も高い者なのよね。

「誰ぞに襲われたか、捕らえたのかと……」

出雲守殿の表情が渋い。

この時代だと行商は命懸けになる。あまり貴重なものを売っていないとはいえ、僅かな品や銭を奪おうと襲われることも珍しくない。

「現地を探るしかないわね」

「そうね。私は船の支度をしておくわ」

ヒルザと顔を見合わせ、私たちで調査に出向くことにする。シルバーンからの報告で今川方に捕らえられたことと、まだ生きていることが判明しているのよね。助けに行かないと。

「皆、覚悟の上のこと。御身になにかあらば……」

「分かっているわ。出雲守殿。でもね、これは戦なのよ。私たちは、信じ従う者を守らないといけないの。それに危うくなる前に引くわよ」

止めようとしている出雲守殿に少し申し訳なくなるわね。実際、シルバーンのバックアップがあればリスクは最小限に抑えられるけど、それを言えないことで心配をかけてしまう。

「風魔の知らせでは、お方様がたの働きに今川方で気付いた者がおるとか。狙いは忍び衆を助ける者をおびき寄せることかもしれませぬ」

困ったものよね。気に入らない。怪しいというだけで捕らえてしまう。しかも、すでに何人か助けたことで、こちらの動きに神経質になっている者がいる。

「ええ、頭に入れておくわ。腕利きの者を用意してちょうだい」

「畏まりましてございます」

ただ、私はここで引くことは出来ない。信じる者を助けられる力があるんですもの。

誰のためでもない。私とみんなと、私たちを信じてくれる者たちの明日のために。

side：???

「いい加減、吐いたらどうだ？」

「……幾度も言うて……おります。わしは素破などでは……ございませぬ」

駿河の今川領で捕まって、すでに十日。もう駄目かもしれん。

甲賀の貧しい家に生まれて畜生呼ばわりされてもなお、この歳まで生きてこられたのは家族がおったからだ。

その家族と共に久遠家を頼り働いて半年になるという頃、敵に捕まってしまうとは……。

父や母は案じておるであろうか。妻や娘は泣いてしまわぬか。

戻れぬことを許してほしい。

ただ、家族について案じてはおらぬ。甲賀とは違うのだ。御家は皆を守り、きっと戦などない世にしてくだされる。わしはその礎となるのだ。

「もう、殺したらどうだ？」

「それは止められておるのだ。素性を明らかにするまでは殺すなとの命だ」

この十日、わしを拷問しておったのは岡部家の者のようだ。素破如きに随分と拷問をすると思えば。今川の下命か？　それとも岡部家の下命か？

そもそも、わしは村々に薬を売っておっただけのこと。捕まる理由などない。

とはいえ、拷問でまともに歩けぬな。仮に助けが来たとしても逃げ切れまい。だが命を粗末にするなという御家の掟は守らねばならぬ。

それにせめて最後までわしが掟を守ったことを、逃げたわけではないことを知らせたい。

傷の痛みで眠れぬ。明日もまた拷問かと思うと気が狂いそうになる。

「……誰だ」

そんな星すらも隠れておるような闇夜に、明かりもつけずに牢屋に入ってくる人の気配がした。

全身黒ずくめの者たちだ。まさか、助けか？　そんなはずはない。ここは駿河だ。それに尾張から来たにしては早すぎる。

「助けに来たわ。よく耐えたわね」

本当に助けが来たとは。しかも女だ。何者だ？

「わしはもう駄目だ。歩くことも出来ん。殺してくれ」

「掟を守る者は助ける。そのために来たのよ。さあ、行くわよ」

わしの言葉など聞いておらぬように牢の鍵を開けると、女に背負われて牢を出ることが出来た。

涙が止まらぬ。この敵地でまさか助けが来るとは……。

「すまぬ。本当にすまぬ」

もう梅雨だというのに、外は夜風が冷たい。体の傷が夜風で痛むが、それよりも背負う女への申し訳なさで死にたくなる。

捕らえられておる城から、いとも容易く救い出されたが、少し走り止まったかと思えば、見知らぬ者に囲まれた。

味方は五名。敵は二十から三十人はおるであろうか。ああ、駄目だ。わしがおっては逃げ切れぬ。助からぬのならば、せめてわしが時を稼がねば。

「やはり来たな。久遠家の影の衆よ」

影の衆とは、なんだ？　御家に仕えておるわしも知らぬぞ？

「あら、なんのことかしら？」

「久遠家には人知れず素破を守る影の衆がおるということ、すでに承知のことよ」

「そう。なかなかいい名ね。なら今度からはそう名乗ることにするわ」

わしが前に出て囮になろうとするが、背負う者が降ろしてくれぬ。そればかりか四人がわしを守るように構えると、もうひとりの女が刀を抜き敵と対峙する。

駄目だ、この人数を相手に戦う気か⁉

「死ね！」

多勢に無勢だ。敵は囲むように一斉に仕掛けてくるが、女もただ者ではない。されど、敵も相当な腕利きばかりだ。何故、かような者らがわし如きのために戦うのだ？

「ぐわっ！」

「なっ……」

なにも出来ぬ不甲斐なさを嘆きながら思わず目を閉じるが、聞こえてきたのは男たちの命が果てる声ばかりだった。

side：ヒルザ

背負う男の傷は軽くない。傷跡が残るだろうし、もしかすると後遺症になる可能性もある。

本当はすぐにでも治療したいけど、私たちがおびき出されたことは初めから知っていること。奴らを始末して安全なところまで移動しないといけない。

それにしても、たいしたものね。ウルザじゃないわよ。忍び衆のほうね。月も隠れている闇夜で三十ほどの多勢との戦闘で見事に連携しているわ。

首を取る必要はない。敵を無力化するだけでもいい。とはいえ相手も精鋭を揃えて待ち構えていた。雑兵がいる戦とはわけが違う。

ちょっと小手先の援護でもしてみようかしらね。

「焙烙玉、投げろ！」

こちらにも隠れた味方がいると疑わせるために、あえて敵にも聞こえるように叫ぶと、敵が周囲を見渡して勢いが止まる。その隙を見逃すウルザたちじゃない。

まあ、味方となる者もいないわけじゃないけど、人員を最小限にしているのよね。被害を出したくないから。

「なんということだ……、皆、腕に覚えのある者らなのだぞ。女と数名の者すら傷ひとつ付けられぬとは……」

アンドロイドの中でも工作に特化したウルザと私は、こういう戦闘は得意なのよね。増えていく味方の犠牲に敵がおじけづくと勝敗は決まった。

「命を奪う以上、奪われる覚悟はあるわよね？　あなたたちに生きて戻られると困るのよ」

逃げ出す者もいるが、すべて追い付き始末していく。忍び衆がまだ息がある敵方の者にとどめを刺して私たちは再び走り出す。

side：助けられた男

信じられぬ。わしを背負った者を除き、僅か四人ですべて斬り捨ててしまわれた。

何者だ？　まさか今巴の方様か⁉　あのお方ならあるいは……。

「任務完了ね」

いや違う、今巴の方様のお声ではない。

「お見事」

敵はことごとく討ち取ったが、安堵する間もなく新手が現れた。こやつは素破だな。しかも尾張や甲賀訛りではない。駿河者か、いや関東の者か？　敵対する様子はないようだが、いったい……。

「此度のこと感謝致します。よしなにお伝えください」

新手の者に女が感謝の言葉を伝えると、その者は去ってしまい、わしはそのまま背負われて暗闇の中をどこかに急ぎ運ばれる。

それにしても、わしを背負いながらこれほど速く走れるとは。本当に何者であろうか。

「あれは……」

「ここまで来れば、もう大丈夫よ」

もうすぐ夜明けという頃になると海に出るに至ったが、船が見えておる。

あれは……、南蛮船。津島に留め置かれる御家の船だ。わしを背負う女の言葉と船に安堵する。

まさか、あれでここまで助けに？

「助けが間に合ってよかったわ」

我らが乗るとすぐに船は動き出す。そこでわしを助けてくれた者たちはようやく素顔を見せたが……、まさか、お方様がただったとは。

お方様がたの中ではあまり目立たぬお方だ。尾張におる時はゆるりとされており、日に焼けたような黒い肌をしたお方。御名は確か、ウルザ様。なんでも遥か西には、ウルザ様のような肌の黒いお人ばかりがおる土地があるとか。

「うわ、酷い傷ね。すぐに治療してあげるわ」

わしを背負っておられたのは同じく肌の黒いお方様だ。こちらは医師だと聞いたことがある。御名はヒルザ様。まさか、わし如きを助けるために駿河まで……。

「お方様がたに助けられるとは……。なんとお礼を申し上げればよいのか……」

「いえ、貴方は私たちをおびき出すために捕らえられたのよ。ごめんね。以前にも何人か捕まった者とか逃げ出していた者を助けたから。今川は私たちの正体を探るついでに始末する気だったんでしょうね。ただ、風魔から敵の策が知らされたのよ。助けが間に合ってよかったわ」

船の揺れに身を任せながら、事の顚末をわしはウルザ様とヒルザ様から教えていただいた。

影の衆というわけではないようだが、ウルザ様とヒルザ様が僅かな忍び衆を率いて味方を助け、万が一の際には救い出しておられたとは。

驚きだったのは、北条の風魔とすでに合力しておったことであろう。

なんと互いに知見の共有と、味方が捕まれば助ける約定を交わしたという。

我ら久遠家の忍び衆は多くが甲賀者だ。駿河にはあまり詳しくないが、長年今川と接し、親疎《しんそ》の交じりある北条の風魔ならば、我らが来る前から駿河を知り尽くしておる。

「褒美は後日あげるわ。でも今日のことは他言無用よ。今川家との戦はまだ早いの」

「はっ。心得ております」

「しばらくは傷を癒すように。そういえば、蟹江に温泉が出たのよ。そこで休むといいわ」

御家に仕えるならばと、真っ先に言われたな。裏切れば地の果てまでも追っ手を差し向けるが、忠義を尽くすならば敵地でも助けに行くと。

正直、大袈裟な話だとばかり思うておったが、まことのことであったか。

それもまさか、新参のわしのために南蛮船で助けに来られたとはな。

この船に乗りたいと言うておった娘に自慢出来ぬのが残念だ。

久遠家には影の衆がいる。

それは同時代の駿河のとある国人衆の手紙に書かれている一文である。

捕まえた素破が忽然と姿を消した、追っ手が全滅したなど様々な噂が流れたらしく、当時は相当に恐れられていた。

もっとも、これがなにを意味するのか定かではない。久遠家が情報収集に力を入れていたことは確かであるが、どこまで組織的に人を使って動いていたかは分かっていないことも多い。

久遠家には甲賀出身の滝川家や望月家が仕えており、彼らが忍びとして働いていたという説があるものの、具体的な信頼出来る資料は残されていないので不明である。

ただし後年の創作では、この手紙の一文から滝川忍軍が駿河で活躍する話が生まれ、様々な派生した物語が世に生み出されるきっかけとなっている。

皇歴二七〇〇年・新説大日本史

第六章　金色酒の波紋

side：チェリー

すずと慶次と一緒に蟹江の町の見回りをするのです。私たちもちゃんと働いているのですよ？

「面白いことがございませぬなぁ」

その通りなのです。でも慶次、仕事は面白くなくてもやるものなのですよ。私たちが抑止力になるのです。

町の人たちのために目を光らせて歩いていると、人だかりが……。

「これは唐物の壺なのだぞ！」

「ぶつかってきたのはそっちではないか！」

何事かと覗いてみると、商人たちが言い争っているのです。ひとりは壺を割られたと騒ぎたてて、もうひとりは自分の無罪を主張していると。

これは私たちの出番なのです。すずと顔を見合わせて介入するのです！

「そこまででござる！」

「往来で喧嘩は駄目なのです！」

うん？　周囲で見物をしている人、大丈夫なのですよ。ちゃんと詮議はするのです。

　双方から事情を聞いて、周囲で見ていた者たちにも話を聞く。

「ふむふむ……、チェリー、これは本物なのでござるか？」

　すずが割れた唐物と称する陶器の破片を見せてくる。これでも技能型アンドロイド。品物の鑑定くらい朝飯前なのですよ。

　ただ、顔を青くしているのは、唐物と称する陶器の持ち主。もうひとりのぶつかられた男は、私たちに驚き平伏してしまったのです。

「偽物なのです！」

　明らかな偽物なのです。堺の商人が書いた添え状があるものの、私の目はごまかせないのです！

「なにを言うか！　わしの壺は本物だ！」

「ほほう、なら清洲の城で詳しく話を聞くのでござる」

「いや、それには及ばぬ。わしは忙しい故……」

　すずに追及されて、明らかに逃げ道を探す壺の持ち主。でも周りの見物人たちも取り囲んでいて逃がさないのですよ。

「くっ！」

　やはり逃げ出そうとするものの、慶次があっさりと捕まえて一件落着なのです。

「己は堺の商人であろう？　まともに商いをしてもらえぬからと、手頃な商人を相手に騒ぎを起こし、穏便に済ませるからと言い含めて品物を手に入れようとする。同じ手口の奴がいると手配書が回っておるわ」

相手が弱かったことでつまらなそうな慶次が、事の真相を見物人に話して聞かせると、最早、言い逃れが出来ぬと男はうなだれたのです。

しかし、この時代にも当たり屋のような奴がいるとは。

私たちの目が黒いうちは、尾張で当たり屋など許さないのです！

side：久遠一馬

そろそろ今年の夏に向けて新商品を売ることにした。それは蚊取り線香だ。

品物自体は去年から持ち込み、知り合いに配って試してもらっていたもので、今年からは販売することにした。

「これは薬として売るべきかと思いまする」

エルたちや家臣のみんなと一緒に値段や販売戦略を考えているけど、元商人である湊屋さんに意見を聞くと面白い見方をしていることが分かった。

この時代だとお灸は町医者や寺社の治療の一環だからかな？　ちなみにケティたちの病院でもお灸と鍼治療はしている。結構評判がいいらしい。

なんとなく猪の形をした蚊取り線香用の陶器も、常滑焼きがある佐治さんに作ってもらったからセットで売る予定だ。蚊取りのブタさんじゃなくて、蚊取りのイノさんだね。

「これ、しってるよ！」

この日も遊びに来ているお市ちゃんは、蚊取り線香を見て嬉しそうに知っていると教えてくれた。

「これはウチで作ったんですよ。今年も清洲には献上したので使ってくださいね」

「うん！」

仕事の話ということで乳母さんが席を外そうとしてくれたけど、隠すほどでもないことだし、お市ちゃんが悲しそうな顔をしたので一緒にいる。

座る場所は相変わらずエルの膝の上がお気に入りらしい。

「でも、これって領民には売れないだろうなぁ。武士なら売れるかな？」

季節商品なんで出し惜しみしても仕方ない。尾張と大湊で大量に売りさばく予定だけど、蚊帳と違い消耗品だからね。暮らしに余裕のある人しか買わないだろう。

「武士ばかりではありませぬ。寺社にも売れまする。久遠家の名があらば不足するほどでございましょう」

湊屋さんは、オレが思う以上に売れると自信を持っているみたい。細かい販売先に関しては任せてもいいかもしれない。

この時代は元の世界よりも自然が豊かな分だけ虫が多いし、家の気密性もあまりないので、よく蚊がいるのは確かだ。おかげで蚊取り線香の評判はいいんだけどね。

「殿、例の偽金色酒が手に入ってございます」

蚊取り線香の話が終わると、少し微妙な顔をした望月さんが陶器に入ったお酒を出した。

実は金色酒の偽物が畿内で出回りだしたんだ。これは忍び衆が手に入れて戻った品になる。

「これが金色酒？　なにを混ぜたんだろう」

　硝子の盃に注いでみると、本来の綺麗な金色ではなく濁った茶色い液体であり、口にするのを躊躇する。

「これが金色酒とは……。お方様の話では、毒ではないとのことでございまするが……」

　資清さんは匂いを嗅いでその味を確かめるように少し飲むが、すぐに顔をしかめて明らかに不味いと言いたげだ。

　ケティの検査で毒ではないと判明しているが、お美味しくはないらしい。

「確かめたわけではございませぬが、南蛮酒という酒を混ぜておるとのこと。御家の焼酎と類似する酒と思われまする。無論、本当に入っておるのかは分かりませぬが。他にも濁り酒やなにやらを混ぜて、もとの味を分からなくしておりまする」

　判明している密造元は、畿内というか堺になる。望月さんが忍び衆の報告をしてくれるが、明らかな偽物を金色酒として売って儲けている商人がいるんだ。

「粗悪な私鋳銭と偽手形に続いて偽金色酒か。堺は相変わらず商いが汚いこと」

　金色酒の秘密、未だにバレていない。日ノ本に来ている大陸や南蛮の人なら知っていてもおかしくはないんだけど。

　たまたま知らないのか、教えてやるほどお人よしじゃないのかは分からない。まあ、出回るのは薄めるか混ぜ物をしている品物ばかりで、現物を飲めないと特定が難しいのかもしれないが。

「金色酒が手に入らず堺は困っておりましたからな。自尊心が高い連中でございます。手に入らぬとは言えなかったのかと」

さすがに湊屋さんも呆れ気味だね。同じ商人としてもやり過ぎだと思うのだろう。とはいえ、遅かれ早かれ偽金色酒が出るのはオレたちも湊屋さんも分かっていた。

ただ、堺は反省とかしていないのがね。粗悪な私鋳銭の押し付けと偽手形で、尾張の皆さんが怒っているのを知っているはずなのに。あくまでも自分たちの利益優先だ。

まあ、織田家を尾張の鄙者《ひなもの》と馬鹿にしている連中だ。実際には堺の中にも温度差があり、関係改善を模索している商人もいるけど、一部の者が足を引っ張っている。それにそんな商人でさえ、オレたちが譲歩するべきだと思っている人が多い。

「ふふふ、いいじゃないの。これは使えるわ。堺は織田の金色酒の偽物を売っている。諸国に喧伝するべきだわ」

どうするかとみんなで考えていると、エルの膝の上に座るお市ちゃんにあやとりを見せていたメルティが、これを利用する策を口にした。

そもそも堺からすると悪いことをしている認識はないだろう。売れる品を模倣するなんて、堺でなくてもどこでもやっていることだし。

ただし、金色酒は日ノ本でウチでしか造っていない品だ。それを彼らは尾張の金色酒として売っていて、ウチの利権を脅かしていることになる。

粗悪な味であることを加えると、不味い金色酒を売ることで評判を落とし面目も傷付けている。

「メルティ。喧伝って、これ以上騒げば、畿内に巻き込まれないか？」

「どのみち対立は避けられないもの、いえ始まっているわ。私たちの評判を守り、堺の評判を落として信用をなくすのは織田の大きな利になるはずよ」

少し前に決めた悪銭鐚《びた》銭との交換比率も、現時点で織田領と斎藤家と伊勢の大部分が同じレートで交換していて、いつの間にか六角家も交換比率を合わせているんだよね。

伊勢は北畠が織田に従うような話に少し騒いだらしいけど、結局は利を選んだ。商いで織田と対立しても誰も得をしないからね。直接的な領地の対立もないし。

伊勢の商人は強かだ。自分たちが前面に出て堺や畿内と対立まではしたくないみたいだけど、織田には逆らえないと言いつつ喜んで交換比率で歩調を合わせている。

まあ堺の件は三好長慶が京の都を制して、事実上の三好政権が樹立すれば動くかもしれないが。とはいえ畿内が安定して、織田に三好が圧力を掛けるとまではいかないだろう。

六角バリアーがあるし、三好も畿内を完全に制圧出来るわけではない。堺とウチの争いにどこまで関わってくるかと考えれば、そう無理難題は言ってこないだろう。

「長い戦いになりそうだなぁ」

「どのみち堺と対立するのは分かっているんだから、早いうちに力を削いでいく必要があるわ」

この手の策はメルティに任せよう。確かに分かっていたことで、商業もまた改革しなくてはならないんだ。

「うわぁ……」

さて、今日のお昼はオムライスだ。黄色い卵と赤いトマトケチャップのコントラストに、前掛けを着けてスプーンを握るお市ちゃんの表情がキラキラしている。

この時代だとトマトケチャップは、原材料のトマトの収穫時期である夏場しか作れなくて貴重だから、オムライスも貴重な料理になっちゃうんだよね。

「おいちい！」

一口頬張ると、満面の笑みを見せてくれた。

特に今日は半熟卵のふわトロオムライスだ。これは食中毒の危険性があるので、ウチ以外では清洲城でも食べられない品になる。城の料理人にも基本的に火を通すように教えているしね。

「姫様。口元についておりますよ」

乳母さんがお市ちゃんの口元についたトマトケチャップを拭いてやると、お市ちゃんはにっこりと笑みを浮かべて食べ続ける。

トマトケチャップもエルの自家製だ。ほどよい酸味と卵の濃厚なまろやかさが相まって美味しい。ご飯もチキンライスで、鶏肉と玉ねぎが入っているオーソドックスなものだ。卵とケチャップとご飯は、最高の組み合わせかもしれない。

熱々のチキンライスに、ふわトロの卵とケチャップを合わせて頬張ると幸せな味がする。

一緒に飲むのは、さっぱり目の野菜の洋風スープだ。これもまた合うんだよな。

お市ちゃんばかりではない。オレも妻たちも侍女さんたちも、みんな笑顔で食べている。

ウチだとたまに食べる元の世界の洋食だけど、この時代の人には信じられないほどのご馳走になる。家臣や奉公人のみんなも喜んで食べてくれているだろう。

side：堺の会合衆

近頃、めっきり客が来なくなった店に、馴染みの商人がやって来た。

「あいつ、羽振りがいいみたいだな」

わしらと違い、近頃忙しい奴のことを苦々しい様子で語る。聞きたくない話だが、愚痴をこぼしたい心情も理解はする。

ここだけの話、偽の金色酒をあちこちに売っておるのだ。畿内で混ざりもののない金色酒が手に入るのは、朝廷や公方様のように斯波様や織田様から贈られるか、六角様や三好様、本願寺のように織田様から直に買うかしかない。

あとは尾張と伊勢の商人がほとんど握っておる。昔から大湊と取り引きがある者は高くても苦労すれば手に入るというが、出回る量が少ないことで手に入らぬ者はまったく手に入らぬ。

要領のよい奴は、どうせ味も分からず、ろくに飲んだこともないのだからと、偽の金色酒を造って売っておるのだ。

西国や九州からも金色酒を求めて商人らが来るが、手に入りませぬとは言えぬからな。

ただでさえ諸国の者らが求める品を尾張が揃えたことで、東国の商人は堺まで来る利が減ってしまい姿を見せなくなっておる。

近頃では噂を聞きつけたのか西国などの商人でさえも、堺を素通りして大湊に行く商人までおるという。西国との商いまで大湊と尾張に奪われては堺が立ち行かなくなる。

とはいえ、あの混ざりものだらけの不味い酒を金色酒と称するのは、いかがなものかと思うが。

誰かが本願寺に献上したらしく、あれはなんなのだとお叱りを受けたほどだ。

本願寺も朝廷も公方様も、他では手に入らぬ金色酒を配下の者に下げ渡すことで力を示しておるからな。堺の偽金色酒は邪魔でしかないはずだ。

「織田様はお怒りだろうな」

自慢の金色酒の偽物を売られて笑うておるわけがあるまい。

「もう露見したのか？」

「大湊が知らせたはずだ。久遠様とやらは不義理を嫌うと聞く。桑名はすっかり東海道の宿場町に没落しておるが、信義を通した大湊は大いに栄えておる。美濃の騒ぎでも随分儲けたようだ。知らせぬはずもあるまい」

「詫びにいかほどかかるんだ？」

「銭では動かぬお人らしい。気に入れば助けは惜しまぬが、気に入らねば詫びも許さぬのだとか」

「では、ずっとこのままか⁉」

いずこからか聞いた話を教えてやると、馴染みの商人は驚き怒りすら見せる。されど、わしに言われても困る。わしの責ではない。

織田様は今年に入り久遠様を猶子とした。序列をはっきりさせつつも、家中でも最高の待遇で遇しておるようだ。

　商いに関しては久遠様の意向がすべてとも言われており、久遠家に仕官した大湊の元会合衆である湊屋を通して大湊は話が出来るらしいが、あとは誰も口を出せぬとも聞く。

　織田様と久遠様の双方を納得させねば、堺の現状は変わらぬのであろう。

「そもそも久遠様は堺の銭が気に入らなんだとか。ご自身が明から仕入れた良銭を、堺の悪銭と入れ替えられたと思われても仕方ない。人様の銭袋に手を突っ込むようなことをしたからな」

　銭の件も一向に解決しておらん。尾張・美濃・伊勢・近江は、揃って堺銭の歩合を大きく下げた。近江も同調したのは正直、見立ての外だった。

　織田様が動いたのか、六角様が自ら動いたのか知らぬがな。

　我らの儲けは大きく減り続けておるが、それでも畿内では銭が足りぬ。悪銭でも使わざるを得ぬし、今止めれば大変なことになるであろう。

　この件は、あからさまに良銭を得る目的で尾張に行った愚か者どもの責だ。

　銭の件、金色酒の件、ひとつひとつを見れば解決出来そうだが、まとめると厄介になる。

　今はいい。畿内が荒れておるからな。だが落ち着いたら必ず懸念になる。とはいえ織田など尾張の鄙者だと蔑む者らには、なにを言うても聞かぬ。

　もっとも、わしとてわざわざ矢面に立ちたくなどない。上手くいけばいいが、仕損じると商いに響くからな。

　やれやれ、いかになることやら。

side：久遠一馬

「なんだ、これは？」

梅雨の中休みで晴れたこの日、信秀さんと信光さんがウチに遊びに来た。

ちょうどいいので先日手に入れた偽金色酒を試しにと出してみたら、ふたりとも不快そうに顔をしかめてしまった。

ウチでこんな顔をするのは初めてだなぁ。近習の人が少し驚いたのが分かる。

「畿内で出回っている金色酒ですよ」

「これのどこが金色酒だ！」

報告はすでに上げていたので信秀さんは驚いていないようだけど、信光さんは初耳らしくお怒りだ。オレが叱られているわけではないけど、ちょっと怖い。

偽金色酒の件は大湊ばかりではない。長島の願証寺からも、いち早く知らせが届いている。なんと願証寺を通して石山本願寺から織田家に情報提供があったんだ。

当然、ウチが関与していない偽物なんだけどね。畿内からしたら誰が出所か知らない人が多すぎるみたい。

「酒であることに変わりはないが……」

確かめるようにもう一度口にした信秀さんは、なんともいえない表情だ。

「ここまで味が違うと怒る気も失せますね。概ね堺の仕業で決まりだと思います。大湊と本願寺が確認したと知らせが届いておりますから」

驚くことに、この件は本願寺が味方なんだよね。願証寺に気前よく金色酒とか売ったから、それで本願寺も儲けたりしていることが理由だろう。

口直しを求められたので紅茶を出して一息つく。

「いかがするのだ？」

信秀さんは迷うことなく、オレとエルに対策を求めた。

「現状では様子見かと。畿内では、管領の細川様と阿波の三好様が争い、六角様が細川様に味方しておられる様子。当家としては畿内に偽金色酒があると伝えるしか出来ません。下手に動くと巻き込まれる恐れがありますので」

エルが現状を説明してくれるけど。畿内は概ね歴史通りに動いていて、もうじき江口城が落ちそうなんだ。三好長慶が直に入京すると、事実上の三好政権の誕生は変わらないだろう。

堺の偽金色酒を造った人、このタイミングを狙ったとしたらたいしたもんだよね。恐らくは偶然だけど。

「向こうからすると銭の歩合とか、商いを奪った相手ですので。無視が一番だと思います。もちろん、堺の金色酒は偽物であるとの事実を畿内はもとより日ノ本中に流しますが」

堺は当面、無視するしかない。もう堺にはウチの品物を売っていないしね。堺には売らないようにと関係する商人たちにお願いしているんだ。

先日にメルティが言ったように、偽金色酒は堺産だと諸国に知らせるのが一番だろう。

「クーン」

「クンクン」

　信秀さんたちが帰ると夕方の散歩の時間だ。縄張りを主張するような仕草をする二匹と、すずとチェリーと一緒に那古野の町を散歩する。

「これは久遠様」

「こんにちは。もうすぐ夏ですね」

　町のみんなとの挨拶は基本だ。那古野にはウチの関係者も多いし、顔馴染みの人ばかりだからね。那古野の住人は、オレたちが来た頃と比べても格段に増えた。最近は大きな商家の支店とかも出来たし便利になってきたな。

「ここにおったか！　いざ、尋常に勝負じゃ‼」

　そのまま散歩をしていると、すずが知らないおじいちゃんに突然勝負を挑まれた。

　腰が曲がったおじいちゃんだよ。勝負ってなにをするんだ？

「今はお散歩の途中でござる。明日行くので首を洗って待っているのでござる」

「えーと、すずさんや。お年寄りは大切にしようね？」

　首を洗って待っていろとは物騒だ。思わず口を出してしまった。

「誤解を与えてしまい申し訳ございませぬ。勝負とは源平碁でございます。すず殿に教わりましてな。勝つべく精進しておるところでございます」

　護衛のみんなも困った様子で見ていたが、そんなオレたちにおじいちゃんが笑いながら勝負のことを教えてくれた。

源平碁。いわゆるリバーシのことだね。最近、尾張では徐々に広まっている。

おじいちゃんは那古野に最近引っ越してきた人らしく、どういうわけかすずとはリバーシ友達の間柄らしい。

みんなこの時代の生活を楽しんでいるんだなぁ。結構結構。

side：メルティ

絵を描いてもらえるのかと、織田家中の方々から聞かれることが増えてきた。

実際、こちらに来てからも何枚か絵を描いているけど、そもそも私は絵師として暮らしているわけではなく、あくまでも趣味の一環でしかない。

それに久遠家中の調整は私が担当していることもある。申し訳ないけど、絵ばかり描いているわけにもいかないのよね。

司令と共に清州城に登城したついでに、大殿にそのことを打ち明けて対応を相談することにした。

「好きに断ってもよいが、要らぬ波風を立てたくはないか。よかろう。わしのほうから言うておく」

人と人との関係は繊細であり難しい。大殿の猶子となったことで断ることはそう難しくはない。

とはいえ、筋を通して事前に難しいと家中に伝えてもらえると助かるのよね。

「ありがとうございます。良しなにお願い致します」

「そなたが描く絵は代わりなきものだが、それ以外の働きも確かなもの。皆も理解しておる」

大殿も少し苦笑いを浮かべておられるわ。家業である商い、織田家家臣として改革に関わる仕事、さらに本領などの統治。私たちは少し仕事が多過ぎるのは明らかなのよね。

あれこれと新しいことを始めた尾張は、未だに慣れないことも多い。私たちの助言や指導が欠かせないのが実情だもの。

無論、他のアンドロイドのみんなも頑張ってくれているわ。ただ、どうしても尾張に常時滞在している私たちがメインで動く必要がある。

「ひとつ始めると、あれもこれも必要となりますからね」

「斎藤家や畿内どころの話ではないな。尾張と織田を変えねば我らに先はあるまい」

司令の言葉を理解して大殿は笑われた。織田家が今必要なのがどの方向性なのか、きちんと理解していることが凄い。

このお方だからこそ、私たちは存分に動ける。それを実感するわね。

side：久遠一馬

梅雨が明けたみたい。夏だ。戦国の世にも夏が来た。

「あまり現実逃避はおススメしませんよ」

海に行こうか山に行こうかと考えていたら、エルにやんわりと怒られた。

今、目の前には時代相応の地図があり、東の情勢と西の情勢を話し合っているんだよね。

東は史実より北条と今川の関係がよくない。情勢次第では戦の可能性すらある。織田家が今川相手に優位に立ち、北条と誼を深めたことで、北条としては両家の様子を見つつ場合によってはこちらに合わせる形で今川と一戦交えることすらあるだろう。

西は堺と尾張との対立が地味に問題となっていて、史実になかったどこかの勢力による堺への挙兵の可能性が僅かに浮上している。

無論、尾張と直接は関係ないものの、問題は堺をどこが押さえてどうするかだ。ウチの影響で堺の商いは縮小傾向だけど、地理的には良港で多くの優良な職人も抱えている。

どこの勢力が押さえるかで、畿内のバランスが変わる恐れがある。

まあ、現時点では堺の自治が終わるという可能性は少ない。尾張以外が相手なら、和睦をして銭で解決する可能性が高いだろう。それが、この時代の一般的な考え方だ。

「とは言ってもね。基本的にこちらは動かないほうがいいだろ?」

「戦は論外ですが、まったく動かないのもよくありませんよ。東は北条配下の風魔との協力体制をある程度取れるようになりましたので、ウルザとヒルザに任せれば当分はなんとかなるでしょう。問題は西ですね」

「うーん。伊賀はもう抱き込んだし、堺の評判を落とす以上はね」

西と言えば、伊賀とは不戦の約束を交わした。

伊賀に仕事を依頼して報酬を弾む代わりに、ウチの関係者や、ウチで保護した者には手出し無用と認めさせた。これは望月さんの手柄だ。

伊賀からもウチに逃げてくる者が徐々に増えて問題になっていたからね。硬軟織り交ぜた交渉で不戦の約束を取り付けてくれた。

こちらから伊賀者の引き抜きはしないが、逃げてきたら手出しさせないことになったんだ。

伊賀も苦渋の決断だろう。ウチは金払いがいいものの、人の扱いや待遇などがこの時代と違うこともあって、より条件のいいウチに仕えたいと伊賀から抜ける者が後を絶たない。

オレからすると、人に対する最低限の礼儀を以て接するようにと言っているだけなんだけど。

伊賀としてはそれが困るらしい。逃亡者に追っ手を差し向けても返り討ちだし、明らかな待遇の違いは伊賀の秩序を乱している。

とはいえ、伊賀もウチに厚遇するなとは言えないしね。ウチが逃亡者でも守るとなると追っ手を出しても割に合わない。

その代わり、伊賀の締め付けは厳しくなったらしい。望月さんいわく伊賀の統治は今後、影響力が落ちていくだろうということだ。

「本願寺が味方だからね。喜んでいいのか悲しんでいいのか」

「当然ですよ。なんのためにあれだけの利をチラつかせ、贅沢を覚えさせたと思っているんですか。鉄砲や硝石は売っていませんが、酒の他にも高級な絹織物から陶磁器までお得意様です」

いつの間にか本願寺が味方になっていて堺に圧力を掛けていることに違和感があるけど、エルは確信犯なんだよね。

この時代で一番勢いのある一向衆。彼らへの対策は長期的な視野で必要だからなぁ。

「敵対する可能性がある勢力は分断するに限ります。堺を敵に回す以上、本願寺は敵に回せません」

「あくまでも商いで攻勢をかけるか」

「堺が本気で当家を潰しにかかる可能性もまだ捨てきれません。現時点で堺と組んで脅威となるのは本願寺です。ここは念入りに分断しませんと」

怖いね。本願寺は。史実のようになると面倒だから力を削ぎたいのに、なかなかそこまでいかない。

「それはそうと、海にはいつ行こうか」

この手の問題は劇的に変わるような良策なんてない。それよりも、夏なんだし海に行きたいなぁ。

「熱田祭りが終わってからにしましょうか。花火があるのでその前は難しいですよ」

エルは若干呆れつつ、日程を調整してくれるらしい。

まあオレも元の世界のリアルだと海なんて学生時代に何度か行っただけで、そんなに好きだったわけじゃないんだけどね。

せっかくエルたちがいるんだから、一緒に海に行きたいじゃないか。

side：佐治為景

「これは殿様！」

「おお、よく育っておるの」

「はい！」

ようやく夏か。知多半島では水の確保が難しいことで田んぼは少ない。だが、今年から久遠殿に頼まれて海の向こうの作物を植えておる。

今日は馬鈴薯と小豆芋の畑を見に来たが、一面の畑に思わず笑みがこぼれてしまう。

他国には決して漏らせぬ作物だということで、陸の孤島ともいえる我が所領での栽培となったのだ。敵方に漏れては一大事だというので植えさせる村も厳選した。

もっとも、領内で久遠殿を裏切る者はおるまいが。

米や雑穀、酒に味噌などの食はもとより、反物、針、糸など衣にまつわる品まで、以前は高値で買うておったものが、安く手に入るようになった。醤油・砂糖は久遠殿の求めに応じる品に欠かせぬ故、元来は高値なれど、案じるほど安い値で運ばれてくる。

久遠殿は図らずも、我らの心胆を寒からしめておるわ。

尾張や伊勢の内海で荷を運ぶ仕事と関東との商いでは儲けておるし、漁業も拡大しており大野煮の販売や海苔の養殖など暮らしが激変した。一番大きいのは、畑仕事などの直に船に乗らぬ者の仕事が増えたことであろう。

世間では恐ろしいと言われることもある久遠殿だが、付き合ってみれば気のいい御仁だ。

今年の春には領内に竹を植えた。竹は成長が早く数ヵ月で収穫出来る。竹炭や竹細工で暮らしがより楽になるはずだ。

暮らしが変われば身なりも変わる。伊勢の水軍衆からは羨ましがられる者も多いという。

織田はこの先、いかになるのであろうか。

このまま美濃から東海を制していくのか、それともいずれは畿内に進み天下を狙うのか。楽しみであり怖くもあるな。

いずれにしろ船はもっと増やさねばならん。これからも忙しくなるはずだ。

side：太原雪斎

思わずため息が出そうになった。

一廉《ひとかど》の武士が率いておった三十名ほどの一党が全滅したとの報告が、突如舞い込んだのだ。

「岡部五郎兵衛。何故、勝手なことをした？」

「勝手なこととは心外ですな。領内をうろつく不逞の輩を成敗しようとしたまで」

相手は織田の忍び衆か北条の風魔であろう。久遠家の影の衆。家中ではいつからか、そう呼ぶ者もおる。奴らかもしれぬがな。

尾張の行商人や薬師などには、久遠家が召し抱える甲賀者が混ざっておるのは知っておるが、領内に入っただけの者を捕らえて拷問をするのはやり過ぎだ。

動いておったのは、今川家でも猛将として名高い岡部五郎兵衛元信。対織田で強硬策を訴える武骨者だ。

すぐに呼び出して仔細を問うが、私利私欲ではないので処分も出来ぬ。だが、この男は今ひとつ織田の恐ろしさを理解しておらぬな。

「不逞か否か定かではあるまい。西からの商人が来なくなれば我らが困るのだぞ。尾張や伊勢の海より東海への商いに力を持つ商人は織田に従うておる者が多く、我が今川家には厳しいのだ。そなたの所業は瞬く間に、今川家の所業として商人どもに広がる。その意味するところ、そなた分かっておるまい……」

無論、城に忍び込むなどすれば捕らえようが討ち取ろうが好きにして構わぬ。されど、行商を営む者を無理筋な理由で拷問など、相手が織田の行商人であろうが認められぬ。

鉄砲や硝石は雑賀か堺まで行かねば手に入らず、他の武具でさえも売って寄越す者は多くない。皆、織田と久遠を恐れておるのだ。敵対した桑名は荷留と後ろ盾の願証寺が見捨てたことで、すっかり寂れてしまった。誰もが、桑名の二の舞いなど御免であろう。

一方、同じく一度は敵対したが大湊はいち早く和睦に動き、大いに賑わっておるとも聞く。もっとも、桑名は一向宗の願証寺対策として力を奪ったのかもしれぬがな。

今川家が行商人を無実の罪で捕らえたとなれば、あらゆる伝手に背を向けられ、今川家の悪評が立ち、商人が来なくなるだけだ。

「和尚が左様なことを言うておるから、織田がつけあがるのです」

「そなたはなにも分かっておらぬ。戦に勝てばそれでいいわけではないのだ。今や織田は美濃の半ばまで手中に収めており、北条とも誼を結んだのだ。いかに戦をして、いかに収める気だ？　連戦連勝で滅ぼすとでも言うのか？」

　嘆かわしいことに、今川家でも岡部に賛同する者が少なくないのが実情だ。策も武略も持たず、ただ戦をして勝つことしか考えておらぬ。

「勝てばよいのです。さすれば日和見する三河の国人衆が落ち着きます」

「織田も左様なことは分かっておるわ。肝要なのはいかにして勝つかだ。それに西と東から荷留をされたら駿河は困るのだぞ。まさか甲斐の山国を越えて、他国からものを買えとでも言うのか？」

　こやつも愚かではないのだがな。もう自らの所領に籠っておれば良い世ではないのだ。駿河と遠江に三河だけでは手に入らぬものが、今の世にはいくらでもある。

　尾張と美濃を織田がほぼ押さえたことで、今川が織田の地を通らず他国から品物を仕入れるには北しか残らぬ。北の武田家とは誼があるものの、あの山道で必要なものをすべて運ぶことは出来ぬ。まして、あの強欲な武田が関所で払う銭を高うしたら品物の値が一気に上がってしまうわ。

　尾張と伊勢の海は、東部が久遠と佐治水軍の領域。奴らの南蛮船に対抗出来る船でもない限りは、荷留をされたら海路すら使えぬことが分からぬのか。

「織田の酒など買うのは、いかがなものかと。酒ならば駿河でも造れまする」

「酒だけではない。絹や木綿は尾張から買わねばさらに西に行かねばならぬ。それにそなたの好む良き武具も、兵に持たす槍も、すべて駿河で贖えるのならば苦労はせぬわ！」

　理解はしても不満げだな。皆が我先にと金色酒を買うことが不満だと、以前からぶちまけておったからな。こやつも酒は飲むが金色酒よりも濁り酒でいいというくらいだ。ただ口に合わぬだけかもしれぬが。

そもそも織田は久遠を召し抱えたことで、自ら商いに乗り出した。恐らく久遠の献策であろうが、これが恐ろしいまでの威を振るっておる。

我が今川家は、そこらの守護大名ではないのだ。京の都の公家が戦災から逃れてくるほどの名門なのだぞ。その権威と家格を守るために必要なものが多い。織田からでも買わねばならぬのだ。

「それよりも風魔が織田の忍び衆と組んだのは確かなこと。早急に策を講じていただきたい」

「そなたは知らぬのであろうな。織田は地揺れの見舞いにと一千貫もの銭と、南蛮船に積めるだけ積んだ米を北条に贈ったそうだ。さらに薬師の方の弟子までも送っておる。北条領では疫病もほとんど起きておらぬとか。この状況で北条を敵に回せば、織田と北条は同盟を組んでしまうわ」

織田は北条と同盟を結ぶ用意があり、北条も乗り気に思える。小田原では薬師の方の弟子のおかげで病に罹らぬと大評判だというほどだ。

北条は関東に敵が多いが、織田と結ぶことで今川を押さえて東に専念することが出来る。

あとはきっかけさえあれば……。

懸念は、すでに尾張者の行商人を捕らえて拷問してしまったことか。織田は荷留をするか？　美濃も落ち着きつつあり戦の好機ではあるが。

駿河は地揺れの後始末で戦は難しく、北条もまた戦どころではあるまい。織田が北条との誼に重きを置くとするならば、むやみに動かぬかもしれぬが。

近頃の織田は、なにを考えておるのか、よう分からぬ。なんとも困ったものよ。

すべては久遠一馬と大智の方。ようやく分かった信秀の新たな知恵袋である、この両名のもたらしたものだとか。

織田が変わった理由が商人上がりと南蛮の女だとはな。されど、何者であろうと油断は出来ぬ。

五郎兵衛らを抑えて、なんとか地揺れの被害から領内を立て直さねば。

side：望月の医師

関東に来て、薬師の方様のご苦労とご苦悩がよく分かる。

多くの者が、藁にもすがる思いで助けを求めてくるのだ。されど、すべてを助けられるわけではない。まして某など未熟者だ。

だが、それでも感謝の言葉と共に涙を流して頭を下げ、礼を尽くされる。力及ばずにもかかわらずだ。

これほどの重荷を背負っておられたのだな。薬師の方様が表情を表に出さぬのは、これが理由なのかもしれぬ。

偶然かもしれぬが、北条領での疫病はほぼ防ぐことが出来た。北条家が率先して亡骸の埋葬や被災者の手当てをしたことで、国人衆や寺社に商人も従うてくれておる。まるで尾張におるような、そんな錯覚すら覚える。

「望月殿。そろそろ次に行かねば……」

「すまぬ。ここに集まった者たちだけでも診たい。少し遅れると知らせてくれ」

今日も伊豆のとある村に地揺れの被災者の診察に来たが、あっという間に近隣の村からも大勢の患者が集まってしまった。

出来ることは多くない。丁寧に診察してやることしか出来ぬ。警護と案内の者が困ったように先を促してくれたが、最後まで診てやりたい。

ここ関東で織田家と久遠家の名を汚すわけにはいかぬ。助けられぬまでも真摯に向き合うことこそ肝要であろう。

「やはり薬師の方様の弟子なのでございますな。あのお方も、常に真剣に診ておられました」

「買い被りすぎだ。某などまだまだ未熟。お方様ならば、もっと助けられたであろう」

「あまりお気になさらずに。望月殿のおかげで救われた者は多くおりまする」

警護の者は、以前、殿とお方様がたが関東に来られた際に、薬師の方様の警護を務めし者らしい。

少し懐かしそうにその時のことを教えてくれるが、頼まれたからと言うて遊女屋や貧民の住まいにまで行った時は心底困ったそうだ。

その際に薬師の方様を襲った者が出たことで、某でさえ二十名もの警護が付いた。

左様な立場ではないのだがな。織田家と久遠家の名代として扱ってくれておる。

田畑を耕しておった頃が懐かしいと、以前、八郎様が語っておられた心情が分かる気がする。

空を眺めて作物が無事に育つことを祈る日々からすると、本当に別人にでもなった気分になる。

いかん。感慨に耽っておる暇などありはせぬ。日が暮れるまでには、なんとか診察を終わらせねば。患者たちが夜道を帰ることになってしまうわ。

side：久遠一馬

新商品の蚊取り線香の売れ行きと評判は上々のようだ。例によって願証寺が大量に買ってくれる。元の世界のように安くないんだけどなぁ。安く売っても転売でぼろ儲けする人が出るから相応の値段にしてある。そのまま石山本願寺にでも贈るんだろう。

石山本願寺はそれを有効活用して勢力をさらに広げるのかもしれない。手強いね。

願証寺に関しては、今も進んで領地を広げようとか織田と敵対しようとしていない。彼らは影響下の服部や桑名を見捨てても客観的な判断をした。その意味では当然の関係なんだろうけど。

「ほう。それは大変なことであったな」

オレは清洲に来ている。上座には信秀さんと信長さんが座り、政秀さんや重臣の何人かとオレとエルが横に控えていて、来客の応対をしているんだけど。

とうとう、エルが清洲城の公式の場にまで呼ばれるようになった。エルは遠慮したんだけどね。信秀さんの指示で同席することになったんだ。

すでに関東や美濃でも公式の場に出ていたことから、そろそろエルのことを隠す必要と意味がなくなったという事情もあるけど。

特に今日は願証寺からの使者なので同席することになった。

扱いが難しいのは信秀さんも理解している。

「はっ、仏の道から外れ、人の道からも外れた者たちを許せぬと、立ち上がった者たちでございます」

使者は高僧だ。織田に敵対していた桑名の商人が、同じ桑名の商人たちにより捕らえられて磔にされたことの報告だった。

動いたのは主流派以外の商人たちだった。

すでに東海道の宿場としての価値しかないと言えるほど、他国の商人が来なくなった桑名では、ウチや他の伊勢の勢力が商人や職人の引き抜きをした。

結果として逃げることも出来ない者と、桑名に愛着がある者たちなどしか残らなかったんだ。

我慢の限界だったんだろう。桑名を思う者たちが連名で町を運営する商人たちを追い落とすべく、願証寺にも根回しして動いた。

願証寺でもそろそろ頃合いだと判断し、織田との仲介を約束した。当然、織田とウチにも蜂起側から事前の根回しが極秘裏にあった。

腐っても桑名とでもいうべきか、商人たちはそれなりに残っている。彼らが商人として生きていくには織田との和睦が必要だったんだ。

人や荷の行き来が減った、東海道沿いの国人衆の不満が溜まっているということもある。

「仏に逆らい織田様を欺いた者は最早おりませぬ。何卒、桑名と新しき関わりを築いていただけるよう、伏してお願い申し上げます」

「織田は桑名を欲してなどおらぬ。だが、願証寺はそうもいかぬか。よかろう。仔細な扱いの話はあとでするとして、そのほうの申し出を認めよう」

事前に話は出来ている。桑名を反織田にはしない。反織田だった者の一族や関係者を追放することで、織田とウチが商いの再開をすることになっている。

ただ、こちらにも体裁があるので、願証寺が頼み、織田がそれを聞き届ける形で赦免と和睦という形に表向きはなる。

今後のこともある。簡単に許してはいけないが、そろそろ織田と願証寺の懸案事項だった桑名はなんとかしないといけない時期だった。

せっかく親織田の願証寺が反織田になっては元も子もない。

それと、この和睦には別の意味もある。堺と本格的に対立し始めたことで敵を減らしたいんだ。距離が離れているとはいえ、堺と桑名が組めば少し面倒だったからね。

信秀さんは、あくまでも織田には桑名が必要ないとの言葉で願証寺に釘を刺したけど。正確には堺に絡め取られるなと、釘を刺したようなものだ。

桑名の立地で反織田が集まると、史実のように厄介になりかねない。特に公界である桑名では、堂々と反織田の活動を行っても、よほどの理由がないと正面切って織田は手を出すことが出来ないんだ。それもあって公界を占領せずに影響下に置けたのは意味がある。

まあ、これで桑名が落ち着けば、尾張の懸念がひとつ消えることになる。

side : ケティ

　遊女屋の訪問診察をしていると、いろいろな情報が聞ける。今日は尾張や伊勢に買い付けに来た商人たちの本音を遊女屋の主人から聞いている。

「駿河や遠江の商人の不満は相当なもののようでございます。尾張や伊勢では織田様の意に沿う形で今川領の商人にのみ売らぬ品や値を上げた品があることで、あちらでは坊主から武士まで多くが商人に不満をぶつけておられるらしく……」

　不満や苛立ちを遊女に漏らす。男って単純だなと改めて思う。

「当家の品をどうするかは当家で決める。当然のこと」

「左様でございますな。されど、面白うないのは変わらぬかと。もとより斯波家や織田家を見下しておる者らでございますれば……」

　不満の理由は遊女屋の主人が言うようなこともあるけど、東海屋の一件で、今川に対する規制を強化した理由を駿河や遠江ではあまり知られていないこともある。

　知っている者もいるのだろうが、織田が偽りの事実をでっち上げたと言い、織田が悪いと決めつけている。

　今川の面目もあって義元は認めないだろう。すると駿河や遠江ではそれが正しいとなり、私たちが恨まれる。

　人が持つ負の面がリアルに見えてくる。

「ありがとう。なにかあったら使いを出して」

「はっ、畏まりました」

持ちつ持たれつ。遊女屋や遊女たちの改善を指南しつつ、彼らの暮らしが成り立つように手助けをしてもいる。得られる情報を考えるとお得な支援だ。

今川はどうするのだろうか。迂闊に動くとは思えないけど、警戒はするべきだ。帰ってエルに報告しよう。

side：久遠一馬

尾張では熱田祭りの準備が始まる。

去年、津島神社で打ち上げた花火だが、熱田神社からも花火を打ち上げてほしいと頼まれたことで、今年は熱田で打ち上げることになった。今後は一年おきに津島と熱田で交互に花火を打ち上げることになる。

武芸大会とかで少し打ち上げることはあったけど、花火大会のようにそれなりの数を打ち上げるのは年一回でいいと信秀さんが決めたんだ。

それもあって今年の熱田祭りは露店や屋台も大幅に増えるので、ウチも手伝って準備をしている。

「これって初めてだなぁ」

「近頃、熱田で売られているものですわ」

熱田祭りの打ち合わせのために熱田の屋敷に来ると、シンディが四角いクレープというかガレットのようなものを麦茶と一緒に出してくれた。

周りには千代女さんとお清ちゃんを筆頭に侍女さんたちもいるので、あえて言葉には出さないけど、ちょっとビックリだ。

「味付けは味噌ですね。美味しいです」

基本、手づかみで食べるみたいで、一口食べたエルが驚いた表情をした。

オレも続いて食べてみるけど、味が少し濃いものの味噌には刻んだ山菜を混ぜているらしい。結構美味しい。

生地は薄いが材料は蕎麦らしく、見た目より食べ応えがある。驚くべきは、このガレットもどきはウチが関与していない、熱田の料理屋オリジナル料理であることだ。

発想の元は八屋の蕎麦らしい。それを簡単に手頃な値段で出せるようにと工夫したみたい。

柔らかい食感に適度な歯応え、蕎麦の風味が微かにしていて味噌の味が口の中に広がる。元の世界の名古屋っぽい味と言えば失礼になるんだろうか。

改良点があるとすれば、味噌の深みというか甘みが足りないところだろう。砂糖やみりんで味を調えるといいけど、甘さを出す砂糖や蜂蜜は高価だからな。気軽に食べられる値段で出すには、八屋にしているようにウチが支援しないと無理なんだよね。

この時代は一般的には二食だが、間食をしないわけではない。熱田も津島同様に人が増えて町が拡張している。こちらも町の外れに勝手に家なんかが出来ているんだが、蟹江の普請なんかの影響もあり、ここも景気がいいからね。

「これに甘いものを包んだら美味しそうですね」

「本当ですね」

おっ、千代女さんとお清ちゃん。ガレットもどきを食べて、何気にクレープに繋がる発想をした。

高価な甘い菓子だけど、ウチではよく食べるからなぁ。ただ、食べ過ぎると太るということを割と最近知ったらしく、侍女さんたち女性陣は食べ過ぎ厳禁と決めたんだとか。

戦国の世でダイエットが必要になるのは、ウチか織田家だけかもしれない。

それにしても、粉物文化が確実に尾張に定着しているね。領民が気軽に食べられるものが増えるのは良いことだ。

八屋の影響だろう。尾張では新しい料理を提供する店が増えているんだ。特に蕎麦やうどんのような麺類のお店が見られるようになり、賦役に参加している人足相手の露店も出ていたりする。

尾張は川が多く水車による製粉が出来るので、粉物が流行る土壌があったんだろう。津島にウチが作った製粉専用の水車小屋と同じようなものがあちこちに出来ていて、最近では蕎麦や麦を粉にする商人や、粉で売る商人もいる。

信長さんも那古野城でたこ焼きを自ら焼いて、城の人たちに振る舞っているんだとか。去年の熱田祭りで教えたらマスターしちゃったからなぁ。

今年も信長さんはオレたちと一緒に屋台に出向くつもりらしく、最近も練習を兼ねてたこ焼きを清洲城にて振る舞い、大いに評判だったみたい。

帰蝶さんが驚いていたらしいけど、清洲城の人たちはもっと驚いていたんだとか。うつけと言われて家中からも眉をひそめられていた信長さんが、下働きの者にまでウチの料理を振る舞ったことは大きな成長だと思われたのかもしれない。

ただ、どこからどう見ても、見た目は屋台のお兄ちゃんなんだよね。信長さんって。

天文十八年、初夏。桑名で非主流派の商人による一斉蜂起が起きたことが、一部の資料に残っている。

事の始まりはこの年の前年にあった、服部友貞と織田信秀の戦である市江島の戦いにあると思われる。

戦いのあと大湊と願証寺などは織田との協調路線に移ったが、桑名は織田に許されなかったことで反織田の姿勢を取り続けていたことが様々な資料から読み解ける。

前年には、かの有名な『桑名の一人相撲』という言葉が出来た事件が起きたほどで、桑名の反織田には願証寺の僧も呆れていたとの記録が散見している。

また滝川資清の『資清日記』には、久遠家においても桑名との関係を悩んでいたとの記載があり、願証寺の庇護の下で公界として存在した桑名の難しさが見られる。

もっとも、桑名は織田に許されずに反織田の姿勢を取るしかなかったとの説もあるが、詳細は不明である。

ただ、織田による桑名放置は桑名の商人たちにとっては死活問題であり、一斉蜂起につながったと推測される。

この一件で織田と願証寺の間では、桑名を反織田にはしないという密約があったとされ、織田家は尾張から伊勢湾の支配をほぼ確立させた。

なお服部友貞からの一連の出来事が、後の講談では大智の方こと久遠エルによる伊勢湾支配の策だということが定番として語られているが、明確な証拠は今のところ発見されていない。

皇歴二七〇〇年・新説大日本史

第七章　黒衣の宰相と剣豪大名

side：久遠一馬

旧暦で六月に入り暑い毎日が続く中、尾張には周辺諸国や関東、果ては畿内や西国からも大勢の人が集まっている。

今夜行われる、熱田祭りの花火を見るためだ。

去年から宣伝をしているし、第一回武芸大会の時も最後に少し花火を打ち上げたからね。美濃の道三さんや国人衆、伊勢の大湊や願証寺、三河の本證寺を招待しており、本證寺以外は来てくれることになっている。

それ以外では商人や僧侶などが多く、少数だが公家もお忍びで来訪している。駿河や越前から来た人たちだ。地下家と呼ばれる下級公家たちで、堂上家などの上級公家はいないみたいだけど。

おかげで熱田ばかりか、津島・那古野・清洲の旅籠もいっぱいで、尾張各地の寺が宿泊する場所として活躍してくれている。

極楽浄土が見られるとか、南蛮の妖術が見られるとか、支離滅裂な噂も広まっているけど、尾張に来さえすれば誰でも見られる花火を、一目見たいと思う人は想像以上に多い。

織田家では文官衆の皆さんやウチの家臣が、諸国から来た人たちの対応に追われている。

義統さんも公家の相手で忙しいほどだ。

花火は諸国から集まる人たちに斯波と織田の力を見せつける貴重な機会だし、いろいろな立場や他国の人と交流するいい機会になっているんだ。

もとはオレが見たかっただけなんだけどな。花火は外交の有力な手段になっている。

「みんな～。今日は多くの人たちが来るから、無礼がないように気を付けるのよ～」

「はーい！」

今年は花火もあって観光客が多く、熱田全域にて祭りの露店を出すなど規模が拡大している。

差配しているのは熱田神社だけど、ウチも屋台を出すし、昨年の武芸大会で好評だった地元の子供たちによるお手伝いも導入した。

露店で働く子供たちは、日頃から牧場の孤児院で子供の扱いに慣れているリリーと、学校で指導しているアーシャが中心となり仕切っている。

子供たちがお祭りに参加し、奉仕をしてご褒美に屋台の料理が食べられるというのは教育的にもいいからだろう。きちんとしたところで働けば問題なく食べていける。こういうことから教えないといけないのが、この時代の価値観だからな。

リリーは地元の子供たちを集めて注意事項を教えており、アーシャが仕事を割り振っている。

屋台は早いところでは夜明けと共にやっていて、ウチの屋台も朝から賑わっている。

あと今回も八屋が屋台を出してくれたから、蕎麦やうどんやラーメンなどは八屋にお任せだ。

ウチは甘味と鉄板焼きに、飲み物として冷やし飴と紅茶を出している。お酒は他の酒屋さんとかでも出すみたいだから出していないけどね。

「さあさあ、昼は午の刻を過ぎてから神社の中で人形劇をやるぞ」

ああ、ウチが関わっているのは人形劇もあったか。すずとチェリーと慶次たちが、派手な柄の着物を着て人形劇の宣伝をしながら熱田の町を歩いている。

人形劇はオレが指示したわけじゃないんだけどね。すずとチェリーと慶次がやりたいって言うからさ。熱田神社にも許可をいただいて境内で人形劇をやるんだ。

「面白いでござるよ」

「みんな見に来るのです！」

特にすずとチェリーは子供たちを、慶次は女性を重点的に誘っている。内容は事前にチェックしてあるものの、ちょっと不安になるメンバーだな。

さて、オレもエルたちとウチの屋台で働くんだけど、今年は帰蝶さんも来ている。

信長さんが連れてきたんだ。一緒に働いてみないかと誘ったらしい。

料理をしたことはないみたいなので、侍女さんと子供たちと一緒に飲み物を売っている。

時代的には、帰蝶さんクラスの女性が庶民に交じって働くなどあり得ないんだけどね。いい経験になると思うし楽しんでほしい。

「おお、帰蝶。息災なようだな」

次から次へと来るお客さん相手に働いていると、道三さんと義龍さんが姿を見せた。どこかで帰蝶さんがここにいると聞いて来たんだろう。

「はい。よき日々を過ごしております」

「そうか。それにしても昨年の津島の祭りと比べても、見たことのない物売りが増えたの」

道三さんは帰蝶さんの元気な姿に笑みを見せて、たこ焼きと焼きそばを買ってくれるが、祭りの様子もしっかりチェックしているみたい。

さすがだな。義龍さんは慣れないのか、どれにするかまだ迷っている。道三さんは慣れているのか、開き直っているのか。どちらにしても見事だね。

昨年、熱田と津島での祭りから武芸大会までオレたちで屋台を出した結果、尾張ではそれまでとは変わって多様な露店が生まれている。

味噌味の焼きそばとか、塩味でイカやタコが入った海鮮焼きそばとか、オレでも驚く店があった。麺類の作り方は広めていいと言ってあるので、八屋でも頼まれたら教えているからね。細かい調理法はともかく麺類はもっと普及してほしいし。

ちなみにウチの屋台は開店してずっとお客さんが絶えない。去年は遠巻きに見ている人ばかりだったのになぁ。熱田の人たちもウチのことを知ってくれたんだろうし、鉄板で焼けるソースの匂いが、なによりの宣伝なんだろう。

オレたちは慣れているが、他国から見たらこの光景も驚くべきものなのかもしれない。

side：木下藤吉郎

凄い賑わいだな。お寺様やお宮様の祭りは珍しくないが、こんなに賑やかなのは去年の武芸大会だったっけか。あれくらいしか見たことがない。

「そこの童。なんの物売りがおるのだ？」

「案内、致します！」

おらはこの祭りの手伝いに来ている。久遠のお殿様の命で工業村からも手伝いに来ているんだ。ただ、もう童って歳じゃないんだけどなぁ。

久遠のお殿様の命で設けられた案内所で、他国から来た商人なんかを案内するんだ。これがまた面白い。商人からは、いろいろな他国の話が聞ける。

関東で地揺れがあったことや、織田様が千貫の銭と大量の米を北条様に贈り評判になっていること。今川様の領地では、他国の行商人が商いのために出向いただけで捕まるので、商人たちが商いを控えるようになったこととか、いろいろと教えてくれた。

実は案内しながら聞いた話を紙に書いて報告すると褒美が貰えるんだ。おらのような小者や見習いの職人たちに内密に命じられたことだ。字の書けない者でも、書き留めのお役目を任されたお人が助けてくれるとのこと。親方が言うには、久遠のお殿様はおらたちの働きも、ちゃんと見てくださっているらしい。皆、喜んで役目に励んでいる。

「あそこが久遠様の店でございます」

「おおっ、凄い人だな」

　評判なのは久遠のお殿様のところだ。皆、必ずここに来たがる。

　久遠のお殿様が売る食べ物は安くて美味い。こんな機会でもないと、お武家様でも食べられないんだとか。

「童、奢ってやるぞ」

「ありがとうございます！」

　此度の商人は気前がいいなぁ。案内しただけで奢ってくれるなんて。伊勢の山田から来た商人だとか。おらは時々親方たちから貰えるんで食べられるけど、それでもこんな嬉しいことはない。

　立ち居振る舞いが確としているし、大店の商人かもしれない。花火が見たくて来てしまったと笑うて教えてくれた。

　ただ、まるでお武家様のようにしっかりした体をされているな。

「なにが美味いのだ？」

「そうでございますね。すべて美味しゅうございますよ。特にあの焼きそばとたこ焼きというのは他では食えませぬ。あと甘いものも、ここでしか食えぬものもありますので、おすすめでございますよ」

　商人は悩んだ末に焼きそばを買うて、おらにもご馳走してくれた。

　ああ、このたれが美味いんだ。久遠のお殿様の秘伝のたれが細い麺によく絡んで美味い。

「おおっ、まことに美味いぞ！」

　ずるずると麺をすすると、商人は驚きの声を上げた。

秘伝のたれは売り物じゃない。親方は頼めば貰えるみたいだから、おらたちは時々食べさせてもらえるけど。他では手に入らない代物だ。

親方は特に久遠のお殿様と親しくさせてもらっているからな。工業村の職人でも別格だ。久遠のお殿様の直臣であり、お屋敷に呼ばれて一緒に酒を飲むほどだ。

「しかし、随分と賑わっておるな」

商人は焼きそばを食べ終えると、周囲を見渡し改めて驚いている。

半分ほどは殿やお方様がたを見にきた者たちだ。特にお方様がたの整ったお顔と、すらりと伸びた手足に憧れる男が尾張では一気に増えているんだ。

泥にまみれたそこらの女とは別格だからな。おらも早くあんな嫁が欲しい。

side：ジュリア

祭りってのは、何度来てもいいもんだね。長い歴史の中で残った文化だと分かる。

ただ、今年は領外から来ている者が増えたようだね。尾張訛りでない会話があちこちから聞こえてくる。

「藤吉郎じゃないのさ」

「これはお方様！」

警備兵と共に熱田の町を歩いていると、藤吉郎と出くわす。

特別扱いをしないと決めたというのに、ウチの家中にいる運のいい男。司令の元の世界では諸説あるものの、現状ではそこらにいる普通の若い子に過ぎない。

ただ、案内している男に違和感がある。商人のような姿をしているものの、体つきと立ち居振る舞いが商人じゃない。

「そちらの方はどなただい？」

「はっ、伊勢山田の商人でございます」

相手の男もアタシを見て僅かに驚きの表情を浮かべた。一瞬、良からぬことを企んでいるのかと警戒するが、男は敵意などないと言わんばかりに振る舞う。

「明かしたくないならそれでもいいけど、何者だい？　少なくとも商人じゃない。相当な身分の出と見えるけどね」

懸念はあまりないように見える。ただ、藤吉郎が連れていることが少し気になった。ないとは思うけど、若い奴が害されるようなことは許したくない。

「フハハハハ、さすがに師が教えを請うただけはある。嘘など通じぬか。すまぬな。騙す気などなかったのだ」

商人風の男がアタシの問い掛けに面白げに笑うと、護衛のように控えていた牢人風の男が小声で素性を明かした。

「北畠……」

警備兵たちの顔に一気に緊張が走るのが分かる。北畠具教。正五位下左近衛中将の官位を持つ正真正銘の公卿家の嫡男だよ。

「ご無礼致しました」

藤吉郎は驚き固まっているね。さすがに相手が悪いよ。ひとつ間違うと織田家ばかりか斯波家にも迷惑が掛かる。

「ここでは商人として通させてくれ。花火が見たくて来てしまっただけなのだ」

立場は明かせない。父親の許しもなく来たってところか。そうなると、下手に畏まると駄目だね。

「そうかい。なら、そうさせてもらうよ。見物する場と宿は決めたかい？」

「いや、これからだ。まさかかように人があふれておると思わなくてな」

「良ければウチの屋敷に来るかい？　商人と連れが泊まるくらいのもてなししか出来ないけどね」

藤吉郎と警備兵、それと左中将殿の供の者が唖然とする中、アタシは素のままで話をしていく。言っていることに嘘偽りは多分ない。なら、商人として扱ったほうが双方にとって一番だ。

「おお、それは助かる」

「藤吉郎、そういうわけだから町を案内したら熱田の屋敷にお連れしな」

「はっ、はい！」

戸惑う藤吉郎に左中将殿が面白げに笑うと、アタシも笑ってしまう。

これも人の縁ってやつかね？　エルの思い描く今後の方針に影響を与えそうだよ。

先生と鍛練した日々、もしかするとアタシが思うより重要なことになるのかもしれないね。

side：太原雪斎

とうとう来てしまった。

熱田は人とぶつからずに歩けぬほど賑わっておる。これは織田の領内や近隣だけではあるまい。遥々遠方からも来ておるのであろう。

拙僧の供は僅か十名。御屋形様からは危ういと言われたが、頼み込んで尾張を己の目で確かめたいとの願いを認めていただいた。

このままでは今川家が危うい。御屋形様と拙僧で織田に対処出来ぬ以上は、織田から学び、敵を知るしかあるまい。

「和尚様。やはり気付かれておるようでございます」

御屋形様が拙僧を案じて供の者として付けてくだされた腕利きの者が、織田が拙僧のことに気付いたようじゃと耳打ちした。

「構わぬ。拙僧は熱田神社を参拝に来たまで。織田ならば、ここで拙僧を狙う真似はせぬよ」

気付かれるのは覚悟の上じゃ。先触れは出しておらぬが、隠してもおらぬ。

戦を望まぬ織田が拙僧に手を出してくるなどあり得ぬ。

それにしても、大層な賑わいじゃな。

元服前後の子が案内として働いておるかと思えば、見知らぬ料理を売る者らも多い。

「そこのお坊様。いかがでございますか？」

まるで京の都や堺の町のようじゃと歩いておると、いくつもの物売りから声を掛けられる。

「それは、麺か？」

「左様でございます。焼きそばという麺になります。久遠様が広めた麺で、尾張では評判の品でございますよ」

　面白げな物売りに声を掛けられて覗いてみるが、四角い鉄の板の上で麺を焼いたものを売っておる。いや、鉄に油を引いておるな。これは伝え聞く明の炒めるという技か？

気になるのは鉄の板じゃ。大きな鉄で歪みがほぼ見られぬ上物の鉄の板とは。駿河にもあるが安くはない。

「そうじゃな。ひとつ貰おうか」

「ありがとうございます！」

物売りの横にある床几《しょうぎ》に似た椅子なるものに座り、焼きそばという品を食うてみるが驚かされる。ほぐした魚の身と野の菜を一緒に炒めただけの麺じゃが、なんと美味いものか。麺は麦の粉の麺か。高価な油と鉄を使い、明の技法で作った麺料理。

　これほどの料理は、民にはなかなか手が出るものではないはずなのだが……。

「ついでに聞くが、評判の物売りはあるか？」

「それはもちろん久遠様の露天商でございますよ。南蛮の菓子や秘伝のたれの焼きそばとたこ焼きは、尾張に来たら一度は食べないと損をすると言われるほど」

　やはり久遠が物売りを出しておるのか。酔狂な。

商人上がりと思えば驚きはないが、常人ならば地位が上がれば立場に合わせて変えるはず。

織田の猶子となったにもかかわらず、織田の権威を落とす真似をしても構わぬというのか？

勧められた久遠の営む物売りに行く前に、拙僧は湊に行き噂の南蛮船を見ることにした。

此度の旅に際して、一番見たかったのが南蛮船なのだ。北条との交易や里見との海戦、先の地揺れの際に一千貫の見舞金と大量の米を贈った話もある。

その力量と影響を測るには、是が非でも目の当たりにしなくてはならぬもの。

「あれが久遠の南蛮船か。なんと大きく異様な……」

湊も人であふれておる。花火見物の場所取りで早くから待つ者がおるらしい。

無論、そればかりではない。噂の南蛮船を見ようと諸国からの人も集まっておる様子。

されど、あれほど大きな船は見たこともない。久遠は何故、あれほどの船を数多く抱えられるのだ？

考えるべきことは多いが、今はそうもしておられぬ。久遠が物売りをしておるところに行かねばならぬ。

side：セレス

太原雪斎がこちらに向かっているという知らせを、司令と若様に伝えます。

「オレとかずがおることを知っておるとみるべきか？」

「分かりません。ただ、知らずともここに来る途中で聞くことはあり得ると思われます」

案内人も同行しており、高名な方です。こちらの動きもある程度知られていると見るべきでしょう。若様はそうお伝えすると面白げに笑みを浮かべておられます。

「義父殿といい。皆、そなたらの顔が見たいらしいな」

「今川家で一番敵に回したくない方ですね」

山城守殿は、昨年あえて素性が分かる程度の立ち居振る舞いで津島の祭りに来ましたが、太原雪斎はそれすら隠そうとしている様子。さすがに一介の僧とは言えぬ様子からこちらでも掴んでいて、警戒は万全ですが。

若様と司令は特に気負うこともなく、興味が勝っているようですね。とはいえ油断は出来ません。警護の者たちに指示を出して、万が一の場合に備えなくては。

迂闊な動きをする方とは思えませんが、自らの命と引き換えに若様か司令を狙おうとしないと言い切るのは危険です。

「セレス、お願いね」

「ええ、任せてください」

エルと目を合わせて、かの御仁の牽制は私がすることにします。

手を出すならば容赦しない。そんな覚悟を伝える役目も必要ということです。司令や私たちは若いこともあり、侮られることも珍しくありませんからね。

side：太原雪斎

「ありがとうございました。熱いので気を付けてくださいね」

思わず我が目を疑った。あれが南蛮人か。金色に輝くような髪の色をしていて肌も白い。

「真ん中の男が久遠一馬で、左は織田弾正忠の嫡男でございます」

そこには多くの者が集まっており、列を成して並んでおる。その様子も興味深いが、まさか織田の嫡男までいるのか。

「あの者は……」

警護は厳重のようじゃな。周囲には兵もおり、手練れの気配もある。

供の者の顔色が変わったのは、ひとりの南蛮の女を見た時じゃ。銀色の髪をした兵に命を与えておる女か。

「いかがした？」

「はっ、氷雨の方でございます。久遠において、今巴と並ぶ武勇があると評判の奥方」

あれが久遠の女武者のひとりか。あの様子から見るに、兵の扱いも上手いらしい。それにこちらに気付いたことを隠しておらぬ。

なにものにも動ぜぬような目でこちらを見ており、下手なことをするならば容赦はせぬと、その瞳は雄弁に語っておるわ。

「大智の方はおるか？」

「はっ、久遠一馬の隣で料理をしておる者でございます」

そしてもうひとり、必ず見ておきたかった大智の方もおったか。こちらは久遠一馬と共に拙僧のことなど気にもせずに料理をしておる。

報告はすでに入っておると見るべきであろうな。ただ大智の方は軍略ばかりにとどまらず、その料理において多くの者を虜にしておるとか。

拙僧たちもふたつある列のひとつに並び、かの者らを見定めながら買う。無論、久遠一馬に近き列に並んだ。

「いらっしゃいませ。なんに致しましょう」

にこやかな笑みを浮かべた久遠一馬に声を掛けられ、背筋が冷たくなる気がした。

この歳になるまで多くの者を見てきたが、この男は、そのいずれの者とも違うような……。

「そちらのたこ焼きなるものと菓子を。菓子は土産にしたいので日持ちするものを頼もうかの」

「では金平糖などいかがでしょう。砂糖菓子ですが、よろしいですか?」

「うむ。それを頼む」

織田の嫡男、三郎が作ったたこ焼きなるものを受け取り、一馬から金平糖なる菓子を受け取る。

ここでこやつらを仕留めれば……。左様に思うのはわしだけであろうか?

それを出来ぬのは互いに同じか。

「和尚様。毒見を……」

「いらぬ。さあ、温かいうちに食おう」

先ほどと同じように床几に似たものに座り、供の者とたこ焼きなるものを食す。まさか今川家の拙僧が織田の嫡男の作った料理を食することになるとはのう。

「おおっ、これはなんとも……」

かように丸い料理など初めてになる。まだ出来たてで熱いものを箸で口の中に放り込み、熱さから口の中を転がすように食すが、あまりの熱さにむせる者もおる。

これは……、なんと美味いものか。

醤油ではないな。確かに秘伝のたれであろう。外は確と焼いており、中は火が通り過ぎぬ絶妙な料理。かようなものなど食したことがない。

この歳で初めての味を食うことになろうとは。皆も絶句するばかりじゃ。

中に入っておるのは蛸だ。なるほど、たこ焼きというのはその名の通りと言えよう。

しかし、美味い。このたれと生地だけでも美味いのじゃ。そこに蛸の食感と味が合わさると、これは癖になるな。

尾張では、かようなものを民でさえも食せるのか。

北条長綱が織田に肩入れするのも頷ける。敵に回すには恐ろしいほどよ。

なにより周りで笑みを浮かべて食うておる者らは、織田が危ういとならば死に物狂いで戦うのであろう。ある者は賦役で飢えから助けてもらい、ある者は噂の薬師の方に命を救われたであろう。

それに久遠の女は自ら戦場に赴くという。駿河では蛮族の女じゃと毛嫌いしておる者も多いが、先ほど見た大智の方や氷雨の方を思えば、一廉の武将としてみるべきであろうな。

やはり、織田に対しての策を考え直す必要がある。

西三河で戦うならば、一万や二万の兵では足りぬな。一向衆を相手にする如く、民や村がまるごと、老いも若きも、女子供に至るまで、あまねく敵になることも考慮するべきか。

しかし、こうなると尼御台様の考えられた、北条と織田との同盟が今川の利になるのやもしれぬ。口惜しいのう。

武田など信濃を見ておれば、いつ裏切るか分からぬ相手なのは明白。武田と手切れにしても織田と北条と組むべきかもしれぬが……。

難しいの。家中では織田との同盟など誰も求めておらぬ。織田もそうであろう。

いかがするか。織田と久遠の関わりが拗れて揺れるのをじっと待つか？　されど、揺れねばいかがする？　力の差がこの先も開いた場合は？

敵を知ったところで策が思いつかぬ。これもそなたらの思慮のうちか？　久遠よ。

side：シンディ

ここ熱田の屋敷を本日は大殿の休憩場所として提供しており、大殿は斎藤親子を招いて茶の湯を楽しんでおられますわ。

「これほどの人を容易く集めるとは……。真似したくても出来ぬわい」

斎藤山城守利政殿は、熱田祭りの人出に改めて織田の力を実感した様子。

費用は安くはありませんが、この時代でここまで人を集めるのは銭を使ってもなかなか難しいというもの。それを理解しているようですわね。

「失礼致します。無粋なれど、急ぎご報告あり、罷り越してございまする」

「出雲守か。いかがした？」

皆様に茶の湯を振る舞っていると、少し表情の硬い出雲守殿が姿を見せました。珍しいですわね。直接、大殿に報告とは。

「今川家の太原雪斎禅師が熱田に姿を見せましてございます」

まさかの報告ですわ。大殿は一瞬驚きの表情を浮かべましたが、すぐに面白そうに笑みをこぼされました。

「くっくっく……。此度は今川の坊主か」

山城守殿も意味ありげな表情をされておりますが、新九郎殿は信じられないと言いたげですわね。ただ、北条長綱殿に斎藤殿と尾張に来られる人は多い。

北条家と斎藤家は尾張に来て友好関係に変わりましたが、今川家はどうなるのか確かに興味がありますわ。

「お会いになられるので？」

「山城守殿ならばいかがする？」

「わしならば会うでしょうな。敵を知る千載一遇の好機。情勢が悪うなるかもしれませぬが、会うた程度で悪うなるならば、遅かれ早かれ争うことになると考えまする」

面白いのは山城守殿が、すでに事実上の臣下のような振る舞いをしていることでしょうか。大殿はあくまでも来客として応対しておられますが。

どこまで信じられるか不明な斎藤家ですが、大殿はそれすらも楽しんでおられる様子。

「シンディ。そなたならいかがする？」

あら、こちらまで問われるとは。酔狂なお方ですわね。

「難しいところですわ。今川家で織田家の動きを理解出来て対抗出来るのは、あのお方だけかもしれません。私たちはなるべく今川家を本気にさせないようにしておりましたので」

甘く見てはいけない相手です。今回の動きはエルの戦略を狂わす可能性すらあるはず。

大殿はそんな私の返答を聞き、山城守殿と新九郎殿を見ておられます。どうやら大殿は私の意見を聞いた山城守殿を試しているようですわね。

「じゃが、追い詰め過ぎれば他国が介入するのではあるまいか？　甲斐の武田は義元が当主になって和睦をしたが、もとは争うておったはずじゃ」

さすがですわね。山城守殿もそれを理解しておられます。私の意見に対して率先して自らの意見を口にされましたわ。

「確かに懸念は山城守様のおっしゃる通りかと。北条家への地揺れの見舞いは対武田という意味合いもありますわ。武田と織田で対立した場合に、北条をこちらに引き寄せるためでもあります」

正直、今回は少し判断に悩みます。どのみち尾張を見れば危機感を持つでしょう。ならば会って人となりを知るべきかもしれませんが。

「今川との折衝、我ら織田の勝手にはならぬ。守護様の御裁断が要る。安易な和睦など出来ぬが、会うだけならば構わぬであろう。相手が受けるのならばな」

やはり大殿はお会いになられるのですね。座して待つよりも動くことが好きなお方。

すでに今川との問題は、三河から遠江に移っていると見ていいですわね。斯波家の悲願である遠江の奪還は譲れませんわ。守護様は織田の力を信じているからこそ大人しいのです。当人がそこまで望まずとも、父親の無念を晴らす機会は捨てられないでしょう。織田に力がある以上は奪還はせねばなりませんわ。

もしくは、それに代わるなにかを今川に出させる必要がある。

ですが、現状の今川は表面上なにも失っていない。エルが今川を傷付けないように慎重に追い詰めていますから。今川から、遠江かそれに代わるなにかを出させることは不可能ですわ。

「ふむ、シンディ。そなたが茶を点てろ」

少し考え込んでいると、大殿が思いもよらないことを口にされました。

「私でよろしいのでございますか？　エルもすぐに参りますが」

「そなたでよい。今川に久遠家にはまだまだ未知未見の者がおると見せてやるわ」

「畏まりました。では少し支度をして参りますわ」

やはり大殿は政治的なセンスがいいですわね。エルの存在はすでに今川も掴んでいますわ。そのエルをあえて会わせずに私を使うことで、今川にさらなる圧力を掛けるつもりだとは。

今川家の黒衣の宰相、太原雪斎。その実力、私が確かめて差し上げますわ。

side：太原雪斎

熱田神社への参拝も済ませると、思いもよらぬ者が拙僧の前に現れた。

「太原殿ですな。お初にお目にかかる。某は千秋紀伊守季光と申します」

「おお、熱田神社の大宮司殿ですな。お噂はかねがね伺っておりますぞ」

千秋殿といえば、熱田神社の大宮司であると同時に織田家に仕える国人でもあるはず。

まさか挨拶に現れるとは……。

「よろしければ茶の湯でもいかがでしょう。我が主が、是非高名な太原殿にお会いしたいと申しておりましてな」

周りの者が強張るのを感じる。まさか信秀が自ら拙僧と会うのか？

「せっかくのお招き、お断りするわけにもいきませぬな」

害することはあるまい。ちょうどよい。織田弾正忠信秀。その器と力量を見極めてくれようぞ。

千秋殿に案内されたのは、熱田神社の奥。茶室ではなく野点か。

幾人かおるが、ひと際目を引いたのは金色の髪をした女じゃ。久遠の者か。先ほど見た大智の方ではない。噂通り幾人かの南蛮の女が来ておるとみえる。

「よう参られた。太原殿」

「お招きありがとうございまする、織田弾正忠殿」

いずこからか聞こえてくる賑わいが遠く感じるほど、張りつめたような場じゃ。

この場におるのは久遠の女と千秋殿に信秀のみ。

この男が尾張の虎、変じて今や仏の弾正忠か。御屋形様とは違う男じゃな。戦場ではなく、かような場で相まみえることになろうとは。これも定めか。

熱田の賑わいがよく聞こえるほど、この場は静かじゃ。久遠の女が茶を点てる音を聞きながら、ただ無言で待つ。

供の者をひとりだけ連れてきてよいとのことで、万が一に備えて腕利きの者を連れてきたが、かような場に慣れておらぬせいか固まっておるわ。

比べるわけではないが、久遠の女は見事じゃ。一片の乱れもなく茶を点てておる。まだ若いようじゃが、付け焼刃の作法ではないな。もとはいずこかの高貴な生まれか?

「太原殿に教えを請いたいことがある。いかにすれば日ノ本から戦をなくせるか教えてほしいと思うてな」

久遠の女の茶に引き込まれておる時、ふいに信秀が口を開いた。

拙僧を試す気か? それともここに拙僧が来たことの所以、今川家の真意を問う気か?

「それはまた難しきことをおっしゃりまするな。仏を信じて徳を積めばと言うのは、坊主としては模範とすべき返答でございましょう」

「神仏か。困ったことに神仏を信じる者同士が争い、殺し合う世なのだ。それだけで戦がなくなるわけではあるまい?」

強い目をしておる。確固たる答えがあるのであろうな。

これほどの男と今川家は対峙せねばならぬのか？　この男はいずこを見ておる？　まさか織田による天下統一か？

「嘆かわしきことでございますな」

以後、信秀は口を開かなんだ。

口惜しいが拙僧には、信秀が満足するか、二の句を継げぬような答えが浮かばなんだ。皆が朝廷を奉じて争いを止めるのか。足利家が再び天下をまとめるのか。それとも別のなにかか。

恐らくは信秀が求める答えは、左様なものではないのであろう。

上物の茶が苦く感じ、出された菓子のこの世とは思えぬ甘さがやけに心に残る。まさに口惜しいわ。

久遠一馬と大智の方のみならず、信秀ですら拙僧の見立てを超えておる。

勝てぬ。やはり今川家は織田には勝てぬ。このままでは……。

確かな理由は分からぬが、この男が見ておるのは今川家ではない。もっと先を見ておる。

拙僧も御屋形様も斯波と織田を見ておるが、信秀はなにか別の先を見ておるのだ。その立場から目先の今川家と対峙しておる。分からぬ。信秀はいずこを見ておるのじゃ？

世が変わるのかもしれぬ。織田を中心に。新しき世に今川家の居場所はあるのか？

拙僧はもう若くない。信秀や久遠より長く生きるなど無理であろう。

気が重いな。久遠は虎に翼どころか、悟りでも開かせたのかもしれぬ。

虎が仏になった。じゃが、仏は時として修羅ともなろう。

なにも知らぬままでは今川家は衰退するか滅ぶしかない。いかんとしても信秀の見ておる先を見極めばならぬ。

side：久遠一馬

あれが太原雪斎か。まさか尾張まで来るとはね。

特別なことは話せなかった。誰であれお客さんに変わりはないしね。人目もある。ただ、彼もまた会いたかったひとりなんだ。

まさか、僅かな供を連れて敵地に来るとは思わなかったな。

「こちらが日ノ本の考え方でないことに気付いたのでしょう。確かに今川とすると私たちを知らなければ先はないですよ」

エルは驚いていないね。事前にシルバーンから報告を受けていたこともあるのだろうし、可能性として予測していたようだ。

まあ、こちらから害することがないと読まれているんだろうし、あの人が自ら来るほど今川はこちらを深刻に受け止めているという証拠か。

斯波家と織田家、対今川。

実のところ今川の所領である駿河と遠江の石高は、合わせても太閤検地の時で確か四十万石程度。

他には三河が三十万石ほどあるけど、平地が多く石高の高い矢作川西岸は織田領であり、それを除外すると、それほど石高は高くない。

尾張一国で五十七万石ほどだったので、単純に史実換算でも尾張さえ統一すれば織田は今川と対等に戦えるんだ。

さらに現状の尾張は石高で換算すると百万石は超えていると思う。商いが恐ろしいほど伸びているからね。それもあってこちらが優位に立ち回れている。

オレたちは国力や経済力で動くからなぁ。

「エル、どう見る？」

気になるのはエルの雪斎に対する評価だ。実際に顔を合わせた評価を知りたい。

「恐ろしいお方だと思います。こちらの知恵と世の見方を学ばれると……」

確かに、彼がこちらの価値観を学び手の内を理解すると怖いのは分かる。

ただし、尾張から駿河は物理的な距離もある。現状だと、こちらの動きへの対抗策を取るのも苦労するはずだ。

無論、名門今川の名声は落ちていないし、特に戦をして疲弊しているわけでもない。今川義元と太原雪斎は戦も弱くないしね。

なにより織田は急速に拡大し過ぎている。織田にとっては内部を固める時間が必要だ。

そこに雪斎がこちらを学んで史実以上に動く可能性を考慮すると、エルでも厳しいと見るのか。

今後は情勢がより厳しくなる覚悟もいるのかな。

難しい話はそこまでにして、この日のお昼はあちこちの屋台の料理を買ったものだ。せっかくのお祭りだしね。屋台の料理を食べないと。

オレたちは青空の下でテーブルと椅子でお昼にする。周りでは領民が同じようにお祭りを楽しんでいて、中にはお酒を飲んで騒いでいる人もいるね。

あまりこういう経験がないだろう帰蝶さんは少し落ち着かない様子だけど、鷹狩りとか行けば外で食べることは普通にあるからね。

「ほう。いろいろとあるな」

行動派の信長さんは日頃から領内を見て歩くし、屋台のものを食べることもあるが、こうしてたくさんの屋台の料理を一度に見ると、以前よりバリエーションが増えたのを実感するみたい。

ちなみに信長さんは毒見をほとんどしない。毒見をして冷めた料理を食べるのが嫌なんだそうだ。オレたちが側にいる時はなんとかなるかもしれないが、ちょっと心配だね。

「醤油が出回り始めましたので、味の幅が一気に広まりましたね」

屋台の料理の中には醤油を使ったものが増えていて嬉しくなる。

「あれはいいからな。ないと物足りぬ。だが、そなたのところの醤油と味比べするとまだまだだ」

信長さんは満足していないようだけど、尾張で醸造させていた尾張産の醤油もようやく販売が出来るようになったんだ。品質と味は、職人も醤油造りに慣れていないからこれからだろう。

現状では地元で小売り販売して反応を確かめているところだ。尾張・伊勢・美濃と醤油の需要は近隣だけでも相当あるし、供給は当分追い付かないだろう。

畿内には現時点では売らない。あくまでも地元優先だ。大湊には多少は卸すし、行商人などの商人が個人的に他国に売りに行くのも規制はしないけどね。

大口での販売は当分無理だね。尾張の食生活を豊かにすることが先だ。

「この焼き飯、美味しいです」

「どれ、オレにも食わせろ」

慣れって凄いと思う。戸惑い気味だった帰蝶さんもすぐに普通に食事をしているし、チャーハンらしき料理を食べていると、信長さんが一口貰っている。

さすがにあーんとはしていないけど。

自然にそんなことが言える関係になったんだな。夫婦仲は良好なようだ。

ちなみにチャーハンは八屋で出している料理から広まったものだ。冷えたご飯でも美味しくなるし、調理も複雑じゃないからね。

難点はこの時代では調理用の油が一般的にはないことだけど、実は熱田の商人が最近調理用の油を販売し始めたんだ。

彼は八屋のファンらしく、八屋の料理に欠かせない食用の油の販売に乗り出している。知らない人じゃないから、ウチからもアドバイスをしたけどね。

「殿、これ美味しいですよ」

「こちらもいかがですか？」

そんなふたりの様子を見たからか、オレの両隣にいるエルとセレスに同じタイミングで違う料理を勧められた。

　どうやら信長さんたちを見て、オレがどっちを選ぶか試しているみたいだけど。オレの精神衛生上よくない。

　誰か、ロボとブランカでもいい。助けて!!

side：織田信秀

「太原雪斎。思うたほどではないな」

　義元の知恵袋である太原雪斎。いかほどの者かと思うたが。

「何故、あのようなことを問われたのでございまするか？」

　雪斎が去ると、千秋紀伊守が先ほどの言葉の意味を問うてきたが、紀伊守ですらその意味をすぐには理解出来ぬのが今の世だ。

「今川がこの先、なにを見て、なにを目指すのか、知りたかったのだ。シンディ、そなたたちに会うて、わしは理解した。世は広く、変えることも叶うことなのだとな」

　雪斎が一廉の者なのは考えなくても分かる。現にあやつは、わしの言葉の真意をおおよそ悟っておった。されど、答えることは出来なんだ。織田と争う先を見ておらぬ以上は、恐るるに足らぬ。

「武士として僧として世の中を見ておるだけならば構わん。それならば今の世でも代わりはいくらでもおる」

今川のため尾張に来たのであろうが、今ある世から抜け出せぬのならば出来ることは多くないはずだ。

仮にあやつが尾張で新しき知恵の一端を見抜いたとしても、それですぐに動けることは高が知れておる。久遠の知恵と技は、左様に容易く真似出来るものではないからな。

「何故、今川を攻めぬと思う？」

皆が今川を攻める好機だと言う。美濃に大きな脅威がなく、伊勢も敵となるほどでない現状では、誰もが次は今川だと口を揃えて言うほどだ。

大義名分もある。わしは三河守の官位を得ており、遠江奪還が斯波家の悲願だ。

「織田は大きくなりましたからな。いささか急激に大きくなり過ぎたためでは？」

さすがは紀伊守だな。ただの猪武者とは違う。

「そうだ。そこが重要なのだ。遠江までならば取り戻せよう。だが、斯波と織田が遠江を得てしまえばいかがなる？　さすがに公方様が介入してくるやもしれぬ。足利家は己らの脅威になる者を嫌うからな。それに今川をいかにするかも難しい」

難しきは遠江まで得た後なのだ。尾張・美濃・三河・遠江と四ヵ国を所領とすれば、必ずや公方や近隣の諸勢力が動くであろう。尾張は場所も畿内へ介入出来るところだ。そこに四ヵ国を領有する勢力が現れれば、誰もが脅威に思うであろう。

北条とは同盟を結べようが、甲斐の武田は信濃を見ておればあまり信じられる相手ではない。それに越前の朝倉は、斯波家による越前奪還を恐れ動くかもしれぬ。六角もそこまで大きくなった斯波と織田を見過ごすか分からぬ。

　今川の処遇も悩む。足利家とも縁続きである今川を滅ぼすとなると、足利一門の誰かが介入してくるかもしれぬ。

　駿河一国程度ならば残してもいい気はするが、関東との交易を考えれば邪魔だ。それに今川は名門だ。さぞや恨みを抱くであろう。

　家の存続程度ならばいいが、遠江まで奪還してしまえば一国も残さぬほうがいい。土岐家の末路を考えれば、なまじに残せば後顧の憂いとなる。

　とはいえ、今川を滅ぼし周囲に目を付けられては元も子もない。現状でも美濃国内の勢力とは誼を深めておる。北の越前や東の信濃や西の近江。いずれかが美濃を攻めてくれば、たとえ織田に臣従しておらずとも後詰めは送らねばならぬからな。

　もし六角と朝倉が組めば……、いささか困ったことになる。

「それにな。今川よりも日ノ本から戦をなくすための国づくりが先決なのだ」

　雪斎が一馬たちのようにもっと先を見ておるのならば、今すぐに動いたかもしれぬ。だが今川と現状を見ておる程度ならば捨て置いても構わぬのだ。

「確かに、本日の熱田を見るとそう思いますな。尾張と美濃と三河からは、多くの国人や寺社の者ばかりか、民までもが来ております。長島の願証寺に至っては証恵上人自ら来ておりますれば……」

　願証寺は確かにわしも驚いたな。証恵上人自らこちらに出向くとは思わなんだ。本気で織田の風下に立つことも厭わぬということか。

世が尾張を中心に動きつつある。面白きことよな。

side：久遠一馬

危機は脱した。ちょっと食べ過ぎたけど。その後もオレは屋台での仕事を続けて、夕方になると店じまいだ。食材はたくさん用意したけど見事に完売だった。

もうすぐ日が暮れる。熱田は人であふれていて、入れなかった人が近隣の村などで、花火が打ち上がるのを今か今かと待ちわびているそうだ。

オレと信長さんは、ウチの熱田の屋敷で花火見物だ。信秀さんは招待客と熱田神社で見物するらしいけど、あっちは義統さんを筆頭にお偉いさんがたくさんいる。

オレと信長さんも本当はあっちに行かなきゃならないんだけどね。信秀さんが好きにしていいと言ってくれたので、屋敷での花火見物にした。

ただし、こちらも予期せぬことがある。

目の前の人物に驚きを隠せない。鍛えられた体と教育を受けた立ち居振る舞い。ただ、公卿には見えないなぁ。報告は受けていたものの、屋敷に戻るなり初対面となった。

「お世話になりまする」

まさか、開口一番で頭を下げられるとは……。

商人の息子に扮して尾張入りした彼の名は北畠具教。正五位下左近衛中将の官位を持つ人だ。

「えーと、いかがされますか？　本来ならば御身分が違うのですが」

「某は商人の子。それで構いませぬ。実は父にも内密で来ておりましてな」

信長さんと顔を見合わせるものの、当人がいいというのならばそれが一番だろう。彼のことは、ジュリアが連れてきたんだよね。

実はこの件、オレたちも掴んでいなかった。北畠家なんて、常時見張っていないし。

密かに尾張入りした彼は、偶然、藤吉郎君が案内役を務めて熱田を見物していた。そこにジュリアがばったり出くわした時に見抜いたんだそうだ。

ジュリアが見抜いたのはいいけど、藤吉郎君はそういう星の下に生まれたんだろうか？　特別扱いしていないのに、こういう出会いをする。

「そうですか。なら、尾張にいる間は当家をお使いください。これも塚原殿の結んだ縁でしょう」

なんかあっても困る。幸い、今日はウチの家臣、忍び衆、孤児院の子たちを筆頭に、縁があるたくさんの人が屋敷で一緒に花火見物をすることになっているんだ。多少知らない人がいても目立たない。

ジュリアもそのつもりでウチに誘ったようだし。

「話が済んだら、飲もうじゃないか」

結局、挨拶を終えた具教さんはジュリアが連れていってしまった。

太原雪斎ほど深刻ではないし、友好を深められればいいか。ほんとジュリアにお任せだな。

「お袋様、花火まだー？」

「もう少し暗くなってからよ〜」

屋敷は今までにないほど賑やかだ。

夕食は屋台の料理とウチで用意したバーベキューだ。もう誰が誰だか分からないほど、みんなが食べ物を持ち寄って宴会になっている。

ああ、お市ちゃんとか信行君たちもウチに来ているね。ここなら安全に見られるとの判断だろう。熱田神社は武士とか招待客でいっぱいだし。

「あにうえ！　かじゅまー！　はい！」

そんなお市ちゃんと姉妹の皆さんが、オレと信長さんとエルにお酒を持ってきてくれた。

どうやらシンディたちの手伝いを自らしているみたいだ。

「そろそろ花火が上がりますよ〜」

西の空も星が見え始めた頃、リリーが声を張って、花火をみんなに知らせる。

庭ではかがり火が焚かれている中、みんなで空を見上げて今か今かと花火を待つ。

一筋の光りが空に駆け上がると、辺りは急に静まり返る。

漆黒の夜空にオレンジ色の綺麗な花火が咲くと、どこからともなく歓声が聞こえる。

みんないい顔をしているね。

たくさん楽しい思い出を作ってほしい。

天文十八年、六月。熱田祭りにて奉納花火の打ち上げが行われた。

前年にあった津島天王祭に続く大規模な花火の打ち上げであり、織田領のみならず周辺諸国や遥々西国からも、噂を聞きつけた多くの見物人がやって来たと同時代の資料に散見される。

尾張と伊勢の境にある長島の願証寺からは、証恵上人を筆頭に高僧が連れ立って来ており、美濃斎藤家からも斎藤利政と義龍親子が招かれている。

また駿河・越前からは疎開中の公家衆が訪れており、今川家において黒衣の宰相と称された太原雪斎に至っては、事前通告もなく尾張を訪れたことが『織田統一記』などに記されている。

前年の津島天王祭に訪れた斎藤利政という前例はあったものの、今川家は織田家の主家である斯波家の因縁の相手であり、敵地同然の尾張に来ること自体、今川義元は反対したという資料すら残っている。

ただ、雪斎はこの時点ですでに久遠家の力や影響力を察しており、自らの目で見ねば今川家に先はないと尾張を訪れている。

後の歴史からも雪斎の行動は英断と言えることで、その先見性と行動力が今川家を救ったとすら語る歴史学者もいる。

この時、織田信秀は雪斎を茶の湯に招いており、日ノ本から戦をなくす方策を問い掛けたと『織田統一記』にあり、雪斎は満足に答えられなかったとある。

ただし、この時代に本気で日ノ本から戦をなくそうと考えていたのは、久遠家の影響を受けた織田家くらいだと思われ、雪斎が答えられなかったのも仕方がないことである。

なお、この場にて雪斎に茶を点てていたのが、桔梗の方こと久遠シンディだったことも相まって、雪斎は織田と久遠の底知れぬ力を理解したと今川家の家伝に残る。

久遠シンディは現在に伝わる久遠流茶道と尾張流茶道の開祖であり、この頃にはすでに織田家中において茶の湯を指南していたという資料が残っている。

熱田の屋敷では熱田神社の大宮司である千秋家など、訪れた者たちにお茶を振る舞うのが日常だったようである。

伊勢北畠家の嫡男である北畠具教が、商人に扮して熱田祭りと花火の見物に来ていたことが、『久遠家記』や北畠家伝である『北畠記』に記されている。

名門中の名門であったが具教は武芸を好んでおり、同年に北畠家を訪れた塚原卜伝より尾張の様子や久遠家のことを聞き、自ら尾張入りしている。

もともと斯波家と織田家とさほど縁があったわけでないものの、南北朝時代には南朝方で鎮守府大将軍として威を振るった北畠家との縁はここに始まり、後の歴史に大きな影響を及ぼすこととなった。

皇歴二七〇〇年・新説大日本史

第八章　茶会という名の外交

side：久遠一馬

花火大会は大成功に終わった。子供からお年寄りまでみんな喜んでくれたなぁ。

各地から来た人たちも想像以上だったみたいで、相当驚いたという話が聞かれる。

斯波家と織田家の力を示して威信も上がったし、各地から来た人はお土産や滞在費で銭を使ってくれただろうから、経済効果も高いだろう。

金色酒や金色薬酒はもちろんだが、香辛料・鮭・昆布・砂糖・鯨などの嗜好品や、絹や木綿の織物。それと陶磁器に、昨年と同様に線香花火もお土産として用意してある。

あと今年は、織田印の漢方薬と蚊取り線香も新商品として売り出している。

特に金色酒は尾張に来た他国の人たちに売るために、結構な量を用意した。偽金色酒の件もあるし、わざわざ尾張に来てくれた人たちに売り切れでは可哀想だからね。一番の偽物対策は本物を知ってもらうことだ。

まあ、金色酒などの販売は、今回は祭りでの特例だと説明しているけど。全体の販売量自体はそんなに増やせないし、増やす気もない。

金色酒の希少性は今しばらく維持したいし、原料が蜂蜜だから売り過ぎるのも不自然だ。

お昼を過ぎると、湊屋さんが嬉しそうな様子で報告に来てくれた。

「水飴と麦酒とイワシの干物の評判も良く、大野煮はすでに売り切れておりまする」

金色酒などの予定していたお土産はほぼ完売の見込みらしく、低価格帯の商品である水飴や麦酒や煮干しなんかも売れ行きはいいらしい。

知多半島産の大野煮、史実の佃煮も相変わらず大人気だね。こちらは今年からは同じく知多半島の水野さんも作っている。醤油の現地生産も始まったし、大野煮の需要も多いんだ。

需要に生産力が追い付かない。ただ、商品の生産流通は商いのみならず領内の改革、周辺情勢や物価などを見ながら検討することなので、一概に増やすかどうか言えないけど。

「商人などが土産として配るには、ちょうどよい品でございますからな」

相応に悪銭や鐚銭も入ってきているものの、露骨に良銭と交換する目的でないならば受け取るようにとの指示を信秀さん名義で出している。

このあたりは元の世界と違い、法治体制ではないので柔軟な対応がしやすいのは長所だろうね。

「いろいろと任せてごめんね。落ち着いたら褒美を出すから最後までお願いね」

「はっ、万事お任せを」

織田家における商人の差配は事実上湊屋さんが担当している。決定はオレとエルたちや信秀さんも絡むが、実際に商人に指示を出して上手く動かしているのは湊屋さんだ。

もちろん津島の大橋さんとか各地で商人をまとめている人もいるが、領内全体を見渡して商人の取りまとめをお願いしている。

元大湊会合衆の経験が生きているんだと思う。

津島と熱田の商人なども最近は変わってきたけど、もともと仲がいいわけではなかった。さらに各地の商人からは不満や要望が、いろいろとウチにも上がってくるからね。

もっとも津島と熱田はリンメイとシンディがいるので、不満なんかはオレへ直接には上がってこないけど。ちゃんとウチとしては受け止めている。

そんな熱田での仕事を終えて那古野に戻ると、屋敷の庭にある射撃場兼訓練場では周りの喧騒が聞こえるほど静まり返っていた。

ジュリアと北畠具教さんが手合わせをしているらしい。

具教さんは熱田の屋敷では、ウチのみんなと雑魚寝をしていたんだよね。こちらとしては部屋を用意すると言ったんだけど、特別扱いを望まなかった。

「なっ、若が後れをとられるとは……」

そんなふたりの勝負は一瞬だった。具教さんがあっさりと負けると、お供の人がどよめいた。

ジュリアは相変わらず身体能力以外は遠慮していないな。

「見事だ。塚原殿が自ら教えを請うたのもよう分かる」

この人もイメージと違うね。負けたことに悔しそうな表情をするものの、勝ったジュリアを称えることを忘れない。

実は塚原さんみたいに武芸で生きていきたいらしい。花火の夜に酒に酔ってジュリアにそう言っていたそうだ。

「なあに、左中将殿ならすぐに強くなるさ」

武芸のことはよく分からないけど、ジュリアがそう言うなら強くなるんだろうな。

年齢は二十歳くらいか。今が一番いい時かもしれない。

「やはり他国にて見聞を広めるのはいいな」

その後、ジュリアと何度か勝負をした具教さんはすっきりした表情で休憩している。

塚原さんの伊勢訪問が予定より半年も遅れた理由が、尾張でジュリアに武芸を習っていたからということが、伊勢でも話題になっているそうだ。

塚原さんは、ジュリアに習った技術と自身の鹿島新當流をひとつにしようとしているらしい。

具教さんにも自ら敗北を認めた女が尾張にいると隠すことなく語ったみたいで、以前にはウチに手紙を送ってきたしね。武芸大会に招こうかと検討していたんだけど、尾張でしか見られない花火の噂を聞き、伊勢山田の商人と偽って船で来ちゃったのが真相なんだってさ。

ちなみに本当に父親である晴具さんに内緒で来たようだ。ちょっと修行に行くと告げて城を出てきたと笑いながら語っている。

信長さんもそうだけど、この時代の人って自由だよね。身分が高いと特に。誰に遠慮する必要もないんだろうけどさ。

side：願証寺の僧

目を閉じると、今も花火が見えるようだ。

証恵上人もまた上機嫌なご様子。あれはまことに人の技と思えぬほどであったからな。

織田との懸案だった桑名の一件が片付いたことも相まって、皆の表情は明るい。

実は願証寺内には、織田が桑名を欲するのではとの懸念があった。さらに久遠殿の桑名に対する怒りも凄まじいと噂があり、許されるにはいかほどの詫びと銭が要るのかと案じておったのだ。近頃の織田において、久遠殿の功が大きいのは周知の事実。かの御仁が許すことがなくば、先々に懸念が残ってしまう。

戦々恐々としつつも根回しをしてみたが、蓋をあけてみればあっさりと商いの再開を許した。金色酒の売買を筆頭に願証寺は久遠殿と関わりが深いとはいえ、少し驚いたのが本音だ。

織田が堺と対立し始めたこの機を、反織田だった商人に不満を抱える他の商人たちが逃さなんだとも言えるがな。今後、桑名は商人が好き勝手にすることはあるまい。公界とはいえ、織田も我ら願証寺も二度と勝手を許すつもりはない。

上人も安堵されたのだろう。以前からご自身も花火が見たいと願っておられたからな。

此度は総勢二百名以上の僧が連れ立って来ており、妻子なども同行した。皆、花火に驚き喜んでおったのがなによりだ。

上人はもとより武士との争いを望んでおられなんだ。服部友貞が織田のことを散々悪く言うても聞き流しておったほどだ。

石山の本山からも一揆は控えるようにと言われており、なにより加賀の騒動にお心を痛めておられたからな。

此度の花火見物にて、織田方も我らに対して懸念を少しでも減らせば、今後はより落ち着いて暮らせよう。

我らもまた直に尾張を見たことで、明や南蛮の知恵や技を多く知る久遠と、織田がいかに強大かがよく分かった。

幼子から年寄りまで、皆が笑みを浮かべて花火を見ておったのだ。

織田は本気でこの世に極楽浄土をつくる気なのか？

日ノ本すべてがかような国ならば、寺社が武力にて身を守ることも、一揆など起こすことも必要なくなるのであろうな。

夢物語ではある。されど、そんな世が来てほしいと願うくらいはよかろうて。

side：とある西国の商人

尾張。畿内よりも東にあり、伊勢の向こうにある国だ。国名くらいならば知っておるが、それ以上は知らなんだ。

いつだったか、尾張で花火という極楽浄土のような美しいものを見たという旅の僧に会うたのが始まりだ。

身分を問わず、尾張に行けば見られるという花火が見たくてここまで来てしまった。苦労も多かったが、来て良かったと心底思うた。

あれほど壮大で素晴らしきものが見られるとは思わなんだ。織田様は仏様の生まれ変わりだと噂もあるが信じたくなるほどよ。本当に極楽浄土のような美しきものであった。

「これが金色酒……」

尾張まで来るのに大層な銭がかかったが、来た以上は噂の金色酒が欲しい。畿内では手に入らぬというほどの幻の酒だ。他国の商人にまで売ってくれるか案じておったが、熱田の商人を訪ねるとあっさりと現物を見せてくれた。

「味見されてみますか？」

「いいのか⁉」

「ええ。ウチのは混ざりものが入っていないものですからね。少々値は張りますが」

なんと。畿内では近頃偽物まで出回っておるというほどのものを、見知らぬわしにあっさりと見せてくれたばかりか、味見までさせてくれるとは。

盃に注がれた金色酒は透き通る美しさで手が震えるほどだ。

「美味い……」

これ一杯でいくらするのかと考えると怖くなるほどだが、飲んでみたいという欲に駆られて我慢出来なんだわ。

「西国の人だろ？　買うなら安くしとくよ。それとな、己で飲みたいなら、そこらの飲み屋か遊女屋に行くといい。多少薄めておっても、尾張だと混ぜ物をしておる店はない。金色酒に混ぜ物を入れたら、織田様に潰されてしまうからな。値も畿内とは比べものにならない安さだぞ」

聞いた売り値は信じられぬものだった。

わけを聞くと、織田様から花火を見に来た他国の者には、安めに売るようにとのお下知が出ておるらしい。無論、量はさほど買えぬが、それでも小売りで買うには十分であろう。

「よい店はあるか？」

とりあえず、持参してきた銭で買えるだけ金色酒を買うと、店の主に金色酒が飲める店を尋ねた。

「それは清洲の八屋だな。あそこは久遠様ご家中の者が出した店でな。信じられぬほど美味いものが手頃な値で食える。金色酒もあそこは一切薄めていないからな。ただし相当混んでいると思うから覚悟して行けよ」

清洲までは行く気がなかったんだがなぁ。久遠様というのは、湊にある大きな黒船の主らしい。尾張では知らぬ者がおらぬお方なんだとか。

「途中の那古野には、湯に入れる風呂屋がある。せっかく来たんだ、そこでひとつ風呂浴びて清洲の八屋で飲んで帰んな。行かないと後悔するぞ」

少し迷うが、それほど勧めるのならば行かねばなるまい。

ただ、騙されておるのではと案じてしまうが、尾張で左様なことをすれば商いが出来なくなってしまうと笑われた。

実のところわしが入った店では、同じように金色酒の買い付けに来た者たちが、清洲や津島に行くというので荷を預ける者が幾人もおる。

尾張という国は本当にいいところだな。

那古野の風呂屋で身を清めて清洲で金色酒を飲んだら、帰りには伊勢の神宮にも参拝して帰ろうか。金色酒を上手く売れれば、来年も花火を見に来られるかもしれん。

side：とある公家

京の都を離れ幾年月。今も都は荒れておると聞く。

僅かばかりの荘園からの収入は奪われ、戻りくる様子はない。先々代までは家業もあったが、その技も大半が失われてしまい、戦火から逃れ、追われるが如く都を離れ駿河にたどり着いた。

今川殿はそんな吾を温かく迎えてくれたが、今川家中には吾を穀潰しじゃと陰口を叩く者もおるくらいじゃ。

和歌や蹴鞠を教授せんと勧めておるが、雅を理解せぬ者も多いのが今の世か。

それでも、公家のことなど気にも止めぬ大樹や管領よりは、今川殿のほうがいい。

此度、尾張を訪れたのも、ほんの気まぐれであった。

誰もが窮する今の世で、見世物に銭を多く使う織田に興味を引かれたまでのこと。駿河に戻りて話の種にでもなれば良しと思うたまで。

「あれほどの花火とやらを見られるとはの。生きておれば良きこともあるということか」

「まったくじゃの」

尾張にて、都を離れた際にしばし同行した公家と再会した。

互いの細々とした伝手で駿河と越前に分かれし吾らが、尾張で会えるとは感無量じゃの。

しかも花火なるものの素晴らしさは言葉では言い表せぬほど。南蛮人を下賤じゃと考えし己が恥ずかしゅうなる。

あれほどの花火を見せし者を、下賤じゃと笑うは愚かなことであろう。

「斯波武衛家も苦労をしておろうが、思うたより上手くいっておるようじゃの」

驚きしことは、斯波と織田が上手くいっておることもあるか。

駿河で名を聞くのは織田弾正忠殿ばかり故、いかになっておるのかと思うたが。

無論、実権がいずこまであるのかは分からぬが、上手くやっておる様子。織田弾正忠殿も武衛殿の面目を保ち、粗略にはしておらぬのだ。

「吾は、願証寺の証恵上人が参っておることに驚いたわ」

確かに織田と願証寺の様子は駿河でも驚いておる。されど、越前は一向衆と争うておるだけに、織田と願証寺の親しげな様子に越前から訪れし公家たちはさらに驚いておるか。

話を聞いたところ、織田から誘いはしたが、まさか証恵上人が参るとは予期しておらなんだとか。

とはいえ、この地にも懸念はある。同門である三河の本證寺からは来ておらぬしの。

「明日の茶会には出るのか？」

「当然であろう。久遠の者も参ると聞く」

「確かか⁉」

「うむ。先ほどちらりとじゃが、確と聞いたからの」

今宵は清洲で宴が開かれ、明日には茶会もある。今朝になり武衛殿の名で誘いがきておる。昨日の花火も終わったことで、気の早い者は今日にも帰ろうかと話しておったが。

わしのように駿河から訪れし者は今川家に、越前から訪れし者は朝倉家に遠慮がある。共に斯波家とは因縁があるからの。皆、茶会に出るか帰るか悩んでおるのじゃ。

あまり親しくし過ぎて帰れなくなるのは困るからの。

されど久遠が茶会に出てくるとなれば、皆の目の色が変わった。織田殿の猶子としたようじゃが、華々しき外向けの宴などには顔を見せぬ。昨夜の花火見物にもおらなんだからの。聞くところによると、当人が身分違いから遠慮したと聞くが、久遠の当主と会えるのならば宴や茶会に出たき者は多かろう。

顔を見せておけば、いつか役に立つかもしれぬからの。吾とて今川殿に久遠の当主と会うたと言えるならば面目が保てる。顔見せをしつつ、話の種でも仕入れるとするか。

越前の朝倉は安泰のようじゃが、三河においては織田に押されておる今川家は旗色が悪いとも見える。織田と久遠に顔を見せておいて損はあるまい。

side：北条氏尭

銭一千貫と大量の米を頂いた礼をするべく織田の船で尾張に来たが、ちょうどよく花火を見ることが出来るとは運がいい。

小田原でも昨年の戦勝祝いの席にて花火を打ち上げてくれたが、やはり花火はいいものだ。

織田弾正忠殿を始め久遠殿、佐治殿にも礼を述べ、斯波武衛様にも挨拶した。

あとは兄上の申しつけ通りに友誼を深め、わし自身の見聞を広めるとしよう。

尾張に来て驚いたことはいくつもあるが、中でも美濃の斎藤山城守殿と嫡男が揃って花火見物に来ておったことには驚いた。よほど上手くいっておらねばあり得まい。

隣国とは、少なからず因縁や争いがあり難しい。織田と斎藤は婚姻を結んだばかりではないか。

叔父上のおっしゃったことが見事に当たっておる。織田は遠くないうちに我が北条家に並び超えることもあるかもしれぬと聞いた時には、にわかには信じられなんだがな。

兄上が正室を今川から迎えたにもかかわらず、織田に肩入れするのも分かるというもの。

しかしこうなると、今川の動きが気になる。

風魔の知らせでは駿河において織田の忍び衆を始末するべく、それと疑わしい行商人を幾人か捕らえたとのことだが、風魔と忍び衆が合力して救い出しておる。

それほど多くないものの、尾張から買い付けして戻る途中であった我ら北条の領国、相模や伊豆の行商人がおったことで、兄上は今川に正式に抗議したほどだ。

事を重くみた叔父上と久遠殿は、風魔と忍び衆との同盟を結んだ。無論、表沙汰に出来ぬ同盟であるが、関東から東海と伊勢間での合力と融通により北条は西からの脅威が減った。

織田も今川の背後と繋がった事実は大きかろう。

駿河・遠江では行商人を捕らえたことが噂となり、早くも街道から離れると危ういとのことで、今川領での商いを控える者が増えておる。すぐには困らぬのであろうが、いずれ困ることになろう。にしても久遠殿か。あの者が織田に仕えたことで情勢が変わりつつある。織田は商いが武士にとって大きな力となることを示した。

さらに尾張と伊勢の海で逆らえる者がおらぬ久遠殿の力は衰え知らずだからな。これは三河においても大差あるまい。織田は今後も優位に動けよう。

今川殿はいかがする気だ？　武田と組んで織田と戦う気か？　尾張に来て分かったが、織田は今川を超えておるのではあるまいか？

そもそも武田晴信という男は、今ひとつ信を置けぬ。河越の戦の折には今川寄りの態度で仲介したことを忘れてはおらぬぞ。

あの男のことだ。織田と北条が組んで今川と戦えば、なにをしても驚かぬ。北条も今川とは未だ血縁ある故、戦になるかは分からぬが。いざ戦になるならば東海道は織田と北条で押さえたい。

そういえば、花火に続き明日には茶会もあるとか。駿河より幾人も公家衆が来ておるからな。奴らに織田の力を見せたいのであろう。

やれやれ、わしは茶の湯はあまり馴染まぬのだが。北条家名代として恥をかかぬようにせねばならぬな。

side：久遠一馬

今日は公家との茶会がある日だ。

茶会は、政秀さんがせっかく尾張に来た人たちと交流を深めようと考えたもので、エルも今後のためにと計画に一枚噛んでいる。

オレはこういう席にはあまり出ていないんだけど、一度くらいは顔見せしたらどうかと政秀さんに誘われてね。エルたちと相談して出席することにした。

「公家か。なんて言われるか、ちょっと怖いね」

支度をしつつ、エルに少し不安な心境を打ち明ける。公家というと、よく知らないこともあって、どうしても恐れを抱き敬遠してしまう。

「それは向こうも同じですよ。こちらは外国人ですから」

ただ、エルは冷静に受け止めているみたいだね。

この時代に来ていろいろと知ると、公家という存在がいかに難しい相手か実感している。特に公卿と呼ばれる堂上家は、長い歴史を生き抜いて権威を維持しているんだ。

正直、現状では公卿や公家とどう向き合うかは決めていない。彼らの歴史の積み重ねによる功罪を客観的な視点で見極める必要がある。

歴史としての功績は、史実において日本の伝統文化を後の世まで守り維持したことだろう。

無論、罪もいろいろとあるけど、教育制度を整えると、彼らのアドバンテージと力は相応に落とせるはずだ。寺社もそうだけど、無条件でこちらの知識や技術を差し出す気はないし。

長期的な視点で見るならば、この時代で力を削ぎ、役割を明確化して協力する体制にしないと後の世の憂いになるだろう。

この先、オレたちの関与で、元の世界の史実が示す様な世の中にならなくても、彼らの居場所は当然あるんだ。問題はそこに加わるかどうかになると思う。

まあ、今回は顔見せだ。彼らの人となりと価値観の一端を知るいい機会になる。

肝心の茶会に参加するのは、願証寺の僧、駿河と越前から来た公家衆、道三さん、北条氏尭さんなどの花火見物をしていた皆さんと、尾張でもそれなりの立場の人たちになる。

ちなみに北畠具教さんは、また来ると言い残して帰った。茶会にも誘ったものの、お忍びなのでと断り帰ったんだ。

ウチからは、エル、ジュリア、ケティ、メルティ、シンディの五人が参加する。他には土田御前とか大橋さんの奥方であるくらの方とかも参加するみたいだね。

女衆は織田一族だけになる。侍女として千代女さんとかお清ちゃんに資清さんの奥さんが同行して、オレには資清さんがお供として付いてくれるけど。

オレの場合、未だにこの時代からすると世間知らずな面もあるから、資清さんがいないと対外的な公式の場は少し困るからね。

「かじゅま！」

清洲城に到着すると、早々に満面の笑みを浮かべたお市ちゃんに捕まった。今日来ると聞いて待っていたらしい。

残念だけど、今日はゆっくりと遊べないんだよね。ただ、それでも茶会の前と後に一緒にいる時間があるから嬉しいみたい。

今回は室内と庭の双方で茶会を楽しむ形のようだ。席次を決めないで、のんびりと歓談しながらお茶を飲む。これシンディが広めたんだよね。尾張流と言うべきかな？

ちなみに元の世界だと茶の湯といえば狭い部屋のイメージがあるけど、この時代だとそこまで形として決まっていない。

織田家の場合は信秀さんが広い部屋での茶の湯を好むこともあって、特に狭い茶室での茶の湯はほとんどないね。

オレはお市ちゃんと一緒にギリギリまで準備をしている広間を見ているけど、広間にはメルティと慶次の西洋絵画が飾られている。

これって、誰の演出だろう。慶次も油絵が上手くなったなぁ。

「かじゅま、こうちゃ！　こうちゃ！」

「今日は無理ですけど、今度また一緒に飲みましょうね」

ああ、紅茶の匂いに、先日一緒に飲んだことを思い出したお市ちゃんが興奮気味に喜んでいる。抹茶と違い飲みやすいからね。女性や子供たちなんかには評判がいいんだ。

茶会というよりは和風のガーデンパーティーにも見えるね。このままエルたちやお市ちゃんとのんびりと出来たらいいんだけど。それはまた今度だ。

side：とある公家

「これは、また見事であるな」

清洲城内にある茶会の場に案内された。最初に目にしたのは、見たこともないほど鮮やかな絵であった。

まるで景色をそのまま写したが如き絵が飾られておるとは。

「南蛮技法の絵でございます」

「ほう、南蛮ゆかりの絵とな」

「はい。久遠殿の奥方である絵師の方、そのお手ずからの作にございます」

海を描きし絵になるが、思わず共におる公家らも立ち止まり見入っておる。

南蛮にはこれほどの絵があるのか？

「これは犬か。良き表情をしておるな」

絵はそれにとどまらず。山や寺社に人や犬の絵が数枚飾られておる。

ああ、こういう絵は心が和んで良きものであるな。南蛮ゆかりの趣を理解することは良きことよ。

「あれは……」

「久遠殿の奥方である大智の方でございます」

そのまま茶会に招いてくれた武衛殿に挨拶をすることとしばし、周囲を眺めみるが、女性が幾人かおり、特に目立っておるのが見たこともない髪の色なる女性じゃ。

気味が悪いとの言葉が思わず出そうになる。まるで獣が如き毛の色ではないか。

駿河では南蛮人など野蛮で醜いと悪口を聞くが、あながち偽りでないことかもしれぬの。

されどまてよ、髪の色に惑わずよう見るとそれほど醜いわけでは……。顔立ちは整っておるような気も……。大女なのは確かであるが。

あまり知られておらぬが、あの者はその知略にて織田一族を統べたとか。話半分でも怪しいものであるが。

「あちらが今巴の方と薬師の方でございます」

ほう、あのふたりが……。駿河では大智の方よりこの両名のほうが知られておる。

今巴の方は噂通り鬼の如き髪の色をしておるが、薬師の方は日ノ本の者とあまり変わらぬの。

一番名が知られておるのは薬師の方か。流行り風邪を大過なく治めたことは駿河でも評判じゃ。

あの者が煎じし織田の薬は効き目が良いと聞き及ぶが、値が張るため吾らでは手に入らぬほどよ。

今巴の方のほうは、昨年の関東での戦で一気に名が知られておる。今巴の方を鬼と間違えて里見が総崩れになったと評判じゃ。武芸の腕前も確かで幾人もの首を挙げたと聞く。

「絵師殿はおらぬのか？」

ふと、先ほどの絵を思い出し、描いた者を一目みたい。

「あちらでございます」

あれが絵師の方か。やはり人のものとは思えぬ髪の色をしておるが、あれほど見事な絵を描いたとは思えぬ若さじゃの。

「久遠殿は……」

「あちらに。願証寺の証恵上人とご一緒でございます」

顔見せに挨拶でもと思うたが、願証寺の坊主に先を越されたか。かの者もまた若いな。まだ十代であろうに。童髪《わらわがみ》でも総髪でもない、奇異な髪に烏帽子も髷もしておらぬ。

今や東は関東から西は畿内までを騒がせおる男には見えなんだ。

久遠殿の金色酒は駿河でも評判で、少し前までは吾も飲めたが、織田家と今川家が小競り合いするせいか、駿河で売られておる金色酒の値は上がる一方じゃ。

これは尾張にて聞いたことじゃが、値上がりの原因が今川家にありとはな。

今川家の間者が久遠に良からぬ手を出した報復で値上がりなどと、駿河では知られておらぬ。

今川家も言えるはずはなかろうの。策が露見し仕損じたうえに報復を食らったなどとは。

駿河では織田と久遠は銭に汚いなどと悪評も流れおるが、先日の地揺れで北条家に銭で一千貫と米を大量に贈ったとか。その世評も今後は変わるかもしれぬ。

そういえば清洲もだいぶ変わっておるの。駿河に下向する際に見た町とまるで違う。

あの頃よりも道が広くまっすぐとなり、町が大きゅうなっておる。あれも久遠殿の成しおることじゃとか。

今川殿はとんでもない男を敵に回しておるのやもしれんの。

side：久遠一馬

「お初にお目にかかります。拙僧は証恵でございます」

お茶会が始まって早々、挨拶に来てくれたのは願証寺の証恵上人だった。

この人も史実のイメージとはまったく違う人なんだよね。そもそも長島は反織田の急先鋒で史実では鬼門だったのに。

もちろん反織田にならないように、弱体化と懐柔をしてきた結果ではあるけど。

「久遠一馬です。御高名な証恵上人とこうしてお会い出来て、祝着至極でございます」

割と物腰も柔らかそうなお坊さんといった雰囲気だ。

正直、オレの礼儀作法は可もなく不可もなく、外国人としては問題ないレベルだろう。

「道円、我らの宗門より破門に至った服部友貞でございますが。かの者の件ではご迷惑をおかけしてまことに申し訳なく。真の帰依の心持たぬ慮外者ではあれ、導けなんだは拙僧の不徳。今一度、謝罪させていただきます」

真っ先にオレのところに来たことで、周囲の人も驚いている。もちろんオレも驚いた。何事かと思ったら、服部友貞のことか。

「いえ、こちらこそ願証寺のおかげで多くの血が流れずに済みました」

話はすでに終わっていることだ。ただ発端となったのは、ウチの荷物を運んだ船を襲ったことだったんだよね。願証寺にあまり罪はないけど、あの男が願証寺の名前を使っていたことが関係しているといえばそうだ。

話のとっかかりとしては上手いのかもしれない。宗教臭い話をされるよりは断然いい。

少し視線を向けると、周囲の高僧は黙って話を聞いているだけだ。それがかえってこの人の力を物語っている気がする。

願証寺はウチでトップクラスのお得意様であることに変わりはない。金色酒はもちろんのこと、ウチの商品は硝石や鉄砲などの武器以外はなんでも売るし、売る品物はすべて買ってくれる。資金は石山本願寺からも出ているらしく、陶磁器とか絹織物とか言い値で買ってくれる。それが石山本願寺に渡り、贈答品にしたり転売したりしているみたいだけどね。支払いも悪くない。高額取り引きということもあり、銀や粗銅など、ウチが欲しがる品物での取り引きなんだ。

悪銭でぼろ儲けしようとする堺とは大違いだ。日ノ本の外に本領があることになっているウチの力をきちんと評価しているみたい。

そのまま少し世間話を交えながら話していると、偽金色酒の話になった。

「ほう。南蛮の金色酒でございますか」

「左様です。もっとも本山にて偽物であることは掴んでおりますが。この件は都でも知れ渡り朝廷も憂慮しておるほど」

本願寺、やけに偽金色酒の件に神経質になっているんだよね。

肝心の偽金色酒を売っている堺の商人は、あれを南蛮の金色酒だと言い始めたらしい。彼らは最初から尾張の金色酒だとは言っていないと開き直ったようだ。

まあ、もとは蜂蜜酒だからなぁ。その気になれば手に入るかもしれない。南蛮人は簡単に秘密を教えないだろうし、そもそも日ノ本に来る南蛮人が金色酒の秘密に気付くかどうかも分からないが。正直、よほど酒に詳しいか、よく飲んだことがある人とかでないと気付かないだろう。それに正体に気付いたからといって、造り方を知っているかは別問題だ。

少し話が逸れたけど、金色酒の件が政治問題と化しているのが気になるね。

朝廷には四季に合わせて献上品を贈っているし、足利家にも量と品数は朝廷より少ないものの金色酒などの贈り物をしている。

その成果なんだろうけど、ここまで騒ぎになると少し悩む。

そんな証恵上人との話が一段落すると、数人の公家が話しかけてきた。

名前を聞いても知らない。向こうもオレが外国人だと理解しているのだろう。今後は覚えてほしいという感じだ。

個人的に知らないことは知らないと詫びることにしている。無知を笑われてもあまり気にしないし、下手に知っているふりをするのは好きじゃない。

「これは……、初めてじゃの」

彼らには紅茶を出した。シンディが隣で紅茶を淹れるのを興味深げに眺める公家の皆さんに、簡単に説明をする。

「明の茶を参考に、当家で作った紅茶というものでございます」

ティーカップも白磁の西洋式カップを用意した。もっとも、この時代では欧州には紅茶がないから、完全にウチが先取りした形になるけどね。

話題は世間話から、ウチの本領や商いのことなど興味本位と情報収集を兼ねて聞いてくる感じだ。あと、西洋絵画に関しても聞かれた。目立つところに飾っているからだろうな。

「これは、なんとも良き香りであるな」

「飲み心地も良きものじゃ」

抹茶と違うので抵抗があるかと思ったけど、意外とすんなり飲んだね。反応は上々だ。茶菓子は、紅茶には甘さが控え目のカステラを用意した。

尾張では八屋で日替わりの菓子として時々売っているから、庶民でも馴染みがある菓子になる。

「おおっ、これはなんと美味いものであるな⁉」

「甘い菓子など滅多に食せるものではないからのう」

思いの外、素直に感動した様子で紅茶とカステラを味わっている。

驚きなのは、貧しいことを隠しもしないことだ。最低限の見栄は張ると思ったんだけど。親しみを感じてしまうな。

「これは……」

「牛の乳で紅茶を淹れたものになります。公家の皆様は牛の乳を飲むと聞きましたので。よろしければいかがでございましょう」

一杯目を飲み干し、少し物足りなそうなのでシンディが二杯目を用意しているが、ロイヤルミルクティーを淹れたようだ。

「祖先は飲んでおったと聞く。一度飲んでみたかったものじゃの」

公家は伝統的に牛乳を飲むと歴史にもあったけど、すでに彼らは飲んでいなかったらしい。

まあ戦乱と貧困で京の都から逃げた公家だしね。そんな贅沢をする余裕はないか。

「これも良いのう」

「牛の乳で茶を淹れるとは、これも明や南蛮の知恵か?」

「はい。広大な明の地には、これに近い飲み方を大事とする領の話を聞いたことがあります」

祖先の文化を疑似体験出来たことで、公家の皆さんは感慨深げだ。ロイヤルミルクティーではないが、モンゴルとかチベット辺りでは伝統的に牛や羊の乳とかバターを入れてお茶を飲むはずだ。

「近頃では牛の乳を飲むと牛になるなどという愚か者すらおる。嘆かわしい限りである」

「久遠殿は、明や南蛮ばかりでなく、よう日ノ本のことを学んでおるな」

平安の世では牛乳を飲んでいたものの、武士の台頭により廃れたのは事実みたいだね。でも、かつての伝統が忘れられていないのはいいことかもしれない。伝統を重んじることのいい例だろう。

牛乳を飲むという祖先の日常を体験出来て、オレがそれを知っていたことに公家の皆さんは嬉しそうだ。こういうところから交流を深めていけば、お互いに争わずに済むかもしれない。

ちなみにロイヤルミルクティーを用意するように提案したのは、メルティだ。これを狙っていたんだろうね。

異なる文化ばかりでは反発や違和感が大きいかもしれない。歴史や伝統を大切にして利用していくことも必要かもしれないな。

「実は当家では牛の乳を料理や菓子に用いるのですよ。日ノ本ではなかなか手に入らぬので、牛を育てております」

「なんと⁉　久遠殿のところでは、かようなことをしておるのか」

公家の伝統文化とウチの暮らしは共通点があることも、少しアピールしておこう。

よくウチは明や南蛮ゆかりの知恵や技を持つ者として扱われるけど、南蛮とは言葉の通り南から来る蛮族のことだ。

この時代の人だと明や天竺や朝鮮以外はみんな南蛮扱いだからなぁ。多少でも日ノ本との共通点があればウチに対する印象も違うだろう。

お茶会自体は、あまり堅苦しい侘び寂びなんて感じではない。

やはり、みんなでお茶とお菓子で楽しむガーデンパーティーに近い。政秀さんの狙いは上手くいったみたいで、あちこちで話が盛り上がっている。

室町時代だと、闘茶というお茶の銘柄を当てる賭けとか、大陸の茶器である『唐物』の茶器を用いた盛大な茶会があったらしいし、侘び寂びの茶の湯より歴史がある。

戦国時代である今は余裕がなくなりほとんど行われていないとも聞くけど、そういう過去があることで尾張流の茶会は受け入れられたのかもしれない。

侘び寂びの茶の湯を完全に否定する気はないけど、尾張には根付かないかもしれないな。

みんな立場や地位にあまり固執しないで、楽しい茶会にしてほしいところだ。

天文十八年、六月。熱田での奉納花火を見物に訪れた者たちを招いて、清洲にて大茶会が開かれたことが『織田統一記』などに記されている。

願証寺の証恵上人や、駿河と越前から来た公家衆などを招いた茶会であった。

この茶会は現在の久遠流や尾張流の原点とも言われていて、当時畿内で流行しつつあった侘び茶などとは対極の茶会であった。

織田家ではこの茶会において、牛乳で紅茶を淹れた琥珀茶を公家衆に出したと伝わっており、当時すでに風習としては途絶えていた、牛乳を飲む機会を得られたことに感動した公家の手紙が現存している。

なお琥珀茶が記録として最初に登場するのはこの時であるが、『久遠家記』によると、久遠家にはこれより以前からあった飲み方だったとある。

尾張文化と現在では呼ばれているが、久遠家が伝えた文化や風習が着実に尾張に根付き始めていた代表的な逸話として、この大茶会が挙げられている。

皇歴二七〇〇年・新説大日本史

終章　夏真っ盛り

side：織田信秀

守護様に誘われ紅茶でゆるりとしておると、話が北畠のこととなった。

「まさか嫡男が密かに尾張に来て、久遠の屋敷で花火見物をしておったとはの。敵に回すと厄介であろう？」

「はっ、今川よりも厄介かもしれませぬ」

朝廷が南北に分かれておった頃の大物だ。家の格は斯波家よりも上であり、南伊勢を地盤として軽んじられぬ力もある。

それが向こうから来るとはな。守護様も信じられぬと笑うておられるわ。

「そなたと久遠の者らは面白いの。思いもよらぬことをする」

「此度のことは一馬らも驚いておりまする。まあ、武芸大会を見たいという文は届いておりましたが……」

成り行きというのが本当のところだ。一馬らであっても、これを狙い動いておったわけではない。

されど、一馬らの生き方がこの誼を生んだのだと考えると、守護様の仰せになることもあながち間違いではないか。

「かつての日々を思うと、夢のようじゃの。むやみに争いや戦をせぬ。にもかかわらず周囲の者らは一目置いて我らの日々が変わる」

「まことでございますな」

　戦に勝つだけでは、北畠の嫡男が来ることなどあり得ぬし、それは願証寺も同じであろう。人を動かし、信を得る。武士とも坊主とも違う道だ。

「わしは運が良いのかもしれぬ。かように面白き日々を間近で見られるとは」

　それは理解する。わしも同じような心情と言えるからな。ただ……。

「いずれは争いも起きましょう。某や守護様で守れる相手を超えることが今後は増えるかもしれませぬ」

　美濃は上手く収まるであろう。されど、日ノ本は広い。隣接する国々や公方様や朝廷、寺社とていずれは争う日がくるのかもしれぬ。

「定めであろうな。されど、案ずるな。戦は分からぬが、斯波家当主として逃げはせぬ。今しばらく、そなたと久遠の者らがなにを成すのか見ていたいからの」

　このお方もまた変わりつつある。土岐頼芸の一件でも明らかとなったが、朧気ながらも一馬らの動きと見ておる先を理解して、ご自身もまた変わられておるのだ。

　いずこからか蝉の声が聞こえ、民の賑わう声も風に乗って流れてくる。

　我らの夏は今しばらく続くのかもしれぬ。そう思うと思わず笑みがこぼれそうになる。

side：エル

雲ひとつない青空。照り付ける夏の太陽と吹き抜ける風、これだけで気持ちが弾むようです。

今日はみんなでお昼を食べる日なので、尾張に在住する私たちと短期滞在中の者たち、それと孤児院の子たちと市姫様と姉妹の皆様がたが一緒です。

「えるー、とるの？」

昼食に使う野菜を取りに庭の畑に来ると、市姫様が喜びはしゃいでおられます。

「ええ、皆で収穫致しましょうね」

「うん！」

子供たちには、日々の暮らしでさえ新鮮で楽しいものになる。屋敷の庭にある畑は私たちで世話をしていますが、孤児院の子たちや市姫様たちもまた手伝ってくれたものです。

自分たちで世話をして育てた物を食べる。その素晴らしさを子供たちには知ってほしいと思っています。

無論、この時代では身分ある者などを除くと当然のことなのですけど。

「えるー、これは？」

「ええ、いいと思います。大きくよく熟れたものを見つけられましたね」

「えへへ……」

市姫様は大きく食べ頃のトマトを見つけると、乳母殿と一緒に慎重に収穫をしています。

織田家の姫である市姫様が、将来を自分で決めることは難しいでしょう。無論、大殿は私たちの影響もあって他家との血縁外交を必要としなくなっており、嫁ぎ先は家中になるでしょうか。

　それでも私たちのように自由に生きるということは難しい。だからこそ、私は市姫様たちに出来る限りのことをして差し上げたい。

　どこに嫁いでも前を向いて幸せに生きられるように。

「こちらで頂くと、清州城で食べたものより美味しく感じます」

「ありがとうございます。ただ、清洲城に献上しているものと同じでございますよ」

　他の姫様がたも楽しんで収穫をされていてなによりです。美味しく感じるのは日頃の環境と違うこともあるでしょうし、私たちの食材や調理に関する知識が違うこともあるでしょう。

　清洲城の料理番にはお教えしているのですけどね。何事も一朝一夕とはいかず時間のかかるものです。

「えるさま！　とれました！」

　孤児院の子たちもどれを収穫しようかと、慎重に選んで採れたものを見せにきてくれます。

　皆で食べる分を収穫すると、あとは私の出番ですね。

　今日この日が、子供たちにとっていい日となるように願い、調理を致しましょう。

　生きていることに感謝をして、共に明日も生きられるように。

side：久遠一馬

賑やかだなぁ。妻たちと昼食を一緒に食べる日なんだけど、お市ちゃんたちと孤児院の子たちを招いたからだろう。

お市ちゃんたちも、ウチにいる時はリラックスして自然と笑うことさえある。それなりの年齢になると、身分に合わせた立ち居振る舞いをするのが普通なんだけどね。

信秀さんや信長さんが、ウチにいる時はウチの流儀に合わせるようにと教えているためだ。

「今日はかぐや姫の物語でござる！」

「竹取翁というお話を私たちで分かりやすくしたのです」

おっと、あちらではすずとチェリーの紙芝居が始まった。紙芝居は大人から子供まで大人気だ。

近頃では馴染みの寺社からも頼まれて作ることがあるし、忍び衆の中には紙芝居屋として織田領を回って歩く人もいる。

「わーい！　おはなししゅき！」

お市ちゃんと姉妹の皆さんを中心に、孤児院の子たちが周りに座るとふたりは紙芝居を始める。

これ読み方次第で評判が変わるし、結構難しいんだよね。

今のうちに少しお昼の支度のほうを覗きに行こうかな。

「うん、この味」

「ほんとだ美味しい！」

調理場では妻たちが和気あいあいと料理を作っている。ケティとパメラは生野菜サラダのドレッシングを味見していた。元の世界だと美味しいドレッシングが普通に買えたけど、この時代だと売っているわけもなく、作るのは大変だ。

「おっ、今日はクッキーか」

「ええ、子供たちが多いのでこれにしましたわ」

「いろんな形にしたネ」

シンディとリンメイは午後のおやつを作っていた。星形や木とか動物の形などをしたものなので、小さな子供たちは喜んでくれるだろう。

「もうちょっと焦げ目を付けたいわね」

「味に深みが出るのよね」

「焼きすぎは駄目ですよ」

こっちでは鶏肉のソテーを焼いているウルザとヒルザとセレスか。子供たちが多いからなぁ。みんなで協力しながら作ってくれている。

おっ、今日の汁物は、具だくさんの味噌汁か。

「このくらいでいいかしら？」

「いいと思うわ。いろんな素材の味が出ているもの」

リリーとアーシャが味の調整をしている。ふたりは牧場村の屋敷と孤児院にいることから、子供たちに振る舞う料理は一番慣れているだろう。

ただ、それでも慢心しないで、常により美味しく栄養があるものをと試行錯誤している。

「あったよ。このくらいでいいかい？」
「ええ、十分よ。ありがとう」

日頃からほとんど料理をしないジュリアは雑用を手伝っているらしく、メルティに食材を渡している。冷蔵庫がないからなぁ。食材は蔵に入れてあるので、取りに行くのも結構距離があるんだ。

「そうよ。そのくらいの厚みでお願いね」

エルはお清ちゃんと千代女さんと一緒にお刺身を作っている。夏という季節柄、食中毒が怖いので、あまり刺身を人様に出すことはないんだけどね。ついさっき新鮮な魚を頂いたとのことで、急遽お刺身を一品加えたみたい。

手伝おうかと思ったんだけど、ここはみんなと侍女さんたちでいっぱいだ。

「クーン」

オレとしては、こういう様子を見ているだけでもなんか幸せを感じる。しばし眺めていたらロボとブランカが足元で見上げていた。

さっきまで子供たちと一緒に遊んでいたんだけどね。オレと同じく紙芝居が始まったことで手が空いたらしい。

「呼ばれる前に戻ろうか」
「ワン！」

紙芝居が終わってオレたちがいないと子供たちが探しに来るなと思い、ロボとブランカと一緒に屋敷の廊下を歩く。

屋敷も人が増えて、働いてくれている人が多い。

常に周囲に家族以外がいることにも慣れた。正直、最初の頃は落ち着かなかったけどね。自室は今も自分で掃除するけど、共有部分などは奉公人の皆さんが掃除をしてくれる。

今日は暑いからね。小まめに水分補給をするようにと声を掛けつつ戻ろう。

「かじゅま！」

ああ、オレを探しにお市ちゃんと孤児院の子たちが廊下を駆けてくる。

「かみしばい、みよ！」

どうやら一緒に紙芝居を見ていると思ったみたいだね。それがいなかったことで心配してしまったみたいだ。

「ああ、みんなで紙芝居を見ようか」

みんな、楽しそうだなぁ。

先日には公家衆と会ったことで、今までと違う世界を生きている人たちを知った。

だからというわけではないけど、改めて思った。自分が優先して守るべきものはなんなのか。

オレは、妻たちや子供たちのこういう笑顔を守りたい。これからが大変になるだろうけどね。

「次は桃太郎なのでござる！」

「始まるのですよ！」

さっきいなくなったからか、子供たちによってオレとロボとブランカは紙芝居の真ん前に座らされた。周囲を子供たちが囲む形だ。

ノリノリのすずとチェリーが読むと、子供たちが静かになって見入るのが分かる。

こういうのもなんかいいね。


天文十八年、夏。久遠家が織田信秀の子供たちを招いて昼食を共にしたことが、乳母だった者が書いた手紙として残っている。

信秀の子供のうち、まだ元服前の子供たちと、自身が養っていた孤児院の子供たちを集めて、庭にあった畑から野菜を収穫し、それを使った昼食をご馳走している。

当時としては他に類を見ないことであるが、久遠家では取り立てて珍しいことではなく、時々あることだったという資料がいくつか残っている。

弱き者や子供を特に大切にしたという一馬らしい逸話であり、一馬自身も子供たちと一緒の時間を楽しんでいたと伝わる。

そんな一馬が育てた子供たちは、後に歴史に名を残した者も多い。

皇歴二七〇〇年・新説大日本史

特別ページ
キャラクターガイド

『戦国時代に宇宙要塞でやって来ました。八』に登場する主なキャラクターを、
モフ氏のデザイン画とともに御紹介いたします！

Illustration モフ

ウルザ

諜報などに特化した戦闘型アンドロイド。夜の方と呼ばれる。設定年齢は二十歳の黒人系美女。今巻では裏方に徹し、忍びを率いて工作活動の手助けをしている。

ヒルザ

医療型アンドロイド。設定年齢は十八歳。明けの方と呼ばれる。かわいらしいタイプの黒人系美女。かつてはウルザと共にバイオロイドを引き連れて工作任務についていた。

帰蝶

斎藤道三の娘。史実の濃姫。織田信長に嫁ぐ。斎藤・織田、両家のためにと考える頑張り屋なところがある。

太原雪斎

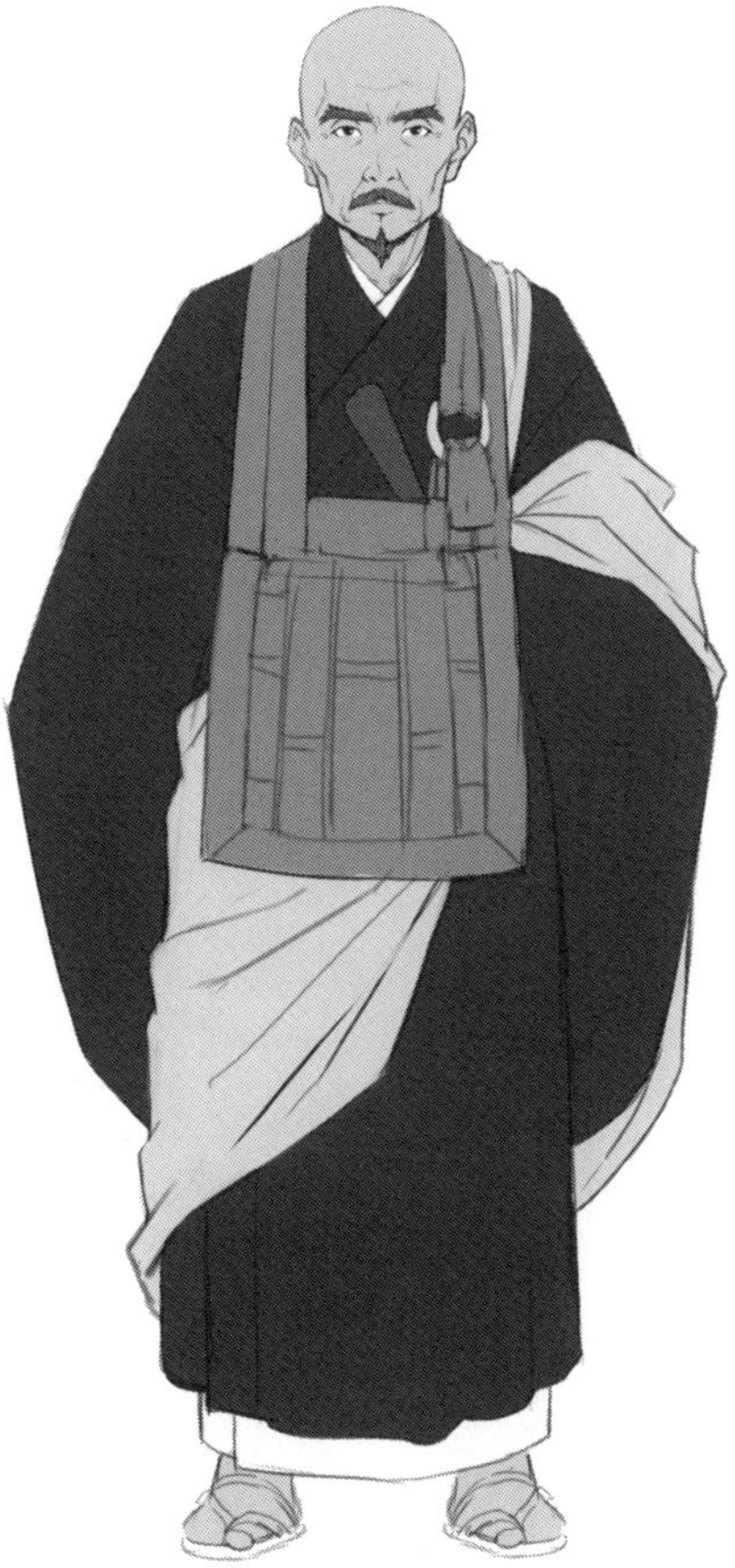

臨済宗の僧侶。三河にて織田家と対峙している今川義元の腹心とも頭脳とも言える人物。劣勢になりつつある今川を冷静に支えている。

あとがき

最後までお読みいただき、ありがとうございました。

このあとがきを書くのも八回目ですが、毎回内容に悩みつつも書くのを楽しみにしているところもあります。

私の場合は、小説は私個人とは別の創作物として書いておりまして、自分の言葉と思いで書くあとがきは、同じ文章を書くことでも別物だなと感じつつ書いています。

さて、第八巻はいかがだったでしょうか？

序盤の見せ場は、美濃訪問でしょうか。この話に関しては、一馬が人を斬るならばどういう場面になるかと考えたことから書いた話になります。

ただ、細かい文章の整理や僅かな加筆修正に苦労をした場面でもありますね。

中盤はお花見や地震に関する話などの日常を中心にしつつ、今川との暗闘など拙作らしい話と今後に通じる話がメインでしょうか。

戦国時代と現代、作中とリアルの価値観と世の中の違いなどを感じていただき、いろいろと想像して少しでも作中の世界が楽しめるといいのですが。

終盤は、今後の鍵を握る太原雪斎と北畠具教が登場しました。

有能なればこそ、見えるものがある。戦で物事が進む時代に戦えない現状を理解する太原雪斎は、拙作で有数の苦労をしている人物になります。

北畠具教、彼に関しては完全に私の構想になかった動きです。

これは拙作全体に言えることですが、史実の繋がりや血縁が物語を動かしているんですよね。

私の未熟さや知識不足があると言えば、その通りですが。拙作の世界は生きているなんて言っても面白いかもしれません。

あと、加筆部分はいかがだったでしょうか？

全体として、日常メインで物語の進展に影響のない話が多いことで、物語の進展はあまり早くありません。ただ、それが拙作であるのかなと思っています。

書きたい話や展開は、まだまだいろいろとあるんですけどね。

続きは次巻以降にということでしょうか。ｗｅｂ版のストックはまだまだあるので、許される限り書籍版として続けたいと思っております。


最後に、今年の夏は驚くほど暑い日々でしたね。このあとがきを書いている頃は、すっかり秋になってしまいました。

私は自家用車が古く、エアコンが効かず大変でした。皆様はいかがだったでしょうか。

拙作が少しでも皆様の人生の糧となれば幸いです。

最後までお読みいただいたことに最大級の感謝を込めて、終わりたいと思います。

横蛍

戦国時代に宇宙要塞でやって来ました。 8

2023年12月2日 初版発行

【著　　者】横蛍

【イラスト】モフ
【編集】株式会社 桜雲社／新紀元社編集部／弦巻由美子
【デザイン・DTP】株式会社明昌堂

【発行者】福本皇祐
【発行所】株式会社新紀元社
〒101-0054　東京都千代田区神田錦町 1-7　錦町一丁目ビル 2F
TEL 03-3219-0921 ／ FAX 03-3219-0922
http://www.shinkigensha.co.jp/
郵便振替　00110-4-27618

【印刷・製本】中央精版印刷株式会社

ISBN978-4-7753-2119-5

※本書は、「小説家になろう」(http://syosetu.com/)「カクヨム」(http://kakuyomu.jp/) に掲載されていたものを、改稿のうえ書籍化したものです。